登春台

格非 著

译林出版社

图书在版编目（CIP）数据

登春台/格非著.—南京：译林出版社，2024.3
（格非作品）
ISBN 978-7-5447-9847-1

Ⅰ.①登… Ⅱ.①格… Ⅲ.①长篇小说－中国－当代 Ⅳ.①I247.5

中国国家版本馆CIP数据核字（2023）第134036号

登春台　格　非／著

责任编辑	袁　楠　管小榕
装帧设计	金　泉
校　　对	张　萍　戴小娥
责任印制	闻嫒嫒
出版发行	译林出版社
地　　址	南京市湖南路1号A楼
邮　　箱	yilin@yilin.com
网　　址	www.yilin.com
市场热线	025-86633278
排　　版	南京展望文化发展有限公司
印　　刷	南京新世纪联盟印务有限公司
开　　本	850毫米×1168毫米 1/32
印　　张	11.5
插　　页	4
版　　次	2024年3月第1版
印　　次	2024年3月第1次印刷
书　　号	ISBN 978-7-5447-9847-1
定　　价	68.00元

版权所有·侵权必究

译林版图书若有印装错误可向出版社调换。质量热线：025-83658316

"在那里，最响亮的闲言与最机灵的好奇'推动'着事情的发展；在那里，日日万事丛生，其实本无一事。"

目录

序 章 /1

第一章 沈辛夷 /18

第二章 陈克明 /102

第三章 窦宝庆 /189

第四章 周振遐 /269

附 记 /349

序 章

1

　　每个人降生的那一瞬间，都是极其相似的，但离场的方式各有不同。

　　宇宙中充满着各种基本粒子，像什么夸克啦，轻子啦，规范玻色子啦，希格斯玻色子啦，还有什么引力子啦，不一而足。它们一刻不停的微弱振动，赋予天地万物以能量。如果我们将这种振动的规模放大无数倍，即可想象出钟摆或秋千的振幅和频率。同样，像万花筒般运行的天体亦复如是。正是它们机械的、周而复始的旋转，才转出了寒暑推迁与昼夜相代。天体的转动和四季的交替，也会给我们带来某种恒定秩序的幻觉，我们称它为时间——毕竟，在十九世纪中期之前，全世界的人是以太阳所处的位置来确定时间的。如此说来，我们对于时间的奇妙体验，不过是源于一个永恒复归的"大秋千"的来回摆动所导致的轻微眩晕或迷醉。当然，只要你愿意，也可以认为时间根本不存在。

话虽这么说，我们还是得交代一下故事发生的大致时间。那是2019年的10月8日，农历九月初十。

时令虽然已交寒露，天气仍有几分燥热。上午九点半，中关村软件园国际会议中心东侧的马路上，走来了一位衣冠楚楚的老者。这人瘦高个儿，身穿藏青色的短夹克，卡其色的休闲裤，头戴一顶草编遮阳礼帽。这人名叫周振遐，退休前曾担任神州联合科技公司的董事长。他沿着上地西路由北往南，不紧不慢地踽踽独行。

当他走到上地西路与上地九街的交叉口时，不由得停下了脚步。

数不清的员工大巴一辆接着一辆，从城市的各处汇集到这里，吐出一批又一批上班的人流，将马路的丁字路口塞得满满的。这些人大多一边往前走，一边浏览手机信息，也有人大口吞食着刚刚在路边摊买来的煎饼果子，行色匆匆地绕过旗杆下的喷水池，朝着软件园东大门的方向疾速移动。在马路两侧的人行道上，那些骑着黄色、青柠色共享单车的年轻人，焦躁地打着响铃，而像潮水一样漫上路面的人流对此却听而不闻。人群中偶尔也能见到将头发染成褐色、酒红色或蓝色的时髦青年，他们因脚下踩着轮滑，即便静立不动，也能缓缓飘移，在人群中显得鹤立鸡群。

所有的人都心事重重，神情肃穆，且彼此之间从不交谈。除了不时传来的几声汽车的鸣笛之外，你甚至听不见杂沓的脚步声，四周弥漫着一种诡异的寂静。

周振遐索性在路边的一张白色铸铁长椅上坐了下来，等待人流退去。

姚芩去广州参加侄子的婚礼，家里只有他一个人。他意识到，所谓无聊的时刻，就是人们感觉到了时间如何过去的那个时刻。可时间偏偏不想过去，而他既没有任何方法去驱逐它，也没法去填充那个深渊般的虚空。因此，他想给自己找点事情来做。比如，他可以去离家不远的金地花卉市场转转，顺便买一卷用于牵引和固定花木枝条的铁丝线圈。另外，二楼茶室里的那两盆建兰，叶子有点泛黄，且长出了焦斑。他想去请教一下专卖兰花的邢师傅。

姚芩刚从白云机场打来了电话，她乘坐的航班即将起飞。等到他逛完花卉市场，去附近的北平精酿喝杯啤酒，再次回到家时，没准姚芩就会来给他开门。

虽然两人只分别了四五天，但他无时无刻不在想念她。

因为忘了带烟，当他坐在长椅上感到昏昏欲睡时，抽烟的欲望变得越来越强烈。

在大街上观察陌生行人的脸，是周振遐多年来在不知不觉中养成的习惯。揣测、虚构、臆想这些人的命运，并非出于什么恶毒的用心，更多的是源于某种悲悯。在这个彼此模仿的尘世上，别人也是自己。

他上了年纪且心智正常，没法不时常想到死亡。俗话说，智者之死，与愚人无异；贫者夭亡，与富寿者相埒。大街上的陌生人从他身前走过。他们或老或少，或男或女，或贫穷或富有，或踌躇满志，或心灰意冷，各有各的命运。

真正的穷人为生计忙碌。他们熙来攘往，旅食奔波，脚步一刻不得停息。他们很少像智者和哲人那样思考死亡，仅仅是因为他们被劳作的绳索所束缚而无暇他顾。他们忍受贫穷、屈辱、不幸和痛苦，即便一贫如洗，燃烧在他们心底的那盏希望之灯，也从来未曾熄灭。他们生活在世界的暗面，不被关注和观看，仍试图从简单、粗劣和严酷的生存中，辨别是非善恶，维持着对这个世界的一线信心。在不很遥远的过去时代，穷人不受文化的节制，乐天知命，视死亡为平常之事。但世界随后进行了一系列复杂的重组、颠倒和置换。他们从林泉山野被置换到了城市的周边，沦为无根之物。如今，知识和时尚的暧昧光影终于撵上了他们，并将他们牢牢箍住。尽管他们无暇从容检视死亡，仍不免会在一个星期、一个月、一年、数年、数十年后，从这个世界消失，堕入绵延的黑暗。有时候，他们只是坐在椅子上微微打了个盹，就已归到死人那里去了。

当那些保养得很好、养尊处优的有钱人或成功人士从你身边经过时，你很容易一眼将他们辨认出来。这倒不是因为他们的衣着散发着限量版或私人定制的"贼光"，也不是因为他们的眉宇中通常有一种不屑于与一般人计较、跳脱于芸芸众生之上的超然和优越。他们的与众不同，往往体现在他们优雅健美的体态和身形上。在今天，身材是否匀称，成了成功人士区别于失败者的重要标识。他们日复一日生活在很不健康，乃至极为病态的人际关系和工作环境中，却将健康视为生活中唯一的宗教。钛锆合金的瑞士种植牙、钴铬钼合金的美国置换膝关节、德国蔡司人工晶体眼球以及诸如此类的现代医疗科技产品，为他们的衰老留住了最后的体面和尊严，而对身体指标的严密监测和未雨绸缪的提前干预，也在相当程度上减少了罹患致命疾病的概率。就算有人运气不佳而身染重病，通过被俗称为"上手段"的极限治疗，依然可以长时间续命。因此，这些人比顶尖科学家更相信基因和生物科技的无所不能，更相信现代医疗科技在可见的未来能够使他们至少活过 150 岁，直至获得永生，成为不死的人。

真正意义上的名流、社会显达以及特殊群体的神秘人士，很少现身于街头的人群之中。对于社会公众而言，他们通常在新闻、传说或流言中存在，并供人瞻望。死亡对于这部分人来说，也有些特别。一些人在切开喉管之后，仍能支撑十数年，在没有知觉的昏睡中轻松迈过 100 岁的门槛。他们从公众生活中退场之日，一般来说已经历了一次死亡——世人提前将关于他的信息从记忆的硬盘中删除，以便容纳或储存后来者的荣耀、事迹、丑闻或劣行。因此，当这些人死亡的讣闻，出现于报纸的一角或手机微信的朋友圈中，公众的第一反应，往往不是悲伤，而是时空错乱所带来的讶异与疑惑。因为，在公众的心目中，这些人早已死去多年。

在过去，大多数人真正意义上的消失或寂灭，多半在肉体死亡的数十年后悄然来到。其标志通常是墓碑无人擦拭，墓园无人祭扫，与死者相关的所有人和事，皆在时光的流转中湮没无闻。然而，时至今日，微信社交平台的出现，使得这一自然的进程骤然加快了速度。每逢有人离世，亲友或知情者旋即将死者的讣闻发到朋友圈，以便获得关注，并集中表达哀悼、缅怀与赞美。转发的密集度或评论的数量因人而异。一方面，社会公众需要借助他人的死亡来加固自身生命的堤坝，温暖自身孤寂而寒冷的生命；另一方面，死讯出现得过于频繁（有时一天多达数条或数十条），反倒成为一种不祥的提醒——活着的人想尽力忘却的"终场"，时时浮上心头，因而人们也会有一丝莫名的焦虑。不管怎么说，在微信朋友圈传播的死亡消息，通常在翌日或数天后被清空。有时，那些可怜的死者名字，在朋友圈晾出几分钟之后，即被其他海量讯息覆盖，从此销声匿迹。

说到底，人的生命，不过是在两个虚空之间出现的一次小小的火花闪动而已。第一个虚空是出生前的暗昧，第二个则是死去后的沉寂。奇怪的是，所有的人自打出生之后，就在静静地等待第二个虚空的到来——正如某位哲人说过的那样，人一出生就老到了足以死去，却很少有人认识到第一个虚空的存在。

其实，保证一个人出生的难以计数的前提条件，缺一不可。

奇妙的是，由于某个神秘的恩典，无数个因缘结成了一个强大的联盟，彼此协作，来保证一个奇迹的发生，让你穿越黑暗的隧道，抵达光明之岸，在这个世界上现身。反过来说，那无数个本该降世的生命，却因某个微不足道的偶然变故，被永久地冥封于时空的混沌之海，不见天日。

周振遐安坐于中关村软件园近旁的长椅上，脑子里想着那些不着边际的事，一度像喝醉了酒似的，变得神思恍惚起来。有好长一阵子，他弄不清自己坐在什么地方，眼前的街道、房屋、树木、广告牌和高压电线，都让他觉着陌生。在呆钝的意识中，他朦朦胧胧地预感到这不是什么好兆头——那些通常只发生在别人身上的死亡，如今也在要求他即刻兑现。

他终于回想起来，今天早上在公园散步时，他的眼球发生了轻微而持续的颤跳。他在穿过荷塘边的一座石舫时，曾因一阵短暂的眩晕而差一点跌倒。

现在，他再次抬起头来，注视着街道、天空以及软件园东三门入口的通道，心下暗暗吃了一惊。刚才还车如游龙、人似流水的大街上一派岑寂，四下里不见一个人影。停车场里也空荡荡的，大草坪的淋灌喷头，兀自转动着，嗒嗒地喷洒着水雾。园区绿化带那一大片蓊蓊郁郁的松柏，也让他有过片刻的疑惑，仿佛他已置身于碧云寺一带阒寂的群山之中。

一阵轻微的痉挛，在他的腹部生成。起初不易察觉，但随后坚定而执着地加大了力度，逐渐形成了那种令他熟悉而恐惧的钝痛，它如潮水般漫向他的胸膈和喉管，周身开始出汗。与此同时，头部的剧痛让他的视线一阵模糊，几近失明。不过，周振遐并不慌乱。他从裤兜里摸出一排阿司匹林，从中压出数片，舔入口中。为了让药物快一点起效，他像吃蚕豆一样，将这些肠溶药片咯嘣咯嘣嚼碎，以便在进入胃部时被提前吸收。

就在这时，他瞥见了长椅一侧的垃圾筒。

垃圾筒上有一个打开了瓶盖的矿泉水瓶，瓶子的底部被人丢入了两枚烟蒂。烟蒂因长时间的浸泡而散开，卷纸粘在瓶壁上，瓶中之水呈现出尿液般的淡褐色。周振遐缓缓移向长椅的一端，一把抓过垃圾筒上的瓶子，将脏水全部倒入口中，反复漱口数次之后，这才咽了下去。然后他稍稍稳了稳心神，掏出手机，为自己叫了一辆出租车。

他的眼前再次出现了姚芩那张带着笑意的脸，仿佛隔着一层雾。但她的笑容仍让人安心。

六七分钟之后，他在司机的搀扶下坐上了出租车的后排。周振遐竭力抵抗着昏昏睡去的诱惑，给神州联合科技公司北京总部的现任董事长陈克明发去了一则微信。陈克明虽然远在芬兰的赫尔辛基，仍在第一时间打通了安河医院值班院长的电话，嘱咐他做好抢救准备，且务必亲自在医院南门外迎候。

在陷入昏迷之前，周振遐仿佛听见一个遥远而庄重的声音，在耳边不断地向他提问，并催促自己诚实地予以回答。

问：汝自降生至今，驻世一甲子有余，而今一旦撒手，尚有何事未完？

答：无有。

问：汝在世间有何债务未能偿还，以至临终抱憾？

答：无有。

问：死之于汝，可惧否？

答：不惧。

问：汝是否有遗书留于亲友，交代善后事宜？

答：曾留遗书两封，置于住所二层书房写字台中间抽屉内。一封交姚芩，一封由姚芩转交儿子周南。抽屉虽上锁，但姚芩知道钥匙之所在。

问：汝于世间苦熬六十余载，吞食五谷杂粮、鱼肉蔬果数十吨，啜饮各色美酒数千瓶，先后与女子多人交好，且育子一人。汝之一生值得否？

答：若说值得，实是不值得。若说不值得，又似值得……

问：此话怎说？汝今将死，无须侈谈饶舌，只说值得不值得便是！

答：值得。

问：汝之履迹遍布世界，游历名山大川，饱览世间风光。如今要过奈何桥，朝那白骨堆里去了。若得残喘，尚有何地仍想一游？

答：想陪姚芩去福建，在荻西村山头小坐。

问：去那里做甚？

答：听听风声。

问：荻西村乃一海上荒僻渔港，无甚风景可观，何故念念于此？

答：这里面倒也有个缘故，只是说来话长。

问：此刻有何愿望亟待满足？

答：抽烟一支。

2

接到陈克明从赫尔辛基打来的电话时，沈辛夷正和两个同事在公司的食堂吃午饭。董事长简明扼要地告诉她，今天上午九十点钟，"老头子"周振遐晕倒在了中关村软件园国际会议中心广场的长椅上。他先是被出租车司机送往附近的安河医院抢救，接着又转到了阜外医院。总的来说，情况很不乐观。老周是天津人，前妻和儿子一时半会儿联系不上。为防不测，陈克明嘱咐她丢开手头的一切工作，立刻赶往阜外医院，代表公司和他个人，相机处理一应事务。顺利的话，他本人将在一周后回到北京。

董事长在电话中向她交代事情时，竟然随口称她为"亲爱的"，语调极不自然，辛夷的心里多少觉得有点别扭。

她来神州联合工作的时间不长，也曾见过周振遐两次。这人并不像陈克明或同事们传说的那样"神秘"，当他笑眯眯地望着你的时候，目光眷注而清澈，让人在沉静之中油然生出亲近之感。他无意中说过的一句话，沈辛夷默默地记到了现在。

大约一个小时之后，在医院住院部的一间办公室里，沈辛夷见到了心内科的丁主任。他手里举着一张CT片，借着窗口的亮光，正在向什么人介绍病情。

坐在他对面的，是一个看上去四五十岁、脸庞白净的女人。她小声提醒丁主任，病人的心脏不好，每天都要按时服用阿托伐他汀、拜阿司匹林和酒石酸美托洛尔。丁主任点了点头，向她解释说，病人的心脏病现在已不是主要问题，不妨暂时放在一边。真正棘手的，是脑出血和脑梗死的同时出现，让医生在确定治疗方案时不免左支右绌。如果通过溶解栓塞来改善脑梗的不良状况，势必使另一部位的出血加剧。反之，先止血的话，则有可能导致脑梗死恶化。最后，丁主任告诉她，明天上午，协和、天坛和安贞医院的几位专家，都将赶来会诊。

"至于说您反复问到的，病人最终能否平安度过危险期，至少现在我们无法给您一个确定的答复。病人能否涉险过关，并不完全取决于治疗。就像俗话说的，关键不在于你得的是什么病，而在于得病的是什么样的人。"

随后，丁主任带她们去病房探望老人。

那时，她已经知道这个有点面熟的女人名叫姚芩。沈辛夷慢慢地回忆起来，在那些还没有来得及相识的公司员工中，如果说这个独来独往、不苟言笑的女人，曾经给自己留下过什么特殊印象的话，那一定是陈克明每次见到她时过分的热情和谦恭。

辛夷留意到，姚芩在周振遐的枕畔低声跟他说话时，处于昏迷中的老人，眼皮出现了轻微的颤动。姚芩用力握他的手，老人的食指也随之痉挛般地弯曲。丁主任自然也将这一切看在了眼中。他最终破例同意姚芩留在病房陪护，并答应不再往这间双人病房分派别的病人。

下午三点半左右，天津老家那边来了三个人：没精打采、沉默寡言的儿子周南；表面上大大咧咧而实际上很有心计、一直试图从姚芩口中套话的儿媳；正在上小学、脸上长满小痘痘的孙女。他们在病房待了不大一会儿，即起身离去，说是要赶傍晚的高铁返回天津。儿媳忙着和姚芩加微信，儿子周南则背着手，皱着眉头，从病床的一侧踱到另一侧，偶尔朝他父亲瞄上一眼。昏睡中的老人紧抿双唇，神情严肃，似乎觉察到有人在打量他而面露不豫之色。

周南从辛夷手中接过碗来，正打算给父亲喂口水，可他的妻子已在病房门口催他了。

临走前，儿媳叮嘱姚芩，一旦老人有什么突发情况，必须即刻通知他们。那语气，好像姚芩是她临时聘请的护工似的。

从那以后，沈辛夷时不时赶往医院，和姚芩做个伴儿，让她有时间回家洗个澡，换身衣服，或处理一些积压在手头的事情。渐渐地，沈辛夷对病房的卫生间不再畏惧和排斥。她独自为老人擦身时，也不会感到害羞。另外，她和姚芩的关系开始急剧升温。两个人颇有相见恨晚之意，在一起有聊不完的话。有一次，当沈辛夷亲热地叫她"姚姐"的时候，正在给病人刮脸的姚芩不得不回过头来，对她说："对北方人来说，'姚姐'可不能随便叫。你还是叫我'芩姐'吧。"

一天早上，住在隔壁的老妪突然归西，闻讯赶来的家属和亲友们，不断拥入病房，一下子乱了套。在哭泣、争吵和叫骂声中，他们拒绝院方将遗体运往太平间，从中午一直闹到深夜。

因见隔壁乱哄哄的，沈辛夷决定留下来过夜。两个人挤在一张病床上，说了一个晚上的闲话。在大部分时间里，总是辛夷一个人在絮絮叨叨。

说来说去，话题始终离不开她的母亲。

姚芩不到3岁时，母亲就离世了。对母女间复杂的情感纠葛，她没有任何概念。因此，她完全无法理解沈辛夷对母亲的切齿痛恨。她的劝慰不仅没有让辛夷平静下来，反而加重了她的情绪失控。

"没有任何人是完美无缺的。可母亲毕竟是母亲……"

"要是你了解到我们母女间究竟发生了什么事，你大概就不会这么说了。"辛夷哽咽着道。

随着陈克明从芬兰回国，尤其是在他带着园区管委会的两位负责人亲自去医院探望之后，周振遐被转入了严禁家人陪护的特需病房。姚芩和辛夷也在一个秋雨绵绵的午后离开了阜外医院。

她们都住在后厂村一带，辛夷正好搭姚芩的车回家。姚芩开着车，驶过大雨中的肖家河桥，然后一路往北，在百望山附近的科技园区，进入了一个名叫西山云锦的小区。

姚芩忽然问辛夷，要不要去"她那儿"喝杯茶，晚上一起去附近的宁波菜馆吃饭。

"你那儿，是哪儿？你不是住在上地五彩城吗？"辛夷问她。

"还别说，你真是好记性。"姚芩笑道。

几分钟之后，姚芩那辆墨绿色的罗宾汉停在了一幢三层的灰色小楼前。为了规避所谓的限墅令，这座名义上的"双拼"建筑，却拥有独栋别墅的一切优点。乍一看，东墙与邻居连在了一起，实际上，两栋楼宇之间，有一条将近两米宽的甬道。西边的墙体，则被一个种满了月季花的大院子围了起来。

沈辛夷跟在姚芩身后进了院门。她们没在楼下的大客厅停留，而是直接来到了二楼的一间茶室。透过朝南的窗户俯瞰这个院落时，沈辛夷才发现，那些在雨中静默的一簇簇花枝是多么娇艳。木栅栏篱笆的西面,有一方僻静而宽阔的池塘,四周的假山、垂柳和石舫,都历历在目。

茶室里一股淡淡的藏香味,让辛夷立刻安静了下来。东墙边有一个胡桃木的书案,桌前一把高背靠椅,椅子上是明黄色的坐褥和靠垫。桌上的台灯很有年头了,灯罩是绿色的,缀着金属圈珠的灯绳,显得有些老气。台灯边上有一本摊开的大开本旧书,上面搁着一把长柄的放大镜。西墙边摆放着一排书柜,柜前是浅灰色的三人沙发。而在房间中占据中心位置的,是一张制作考究的红酸枝茶桌,桌边搁着一把硬木圈椅和几张布面的方凳。桌上所有的茶具一应俱全,杯盘鲜洁,一尘不染。

沈辛夷一抬头,看到了北墙上挂着的那幅青绿山水,画轴边上则是用隶书写成的一纸条幅:

人海深藏焉用隐

神州坐看可无言

书法的题款证实了沈辛夷的猜测,也让她在心里犯起了嘀咕:姚芩的家明明是在五彩城的橡树湾,她为什么会住到这个地方来呢?她和房子的主人周振遐又是什么关系呢?

在姚芩给她煮水泡茶的间隙,辛夷悄悄地给陈克明发了条微信,委婉地提出了这个问题。像往常一样,不到半分钟,陈克明的回复就来了:

她要是不提，咱最好别问哈。

这话等于什么都没说。跟在这句话后面的几个表情包，又是傻笑，又是握手的，也让她厌烦。尤其是微信中的那个"咱"字，在南方人的眼中，不是那么容易被忽略的。她当然不会忘记，昨天下午，董事长陪领导来探望病人时，在走廊的过道里悄悄地塞给她一个不起眼的小纸袋。陈克明轻描淡写地告诉她，那是他在哥本哈根转机时"捎带手"买的"小玩意儿"。当时，她怎么也不可能想到，纸袋里面装着的，居然是一枚嵌有昆虫化石的琥珀项坠。

正在心烦意乱之中，母亲的电话又来了。

还是老一套的说辞。
还是弟弟出了事。
还是要向她"借钱"。
还是要找人疏通关节，搞定公检法的人，以免除弟弟可能的牢狱之灾。

没说上两句话，在电话的那一头，母亲贾连芳忽然提高了嗓门，她的呵斥和责难，夹杂着家乡方言中不堪入耳的脏字。

沈辛夷一生气，就把电话给挂了。

接下来，是一则上演过无数遍的剧情。母亲不断来电挑衅，沈辛夷只有两个选择：或者再次将电话掐掉，或者干脆不接。

由此，母女俩的争执开始进入非理性的恶性循环。

姚苓递给她一杯茶，瞅了瞅桌上兀自振动的手机，低声提醒辛夷说："真的不想接这个电话，可以选择直接关机。"

沈辛夷淡淡地笑了一下，眼中已有泪光闪烁。"我恐怕承受不住关机的后果……"

"要是你关机的话，会有什么后果呢？"姚苓尽量温柔地小声问她。

"那要看贾连芳的心情而定。最轻的惩罚是，她坐夜班飞机杀向北京，明天凌晨就会出现在我的房门口。"

"那你们这么耗下去，最后怎么收场？"

沈辛夷没再回答她的问话，而是一把抓过外壳发烫的手机，躲到洗手间里，给她母亲赔不是去了。大约半个小时之后，沈辛夷重新回到茶桌边坐下。尽管两个人不断地变换话题，但沈辛夷始终愁眉不展，心事重重。

等到傍晚时分，她们俩在灯光幽暗的宁波菜馆里坐定，沈辛夷终于有机会向姚苓"原原本本"讲述她和母亲的故事。

因为下雨，大厅里没几个顾客。

姚苓给自己要了一杯啤酒，手里夹着一支细长的薄荷烟。沈辛夷则点了一杯加冰的可乐。窗外飒飒的雨声以及玻璃上一圈一圈倾泻而下的雨水，为她的回忆之路提供了相得益彰的静谧氛围。

第一章　沈辛夷

1

时间吞噬一切，但从不吐出什么。

一般来说，人们对于记忆中的故土家山，总是怀有一份特殊的情感，对家乡的山川美景、人情风物，也颇多溢美之词，往往沉浸在一种"今不如昔"的淡淡的哀伤之中。所谓的乡愁或怀旧，也正在成为一种内容空洞、症候雷同的流行病，互相传染，随处蔓延。如果一个人的家乡风貌遭到了彻底的改变和毁损，那么，对它往昔的追述，往往会言过其实、极尽夸饰之能事。不是武陵桃源，就是天台仙境，最终让自己也信以为真。挟带着强烈情感的追忆之路，至多是一种轻度自我麻醉所造成的幻象重现。在岁月的沧桑巨变中，记忆被一次次修饰和提纯，直到它成为不可撼动的"自然之物"。

但沈辛夷的故乡记忆略有不同。

她的老家筻溪，位于苏浙皖三省交界处的一个山坳里。筻溪村的四五十户人家，散落于象山之阴的溪涧两侧。北边是溧阳连绵起伏的丘陵和茶山，往西是安徽的广德，山南则是浙江的湖州。在辛夷的印象中，老家筻溪从来都是那个样子。除了村西的竹林里因采挖紫砂陶土留下一个不大的矿坑之外，它的基本格局，三四十年来几乎没有发生过任何变化。自从8岁离开那里之后，她曾有四五次重返老家的机会。

最近的一次是在2017年的初夏。

刚刚下过一场雨。清澈的溪流从山阴的竹林中蜿蜒而下，奔冲喧腾，汇入村中的深涧，漫过低洼处的碎石路面，最后隐没在浓密的树荫中，注入山下六七百米外的邮驿水库。溪流激起的漫天水雾，浸润着竹木和松脂的香气。背着手在村中闲逛的老人，还是原先的样子；山峦、房舍、石桥，还是原先的样子；店铺里售卖的笋干、百合和阳羡茶，一簇簇挺拔秀顽的金檫树、树下堆积的厚厚的落叶，都是原先的样子。如果说，有什么异物，犹如腋下淋巴生出的硬核，在时刻搅动着她温馨而绵长的回忆，让她稍稍感到不适，那一定是村中随处可见的外地游客了。

这些衣着鲜亮的外地人，慵懒地坐在临溪的精致花园里怡然自得。他们喝着茶、咖啡和冰镇啤酒，或低头查看手机信息，或旁若无人地纵情谈笑。

不知从什么时候开始，村里的居民几乎无一例外地办起了民宿。修旧如旧的民居，整饬一新的庭院阁楼和篱笆小院，虽别出心裁、各臻其美，但总体说来亦大同小异。这些山民集老板、经理人、客房清洁工、厨师、园艺师、前台服务员、会计、出纳于一身，在房前屋后、楼上楼下疾速奔走，为手机订单上的那些陌生客户提供一条龙服务，并根据随时出新的时尚讯息，不断升级自己的设施、餐食和接待规格，以换取客户的好评，提升自己在业界的竞争力。

这些无远弗届的时尚讯息，来自一个巨大的全球性的社会网络系统。你非要给这个无形的网络一个恰当的名称，它或许可以被称作"他人"。而"他人"到底是个什么东西呢？你追问到底所获得的答案，也许只能是"查无此人"。很多时候，它仅仅意味着某种情绪、幻想或意愿的不安悸动，风一刮，也就没了踪影。

不管怎么说，对于这些祖祖辈辈生活在寂静山村里的乡民来说，生活的目的，早已不再是待在自己的家中且感到自在和舒适，而是猜测并想方设法去满足"他人"的莫名欲望。而当所谓的"成就感"，成了"别人"瞳孔中偶然映出的虚幻闪光时，生存本身就像是自愿接受的无期徒刑了。

倘若你有幸碰到本地见多识广的投资人，他们一定会跟你吹嘘笸溪村风光山水的"原汁原味"。就好像这个山村的基本风貌最终得以保留，完全是他们的功劳似的。事实上，情况或许刚好相反。他们没有染指这个清寂的山村，并不能说明这些人有什么高人一头的智慧和先见之明。事实上，他们根本瞧不上这块"飞地"——位于三省交会处的这片区域,除了山,还是山,遍地长满毛竹和矮松。此外,交通不便以及地理、人口交互错综,从经济开发的角度而言,成本高昂且无利可图。

像前几次一样,这次回笤溪,沈辛夷只是在村子里随便转了转就离开了。她没敢去看一眼自己的祖屋——那个曾经被称为"家"的地方。

2

"辛夷"这个名字,是姑妈沈文雁给取的。在小学三年级时,她在课本中读到王维的那首《辛夷坞》,才知道所谓辛夷,说白了就是紫玉兰,当地也有人叫它望春花。联想起自己家门口的那棵玉兰树,她终于明白过来,"辛夷"这个名字并不像母亲所吹嘘的那么"高级"。她很容易想象出如下画面:姑妈沈文雁来家中探访坐月子的弟妹,后者请她给孩子取个名。姑妈朝窗外一望,正好瞧见了窗前那棵开花的紫玉兰。如此说来,这个名字不仅没有什么微言大义,而且多少有点草率或漫不经心。到了后来,弟弟的降生,为辛夷的这一猜测提供了有力的佐证。那时,院子里的玉兰树边上新长出了一棵泡桐,于是,弟弟的名字就成了"沈新桐"。

姑妈来自浙江余杭的瓶窑镇。母亲贾连芳在蜀阳中学读高三时,沈文雁从金华的一所师范大学来学校实习,她们很快成为莫逆之交。几个月后,沈文雁留在了蜀阳中学当语文老师,两人更是情同姐妹,形影不离。从本质上说,姑妈和母亲属于同一种人:待人处事简单直接,性格强悍,脾气火暴,且多少有些鲁莽任性。除此之外,她们的生活信念也大致相同。姑妈的座右铭是:要压倒一切困难,而决不被困难所屈服。这句话由"要压倒一切敌人,而决不被敌人所屈服"那句著名的语录脱胎而来,听上去似乎很有哲理。相比之下,母亲常常挂在嘴边、用来教育孩子的那句口头禅,就显得土气多了。幼年的辛夷每次听到这句口头禅,总是本能地将牙齿咬得咯咯响:

"生活就是拼命。"

多年后的一天上午,姑妈来到蜀阳一家粮食加工厂的碾米车间,找到了在那里做临时工的贾连芳。

沈文雁简单问了问母亲对婚事的看法,随后立即向她推荐了自己的亲弟弟沈文鸿。母亲在与沈文鸿没有见过面的前提下,略微愣了一下,居然一口应承。她只提出了一个条件:因父亲去世得早,带着母亲远嫁浙江余杭,有点不太现实。如果婚事能成,希望男方来筲溪入赘。姑妈大概觉得这种小事,也许根本就犯不着与弟弟商量,便立刻答应了下来。于是,在加工厂碾米机巨大的轰鸣声中,两个女人通过"耳鬓厮磨"的一番大声喊叫,仅耗时数分钟,便定下了这门亲事。

差不多两个星期后,在一个细雨绵绵的黄梅天,一位眉清目秀的高个子青年来到了筲溪村。他在吃下了外婆为他准备的三个水泼蛋，外加一碗红枣之后，目光沉静地望着对面的母女俩，含笑不语。贾连芳没有笑，自打她第一眼瞅见这个外乡青年，内心的喜悦犹如注入山谷的一溪春水，喷涌不息。

沈文鸿在傍晚时分离开时，她甚至担心，这个腼腆的小伙子一旦走出了她的视线，便不再回返，于是很不恰当地提出让对方在筲溪村住上一晚，但外婆用严厉的眼神制止了她。

当天晚上，母女俩挨着灶台坐着，外婆眯缝着那双精明的小眼睛，问女儿道："这个人，好，还是不好？"

"好。"贾连芳赶紧答道。

"这个人身上，你有没有看出什么毛病？"

"没有，没有，真的没有。"

外婆见她说话不过脑子，知道女儿被这个长相俊美的小伙子迷住了心窍，便一声不吭地站起身来，拎起食桶，走到院里喂猪去了。等到她回到灶屋，见女儿仍在灶下的小板凳上坐着，痴痴地发呆，脸上因心绪未平而泛出潮红，便在桌边坐下，叹了口气，对女儿道：

"这人模样生得标致清爽，待人有礼，脾气也好。说起话来稳稳当当，眼神直率大方，周身上下，透着聪明，一看就是个好人家的孩子，不缺家教。他能一口气吃下三个蛋瘪子外加一碗红枣，身体也看不出什么毛病。我听开香烟铺子的老赵说，浙江的瓶窑离杭州不远，也是天底下一等一的富贵地方，这么好的一个人，放着当地论千数万的好姑娘不要，非得大老远跑到百十里外的筲溪来倒插门，你想想，这事说得通说不通？单凭能说会道的沈文雁拍胸脯的几句鬼话，你就把自己的一生托付给人家，万一里面有个蹊跷，怕是将来悔之不及。不如托个人去趟瓶窑，探个究竟，查个虚实。你别嫌我人老话多，嘀嘀嗒嗒。"

贾连芳一听母亲扯上了沈文雁，不由得心头火起。她猛不丁从灶下站起身来，绕到灶前，抓过一柄小木勺，从灶台的颈罐中舀出一勺水，直着脖子喝了下去，然后一抹嘴唇，对她的老娘叫道：

"人家千里迢迢来到筥溪，在你家坐了一整天，任你看，任你问。你看也看了，问也问了，横竖是挑不出毛病，却还要在这里啰唆个没完。反正这人我中意，样样都好。你给我歇着点吧。"贾连芳说完这句话，一甩辫子，从灶屋里走了出去。

外婆只得冲着她的背影远远地喊了一句："你没听见过村里的那句老话：好就是糟。越好往往就是越糟……"

"你给我歇着点吧"，是筥溪村一带教训人时的一句狠话，和北方方言中"一边儿凉快去"颇为类似。在辛夷小时候，父母相亲这件事，外婆不知跟她唠叨过多少遍了。每次讲述这个故事，外婆总要特别强调一下"你给我歇着点"这句话，可见它给外婆带来的刺激有多强烈。

至于"越好就是越糟"这句老话，辛夷疑心是外婆自己的发明，根本不是什么村里代代相传的老话。她在筥溪生活的七八年中，从未听到过别的什么人说过这句话。后来，当她在北外读研究生，整夜整夜睡不着觉的时候，这句话也会在她脑海中闪现。她觉得自己不是生活在现实中,而是活在那些由言论、训诫、箴劝、格言、琐谈、意见、聒噪等声音的碎片所围困的黑暗之海中。而"越好就是越糟"这句话,有若海面上唯一的灯塔,不时照亮她命运的航迹。

1990年的正月初六,父母在筲溪村的祖屋里举办了婚礼。新郎沈文鸿身穿一件带毛领的黑呢大衣,乐呵呵地陪着新娘子,挨个儿给客人们敬酒。他们来到一个绰号叫作"长脚鹭鸶"的中年人座前时,沈文鸿毫无先兆地颓然倒地,双腿不停地抽搐,嘴里吐着白沫,眼珠上翻,一时人事不省。也许不用等到"长脚鹭鸶"用摩托车驮来村诊所的赤脚医生,在场的那些见过世面的老头老太,一眼便能断定他是癫痫发作。来自瓶窑的沈家父母,也就是辛夷的爷爷奶奶,一时慌了手脚。奶奶不住地对母亲说,一直不知他有这毛病,怎么好端端地发起羊儿疯来?众人听她这么说,只顾笑,也不答话。而老实巴交的爷爷的一番说辞,则更像此地无银,不打自招:

"不碍事,不碍事,一霎霎就能缓过来。"

倒是姑妈沈文雁反应敏捷。她双腿跪在地上,捧着弟弟的头,一把扯下脖子上的丝巾往他的嘴里塞,防止他在昏厥中咬伤自己的舌头。这件事在此后的很多年中,成了筲溪村人茶余饭后津津乐道的谈资。问题是,羊儿疯并不是沈文鸿身上唯一的隐疾。

藏在他身上的秘密,沈文雁不说,沈文鸿不说,外婆和母亲自然无由得知。

3

时代的巨变犹如春日的踪迹，总是在不知不觉中悄然到来，在乍暖还寒时出现停滞与反复，在不经意间变得确定无疑、不可动摇。

在苏州大学读在职博士的沈文雁，每次返回蜀阳中学，照例会来筲溪与母亲见面。她时常提到一个名叫费孝通的人以及他所提出的"苏南模式"。人心浮动说明世道在变。沈文雁劝母亲"别一别苗头"，赶紧找点"正经事"来做，不要错过千载难逢的"历史机遇"。其实，用不着大姑子口干舌燥地教化与点拨，贾连芳也能从附近村庄的变化与躁动中望云知雨，得出同样的结论。

村里的年轻人，如同被鸟铳惊飞的麻雀，一夜之间一哄而散。稍远一点的去了上海、杭州和南京，近一点的，则在苏锡常和昆山一带，围着太湖转。村庄突然变得空阔而岑寂。在坐月子的这段时间里，贾连芳将自己能做的"正经事"想了个遍，仍不免瞪着帐顶长吁短叹。

她知道丈夫沈文鸿指望不上。

人生得英俊毕竟不能当饭吃。沈文鸿在瓶窑时学过木匠，满师后即面临失业。实在找不到活做，他就在街上开了一个小铺子，阳伞、拉链、皮鞋，什么都修。有时，他也给人开锁配钥匙。

在贾连芳眼中，那显然算不上什么稳定的职业。

因担心他的癫痫发作，贾连芳从不让他干重活，只叫他照料山下的那片茶园。她自己则和老母亲养鸡养猪，去山上挖竹笋，打理屋前屋后的几分自留地。筶溪的笋干、百合、杨梅和春茶，从来不缺销路，他们的日子虽然平淡，但也不至于陷入困顿和窘迫。可是，只要贾连芳听说谁家的儿子开回了一辆新买的桑塔纳轿车，谁家的女儿给家里买回来一台平面直角的电视机，仍有一脚踏空的感觉，难免心生焦灼。

就在贾连芳和丈夫商量着，要不要去蜀阳长途汽车站支个小摊卖馄饨时，"长脚鹭鸶"贾金强找到了她。

"长脚鹭鸶"在二三十公里外的胡桥镇开办了两家企业，生产胶木制品和五金配件。他的货发往全国各地，需要大量的包装木箱。贾金强将木箱的制作图纸递给父亲，又将一个装有订金的信封塞在了母亲怀里。看着一脸疑惑的父亲，贾金强笑了起来，露出一口又黑又黄的坏牙。"你们也不用来我厂子里上班，夫妻俩在家里帮我钉箱子就行。我帮你们算了算，如果选用最便宜的泡桐木作材料，刨去运费和加工板材的费用，每只箱子差不多有三四块钱的毛利。你们钉多少，我要多少。别的，与我不搭界。"

母亲的家庭作坊正式开工的时候，沈辛夷已经1周岁了。她的幼年时代，基本上是在堆积如山的木箱的缝隙中度过的。她在木料和刨花的香气中入睡，在羊角锤叮叮咚咚的敲击声中醒来。据说,父亲曾劝母亲将她送到邻村的幼儿园,母亲一口拒绝:"有什么必要呢?白白浪费钱,又要来回接送,一个女孩子,在哪儿不能玩?"

在上小学时,沈辛夷将她对于木箱子的记忆写进了作文:

爸爸坐在一只小木凳上,用双腿紧紧地夹住我。我的头顶着他的下巴,闻到他嘴里的烟味和红薯味。还有汗味。他一直在出汗。有一滴汗珠吊在他的鼻尖上,亮晶晶的,就是不掉下来。他钉箱子的速度比妈妈和外婆快多了。妈妈钉一只,爸爸钉三只。有一天晚上,突然停电了。屋子里很黑。爸爸说,其实夜没有那么黑,安静下来,也能看见光。他指给我看外面的月亮和星星,还有门口地上那白白的亮光。我们就那么坐着,屋外的虫子在叫,青蛙和知了也在叫。爸爸用腿夹着我,有时也会亲我的脸。

我爱爸爸,也爱妈妈和外婆。

也许要等到多年以后,沈辛夷才会明确地意识到,这个关于木箱的温馨的画面,或许不是她最早的记忆。这个世界给她留下的初始印象,比这要严酷得多,也糟糕得多。但它暂时还在她心底的某个角落里沉睡,等待苏醒。

父亲用平板车拉回来的泡桐原木,如果一时半会儿用不上,就整齐地码放在院子的西墙边。为了防止日晒雨淋,父亲在上面盖了一层油毡。一年春天,这批原木被送到锯木厂加工板材,母亲意外地发现，墙角长满紫花地丁的草丛中，竟然生出一棵白花泡桐的幼苗。母亲没舍得将它斫除，而是小心翼翼地把它连土挖出来，栽在了窗下那株玉兰树的旁边。等到弟弟出生时，这棵泡桐长得比紫玉兰还高，而且开出了一簇簇风铃般淡紫色的花朵。风铃下沿的小喇叭犹如咧开的嘴唇，凑近了，还能闻到一缕似有若无的幽香。

听父亲说，姑妈一开始给弟弟取名"新桐"，随后又改为更有学问的"焦桐"，用的是蔡邕火中取木制琴的典故。外婆嫌"焦"这个字不太吉利，后来在上户口的时候，仍旧改成了"新桐"。

母亲对于取名字这一类事，没什么太大的兴趣。在目睹了白花泡桐神奇的生长速度之后，她租车从常州的一家苗圃里买了大批生长速度更快的楸叶泡桐幼苗，种在了院外的自留地里，巴望着这批幼苗成材后，能稍稍拉低木箱的制作成本。可是，楸叶泡桐长得再快，也赶不上新事物迭代更新的速度。还没等到地里的这片泡桐成林，"长脚鹭鸶"贾金强再次来到了筲溪的家中。

贾金强吃着外婆给他炖的笋干烧肉，抽着父亲递给他的中华烟，喝着母亲去年酿的杨梅酒，满脸泛着油光，对母亲说，随着他的生意越做越大，原先的木箱显然跟不上潮流了。他决定终止使用笨重的木箱，用品相更好且价格更为低廉的纸箱来代替。

"可纸箱子毕竟不结实啊，那些五金件搬来搬去的，万一在途中散了怎么办？"母亲申辩说。

贾金强想了想，对母亲道："现在的纸箱，早已今非昔比。要是嫌它不够结实的话，我们只消在纸箱外面钉上几根小木条就完事了。"

"那纸箱能不能交给我们来做？"父亲试探着问了一句。

贾金强耐心地向他解释说，纸箱的利润很薄。现在无论做什么事，都得讲究个标准化。因为纸箱上要印上产品的标号、尺寸、数量等信息，这不是一个家庭作坊能够应付的。不过，临走前，喝得醉醺醺的"长脚鹭鸶"，给父亲透露了一个重要消息。

贾金强拍着父亲的肩膀说，据他所知，蜀阳镇上的第一批商品房已开始选址。等到将来房子竣工出售时，与房地产配套的关联产业，将会迎来难得的商机。"你是木匠出身，这方面比我懂，不妨早做准备。要么做家具，要么去做装修。再不济，你到店里随便扯几块布料做窗帘，也能挣大钱。"

沈辛夷开始上小学的时候，父母终于在蜀阳镇拥有了自己销售窗帘的门店。又过了两年，他们做窗帘生意挣到的钱，已经足以在新开盘的银湖新城挑选一套三居室的房子了。在乔迁新居的鞭炮声中，沈辛夷却一点都高兴不起来。听外婆说，因本地的窗帘市场接近饱和，他们这样的夫妻小店渐渐赚不到什么钱了。父母不得不暂时离开蜀阳，远走他乡寻觅商机。他们选中的第一个城市，是湖北的武汉。在令人烦闷的离愁别绪中，沈辛夷怎么也弄不明白，为什么她必须被留在老家，由外婆来照料，而弟弟沈新桐则可以被他们像宝贝似的带在身边。

在她刚出生的那些年中，母亲因不便叫她"小夷"，就给她胡乱取了个乳名，叫她"阿宝"。可自从有了弟弟之后，"阿宝"这个名字又被她安在了弟弟的头上。刚开始，母亲一唤"阿宝"，她和弟弟必会喜滋滋地同时奔到母亲的身边。母亲在给弟弟吃蛋糕的时候，也不得不掰下一小块给她。后来，为了一劳永逸地将姐弟俩区分开，母亲在叫她的时候，只能使用她的大名"沈辛夷"。和"阿宝"相比，"沈辛夷"这个称呼，缺少爱抚与亲昵的成分，听上去冷冰冰的。而但凡母亲大声叫出这个名字，往往就意味着训斥、命令或责罚。

父母和弟弟去了武汉之后，沈辛夷独自一人缩在新居的床上，在新鲜涂料甜滋滋的香气中辗转难眠。她只有在找到足够的事例证明母亲并不偏心时，才能忍住眼眶中的泪水。问题是，这样的事例不太容易找。比如说，每当她向母亲抱怨，自己的虎牙再不去医院矫正，就会变成丑八怪时，母亲连看都不看她一眼，就敷衍了事地对她说："你的牙齿没问题。"再比如说，她问母亲要钱，想在门口的小卖部买个布娃娃或者买几张正在流行的美少女战士卡通贴纸时，正在算账的母亲因按错了计算器上的数字而气得暴跳，可弟弟却手握昂贵的最新款游戏机，依偎在母亲怀里一脸坏笑地冲她做鬼脸。

有一天，辛夷在帮外婆择菜时，试着问她，妈妈是不是不太喜欢自己。外婆先是一愣，然后摸了摸她的头，安慰她道：

"妈妈更喜欢小的，这谁都看得出来啊！可你也没什么好埋怨的，因为爸爸更喜欢辛夷，对不对？一人疼一个，公平合理啊。"

她本想问问外婆更喜欢谁，是她，还是弟弟，犹豫了半天，最终也没敢问。对于外婆这样一个满脑子封建思想的乡村妇女来说，她的回答是不言自明的，根本用不着试探。

不过，辛夷低下头想了想，觉得外婆的话也有几分道理。每当她向母亲提什么要求而遭到直接的拒绝或无视时，父亲表面上假装没听见，一声不吭，事后却悄悄地将她带到街上，慷慨地满足她的一切愿望。比方说，父亲带她到口腔医院做完牙齿正畸治疗回到家中，她的嘴里多了一个钢丝牙套，怀里多了一个漂亮的布娃娃，衣服口袋里藏着一沓崭新的美少女战士玻璃纸贴画。她不仅可以将它们贴在书上、本子上、铅笔盒上，甚至可以贴在自己的脸上。

父母去了武汉之后，平时很少回老家。有什么必须要办的事情，也是母亲一个人回来。弟弟需要有人看管，母亲也舍不得两个人的车票钱。只有到了春节的时候，他们三个人才会一起回家过年。他们一般腊月二十九到家，大年初七一准离开。

然而，在父母回家的那段日子里，全家人待在一起的时间也并不多。

过年的那天晚上，母亲简单地给每人捞上一碗雪菜肉丝面，就匆匆赶往邻居家打麻将，往往彻夜不归。辛夷被炸翻天的鞭炮声闹得睡不着觉时，那碗雪菜肉丝面还在胃里泛着酸水。辛夷心里明白，就算是在过年这一天，她也只配吃雪菜肉丝面。

因为她的母亲贾连芳是在大年初一那天出生的。

在姑妈的不断催促下,父亲照例在初二一早返回浙江,去探望爷爷奶奶,在瓶窑待上两三天。辛夷每天都在默默地计算着时间,眼睁睁地看着期盼已久的春节在一天天的忙乱中,被白白耗掉。连她考了全年级第一的成绩单,也没有机会向父母展示。后来,她慢慢地懂得了一个道理,因为有一场离别在后面等着,节日的欢聚,从一开始就被浓郁的忧伤所浸透。这世上既没有什么不让人担忧的喜乐,也没有不掺杂着苦涩的甘甜,更没有完美如期待的满足。

正月初七这一天,外婆总是天不亮就起床,为父母和弟弟准备早饭。而辛夷通常会在煎鸡蛋时油烟机的轰鸣声中醒来。接着,她听到了父母在卫生间刷牙的声音,然后是弟弟在客厅玩游戏机时传来的欢快的电子乐音。用不了多久,一辆三轮铁皮车就将突突地响着,从远处开来,在他们家的门楼前停住,熄火。

一般来说,最终来到她房间与她告别的必定是父亲。她心疼这个来自异乡的小木匠,可也在暗暗生母亲的气。当父亲轻轻地推开门,走到她床边的时候,辛夷照例侧身过去,假装睡觉,故意不理他。父亲在她的床边一坐就是好半天,偶尔用他那布满硬茧的手,碰一碰她的头、她的脸。如果母亲在楼下催得急了,一声紧似一声地斥责他"磨磨蹭蹭搞什么鬼名堂",辛夷也会转过身来,轻轻地推一推父亲的胳膊,小声提醒他说:

"没听见吗?贾连芳在叫你呢!"

这时，父亲总是不声不响地站起身来，朝她眨眨眼睛，并冲她诡秘一笑。好像他们父女俩之间，有什么秘密或默契似的。

门楼前停着的那辆破旧的三轮铁皮车，又重新突突地发动起来，载着一家三口上路。铁皮车的引擎声，蛇一样地游过小区中心的花坛和紫藤花架，沿着银湖南岸长满枯苇的长堤，颠簸着一路往西，在肮脏的晨雾中越颠越远。

渐渐地，她什么声音都听不见了，才开始畅快地流泪。

4

沈辛夷在蜀阳中学上初二时，她所在的学校组织了一次远足踏青，美其名曰"素质拓展"，说白了就是春游。班主任朱老师是苏州木渎人，踏青的地点，最终被选在了距木渎镇不远的灵岩山。据说，当年的吴王夫差不顾伍子胥的苦苦劝阻，下令修建姑苏台时，从会稽运来的木材，使灵岩山下的河道沟渠为之堵塞，那一带就被称为"木渎"。灵岩山至今还留有夫差吴宫旧馆的遗迹，也是传说中越王勾践献送西施的地方。

清明节后的第二天，全班32个人乘坐一辆中巴车，天刚蒙蒙亮就上了路。坐在辛夷右侧的吴则先是个大胖子，一路上不时开窗透气吹风。沈辛夷晚上没睡好觉，在车上被冷风一激，很快发起低烧来。他们抵达灵岩山风景区时，朱老师见辛夷蔫蔫的，不停地咳嗽，就建议她留在中巴上休息，并叮嘱司机留心照料。朱老师给她吃了两粒感冒灵，临走时又将自己带的一袋面包和装有热水的小暖瓶留给了她。

沈辛夷吃了药之后，感觉舒服多了，就靠在椅背上酣睡。在睡觉的那段时间里，她模模糊糊地感觉到，司机特意重新打着了车，为她开了空调。车内一直暖烘烘的。

不知过了多久，打在车窗玻璃上飒飒的细雨声让她醒了过来。她记得自己只睡着了一小会儿，可看了看腕上的手表，时间已过了中午。刚才艳阳高照的大晴天，这时已阴得沉黑。雨不大，风却是冷飕飕的。

朱老师留下的面包又干又硬，似乎已存放了好久，咬一口，就扑簌簌地掉渣。小暖瓶里的水也不怎么热了。

她向司机打听厕所的位置。他看了辛夷一眼，把正在吃的桶装方便面放下，朝窗外指了指，嘟嘟囔囔地嘱咐她道："风景区入口处有一棵大樟树。你远远就能望见。樟树的旁边，有两排卖旅游纪念品的货摊。顺着货摊往东走，走到底就能看见厕所了。"

沈辛夷下车刚走了没几步，司机又从驾驶室里跳了下来，追上她，递给她一把撑开的大黑伞。

风景区门口早已没什么游人了。她沿着空空荡荡的货摊往前走，快到尽头时，果然看到了那个隐伏在竹林中的厕所的白色外墙。白墙前有一个小水塘，四周开满了油菜花，风一吹，水塘上方就腾起了一股袅袅的水雾。池塘对面的山坳里，飘浮着一缕缕乳白色的山岚，给山涧里的竹林和松树裹上了一层轻纱。一想到朱老师和同学们说不定也在什么地方躲雨,沈辛夷没有爬成山的郁郁不欢,此刻变成了不无愉悦的暗自庆幸。

辛夷将雨伞收拢,挂在进门处洗脸池的边沿上。她觉得身后站着个什么人,起先也没怎么在意。只是当她感觉到,那人沉重的鼻息和嘴里的热气,从她的后脑勺上方飘过时,这才慢慢地转过身去。

那人正望着她笑。

这是个二十出头、身体单薄的小伙子。深黑色的旧西装,看上去很不合身。这人脸色惨白,一副病恹恹的样子。大概是淋了雨,他的头发湿漉漉的,一绺一绺地耷拉在前额上。辛夷上上下下地打量着他,问他是不是走错了厕所。那个人也不答话,迅速地晃了一下头,给了她一个既严厉而又令人费解的眼神。那眼神,一半是命令,一半是哀求。

没等辛夷反应过来,那人就紧紧地捏住了她的一只胳膊,将她带到厕所最里边的一个隔间里,别上了门。

她听见外面的雨,忽然下大了。

返回蜀阳的途中,辛夷在车上昏睡。

在她醒过来的那一小会儿,也就那么一小会儿,她觉得世界一切如常。从男生们关于玩月池、琴台、吴王井、西施洞的谈论和争执中,她听不出一丝异样。但紧接着,她的心猛地往下一沉,犹如钓线上的浮标被鱼拽向水底,她的心也在疾速地下沉,向着一个无底的深渊快速坠落。

她觉得自己的心里有什么东西突然炸开了。

雨停后出了太阳。有人穿着高帮套鞋，扛着钉耙在麦田里转悠。有人在路边重新支起货摊，售卖茶叶、杨梅和炮弹似的毛竹笋。有人在车窗外掠过的一条深巷里缓缓独行。有人驾驶着亮黄色的压路机，轧过热气腾腾的沥青路面。一些人聚在屋檐下谈笑，吞云吐雾。一些人在高速公路的服务区吃着烤肠，一口咬掉一大截。一些人拎着大包小包从大润发超市的门口出来。一些人把刚刚买来的陶制花盆往车上搬。

天渐渐地黑下来。所有的人在浸入黑暗之后，渐渐变成了皮影戏上的无声画面。所有的人如同鬼魅一般，在黑暗和光影之间出没，在路边街角这么一闪，那么一晃，方生方灭。这世上所有的惊涛骇浪瀑布般地砸向她。这世上所有的人都仿佛与自己无关。这世上所有人的行为，都显得那么怪异而荒谬。

这世界骤然间变得陌生而不可理解。

不论辛夷将目光投向哪里，她总能看到这些人影背后叠映出来的一片雨中的油菜花地，一张忧郁的脸。如果想在眼前摒除掉那张病弱而苍白的脸，假装没有听懂年轻人在厕所的隔间里跟她说过的那些话，或者祈求这件事原本就没有发生，她只能让自己重新回到睡梦中。可是，中巴车驶离了宽阔的城镇公路，在崎岖不平的山间小道上蹦蹦跳跳地往前开着，她想重新让自己睡着，已不是一件容易的事了。

坐在辛夷边上的班主任朱老师，并不清楚发生了什么。

辛夷的身上盖着朱老师的浅灰色夹克。这件衣服似乎好久未洗了,有股子难闻的烟味。颠簸之中,朱老师那凉凉的指背,偶尔探向她的前额。在确信她没有再发烧之后,他长长地松了一口气。

外婆很快觉察到了异常。

家里很久没有吃过鱼了,可沈辛夷总是将自己反锁在卫生间里,像是要把嗓子里卡着的一根鱼刺咳出来似的,一遍遍地清洁着喉咙。"喀喀""喀喀"的声音日复一日,明显超过了感冒咳痰时应有的频率,有几次甚至引发了剧烈的呕吐。

此外,春游回家后,辛夷差不多有一个星期没和外婆说过一句话了。

外婆没有第一时间给远在武汉的父母打电话,而是试着向辛夷的姑妈求助。那时,在苏州大学拿到博士学位的沈文雁,调到了刚刚成立的蜀阳实验中学当校长。

星期六的下午,沈文雁如约来到了家中。她径直走进了辛夷的房间,并随手关上了房门。姑妈嘴唇涂得红红的,戴着金丝边眼镜,头发染成了棕褐色,脸上厚厚的扑粉未能掩盖掉鼻翼两边毛孔的黑头。在她严厉目光的逼视下,沈辛夷知道自己再也无法隐瞒,便将春游时发生的那件事从头到尾叙述了一遍。

后来,在公安局做笔录的时候,透过询问室的玻璃,沈辛夷看见姑妈在大厅里来回踱步,一刻不停地打着电话。警察温和而耐心的询问,让她回忆起了更多的细节。

比如说，那个人白净的窄脸上，吊着一对银质的耳环。他的左手攥着一个蓝色的小罐子，有点像是装发胶的铁皮罐，也有点像大号的金属香水瓶。沈辛夷的大喊大叫和拼命挣扎，让那人恼羞成怒。他捏了一下罐子的喷嘴，刺鼻的气流让她瞬间喉头哽塞，呼吸困难，眼泪哗哗直流，且有点站立不稳。当沈辛夷为了不让自己跌倒而本能地拽住他的胳膊时，那人嘿嘿地笑了起来，略带一点气喘。辛夷能够从他的笑声中分辨出那种恶毒的嘲讽以及令人崩溃的兴奋。

沈辛夷做完笔录从询问室出来，看见他们学校的教导主任不知什么时候赶了过来。他正坐在门口一排深蓝色的塑料椅子上，与沈文雁说着什么。没过多久，一位头发花白的中年警官来到他们身边，说了说他对这个案件的初步看法：这是一起特定类型的猥亵案件，犯罪嫌疑人很有可能患有严重的心理疾病。

沈文雁问他，是不是应该带孩子去医院做进一步的检查，看看处女膜是否完整。警官犹豫了一下，回过头来瞥了辛夷一眼，低声道，根据他们目前掌握的情况来看，暂时没有这个必要。

她们从公安局出来，天已经黑了。从姑妈口中得知，母亲要到明天中午才能赶回来。因一时买不到火车票，她将搭乘早晨的第一班飞机到南京，然后坐出租车回蜀阳。

沈辛夷后来听说，母亲回到蜀阳之后，既没有找女儿问一问究竟发生了什么事，也没有去实验中学找姑妈核实情况，就直奔蜀阳中学的行政楼。她的逻辑很清楚：春游是学校组织的，中巴车是学校派出的，带队的是辛夷的班主任朱老师。学校理应对此事承担全部的责任。

那天上午，班主任朱老师正在声情并茂地给学生们朗诵闻一多的《死水》，一个梳着齐耳短发的女教师神色慌张地走进了教室，将朱老师叫了出去。直到下课铃响，朱老师再也没有回来。

沈辛夷大概能猜到发生了什么事。

至于母亲与校方发生冲突的详情，后来学校里流传着各种不同的说法。有人说，母亲一拳就将教导主任的鼻子打出了血，她甚至揪着一名女性副校长的衣领，要与她一起跳楼，同归于尽。还有人说，母亲好端端地坐在椅子上，也没人碰她，忽然自行倒地，双腿抽搐了一阵，当即昏死过去，学校不得不将她送到附近的人民医院去抢救。而班主任朱老师则用了一个老掉牙的比喻，形象地概括了事情的全过程：

就像一头愤怒的公牛闯入了瓷器店。

学校与母亲达成的协议细则，包括具体的赔偿数额，沈辛夷不得而知。母亲在四五天后重返武汉前，在她卧室的小书桌上放了一个牛皮纸信封。信封里装着的一千块钱，全是新票子。这笔钱，母亲让她"想怎么花就怎么花"。可惜的是，母亲那种用钱就能补偿一切伤痛的坚定信仰，对辛夷并不适用。

母亲离开后，她随手将信封塞入小书桌的抽屉。直到她启程去北京上大学的前夕，那笔钱仍在抽屉里，分文未动。

躺在那间不足十平方米朝北的小屋里，辛夷首次品尝到了失眠的痛苦。"煎熬"这个词，仿佛是特意为她创造出来的一样。不论她如何改变睡姿、调整呼吸、垫高枕头，或者如外婆所告诫的那样，把自己想象成西北黄土高原某地的一个羊倌，在心中默默清点那不存在的羊群，她始终无法入睡。她那不再"干净"的身体，如同一块烙饼，在油锅中两面翻煎，直至焦黄。

只要一闭上眼睛，那张苍白得没有血色且多少有些扭曲的脸，就会浮现在她的眼前。她隐约记得，在厕所的隔间里，白色的蹲便器中，汪着一层血水，堆积在其中的排泄物尚未冲去。便池的角落里有一个黄色的塑料纸篓，里面的每一团手纸和卫生棉都被污血浸透。那人一刻不停地跟自己说话。他的嘴巴紧贴着她的耳朵，像是在告诉她一个重大的秘密。真正让她感到恐惧的，还不是他说了什么，而是那些在她耳边萦绕不去的絮聒，碎玻璃似的摩擦着，顺着她的耳道，进入到她的身体内部。

由此，在凝神屏息的不安之中，她听到了更多的声音。

她终于明白过来，原来世上并不存在"寂静"这回事。真正在主宰这个暗夜的，是各种各样的声音。它们细碎、坚硬、尖厉、纷纷攘攘，从无止息：

冰箱压缩机启动时的嗡嗡声。床头柜上时针走动时的轻微的咔咔声。二楼邻居的硬拖鞋在楼板上发出的橐橐声。撒尿的声音。冲马桶的声音。婴儿醒来的哭闹声。隔壁邻居打麻将的声音、跺脚的声音、和得大牌兴奋地喊叫"杠头开花"的声音。晚归的夜猫子打开防盗门的声音。在上楼梯时往地上吐痰的声音。

而到了天光渐亮的凌晨,三楼的一名京剧爱好者必将对着打开的窗户,开始吊嗓练唱:俺林冲自被奸佞陷害流困沧州在这牢营城中充当一名军卒唉思想往事怎不叫啊人痛恨!一条名叫欧蒂的大母狗,必将带领两条健壮活泼的狗崽子,"咚咚咚咚"从南跑到北,又"咚咚咚咚"从北跑到南,伴随着一阵阵狂吠与欢叫。某个卡车司机的妻子,高声叫醒她"贪睡挺尸"的丈夫,催促他去某地送货。街对面杭州包子铺的伙计们,也必将哗啦啦地打开那排铁栅栏大门,在叫卖声中迎来第一批前来就餐的顾客。

辛夷小时候,当她在筥溪的老屋中居住时,通常也是在各种声音中安然入睡的。风声。雨声。雷声。大雪压断松枝的声音。竹鹧鸪在山林深处的鸣叫声。竹笋在春雨中从土里冒出时发出的拔节声。院子里的知了以及不知名小虫的低声吟唱。溪水在初夏暴涨时的泄水声。那时,恰恰是这些声音所织成的厚茧,保护并滋润着她黑甜的睡眠。现在,这些人为的、嘈杂的、无孔不入而又不能被无视的声音,成了她每天必须面对的炼狱。她终于开始明白,其实她不是生活在自己的家中,而是被抛到了一个无形的、陌生的、由各种声音组织成的嘈杂空间里。奇怪的是,除了她之外,居住在这个楼里的其他人,整天嘻嘻哈哈、高高兴兴的,从未为这些坚硬而喧嚣的声音感到任何不适。她的那些烦恼、焦虑和即将崩溃的担忧,只能默默地藏在心底。

她开始逐渐意识到,在无情的时间机器那原本咬合得十分紧密的齿轮的转动中，唯有她一个人不幸被抛了出来。

几年之后，沈辛夷在一本文学杂志上读到，法国作家普鲁斯特终其一生都在为"声音"而苦恼。他甚至让人将卧室的墙壁和天花板镶上了厚厚的软木，以阻隔外界的一切噪声。沈辛夷立即对这个作家产生了莫名的亲近之感。看着插图上那张清瘦而沉静的脸，她长长地舒了一口气，泪水瞬间溢出了眼眶。仿佛经过了多年的等待和苦熬，她终于在这个世界上找到了第一个同病相怜的知音。她默默地想着，若是将来她能考上大学的话，就去学法语。

由于母亲的介入，春游中发生的这件事，很快在学校传得尽人皆知，辛夷不得不独自忍受那些从校园各个角落投来的异样目光。学校的老师和班上的同学对她过分的客气和关照，反而让她背上了沉重的包袱。学校不知从哪里找来了一个举止刻板且性情很不稳定的女人，对辛夷进行心理辅导。她每周一次的干预式诊疗，对改善辛夷的抑郁症状没有起到什么作用。

三个月后的一天，班主任朱老师在下课后把她单独留了下来。他将辛夷带到自己办公室里，和她做了一次长谈。

他既没有像做笔录的警察那样，用温厚的笑容诱导她去回忆那些令人难堪的细节；也没有像心理咨询师那样，一见面就煞有介事地递给她一张表格，让她在一个个不敢正视的选项上打钩，用于评估她的精神状况，并在暗中测试她的自杀倾向。他直接给了辛夷一番忠告。

作为那次春游的"始作俑者",朱老师想说些什么,尽管去说好了。她对忠告和劝慰没什么兴趣。

朱老师跷着二郎腿,一支接着一支地抽烟。他那浅灰色的裤子皱巴巴的,裤管上有一个被烟头烫出的破洞。窗外空调压缩机持续的嗡嗡声,让人心绪不宁;房间里萦绕着的烟雾,让辛夷不住地咳嗽;而朱老师的那些长篇大论,听上去也令人心烦。

辛夷心里默默地想着,老师正在说话时,她贸然起身去把窗户打开,是不是有点不太礼貌。

他说,永远不要用任何浪漫的想法去看待生活。生活从来都是严峻的。哪怕它就如一个开满了玫瑰的花园那样让人赏心悦目时,它的底子依旧是严峻的。

他说,永远不要去问:这件事为什么会发生在我身上?为什么偏偏是我?因为生活中的不幸和灾难,不是平均分摊到每个人头上的。

他说,一粒花草的种子,落在院中的沃土里,它自然长势良好。可是,如果被风一刮,这粒种子高高地抛向空中,落在墙垛上,落在屋顶瓦楞的缝隙中,落在了茅坑边上,它照样要生根开花。

他说,烦恼或不幸,总归是你的烦恼或不幸。别人帮不上什么忙,它需要你自己去担负。

他说,除了白痴之外,生活中并不存在完全幸福的人。一个再不幸的人,心灵深处也有一线光明。

他说，要学会从时间的末端来看待现在。一件烦心事，无论多么棘手，放到几年、几十年之后再来看，也就不那么重要了……

本来，朱老师还想继续说下去。当他伸手抓起桌上的保温杯，拧开杯盖，打算喝口茶润润嗓子的时候，沈辛夷瞅准了这个机会，猛地站起身来，眼里闪着泪光，情绪激动地对他说：

"老师，我可以走了吗？"

朱老师嘴里含了口茶，一脸错愕地看着她。随后，他冲她摆了摆手，让她走了。

在这所升学率极高的名校里，落拓不羁的朱老师一直没有什么存在感。他的自命清高不合时宜，眉宇之间常有一种让人难以接近的荒寂之气。据说，因公开顶撞校长的训诫，他不得不辞去高中语文教研组组长的职务，来到初中部混日子。

那次谈话后不久，沈辛夷听说，朱老师因春游中发生的意外事件，背上了过于严重的处分。他即将被调往安徽的广德，去那里的一所民办中学教书。这个消息让辛夷有些难过。晚上一个人躺在床上，回想起那次被中断的谈话，心里也有深深的愧疚。他在临别前留给自己的那番话，在离愁别绪中细细琢磨起来，一字一句，却是那么耐人寻味。

他的离去悄无声息。

朱老师调走之后，辛夷把那次谈话中的主要内容写进了作文。一个星期之后，作文本发了下来。她发现，凡是引用朱老师原话的那些文字，都被新来的语文老师画上了红线，且在文末留下了"议论空洞，不知所云"的批语。

只有到了那个时候，她才真正意识到，朱老师的调离，是多么地令人悲伤。

从那以后，她再也没有见过他。

每当她情绪烦乱，心头空落落无所依归的时候，她时常抬起头来，看一眼如大象般静默的群山以及在晴空下悬浮的白云。山的另一边就是广德，而她亲爱的朱老师，就在白云的下面。

5

随着黄梅天的到来，潮湿的空气中掺入了一股霉味。天空乍阴乍晴，阵雨时断时续。客厅的地砖上沁出一层亮晶晶的水渍，怎么也擦不干；墙上的乳胶漆因受潮而布满了气泡，轻轻一碰就会掉落下来。在外婆抱怨骨头酸痛的同时，辛夷也为头发里的馊味而情绪低落。那种烂梨似的甜丝丝的霉味与厕所地漏里泛出的阵阵臭气掺和在一起，令人头晕目眩。家里的两台电风扇一刻不停地吹着。为了稍稍遮盖住四处弥散的异味，外婆不知从哪里买来一罐空气清新剂，将房子的每个角落都喷了一遍。

这天晚上，在空气清新剂所散发的栀子花的香气中，沈辛夷做了一个长长的梦。在梦中,母亲牵着她的手,经过一座老旧的石砌拱桥,走进了一家宾馆的大门。

那座宾馆的墙体被涂成了粉红色,远远看上去,犹如一块方形的草莓奶油蛋糕。它坐落在一片茂盛的竹林里,离名闻遐迩的灵镜溶洞不远。时间似乎也是6月的黄梅天——宾馆套房的玻璃茶几上,有一篮刚上市的杨梅,几只苍蝇绕着果篮飞来飞去。在梦中,辛夷感觉自己躺在客房外间的一张沙发上睡觉,苍蝇有时也会飞到她脸上,好像故意要把她弄醒。

她忽然听见母亲和"长脚鹭鸶"贾金强在卧室里悄声说话。

贾金强:"小把戏在外面没事吧?"

母亲:"她在沙发上挺尸呢。一时半会儿醒不过来。就是醒了,那么大一个小屁孩儿,能知道个啥?"

贾金强:"不会弄出什么事来吧?"

母亲:"我去医院上了环,没事的。"

贾金强:"是小木匠好,还是我长脚好?"

母亲:"长脚好。"

贾金强:"哪里好?"

母亲:"都好。"

过了很久,"长脚鹭鸶"从里屋走了出来,坐在了单人沙发上。他衬衫的扣子没有扣上,肚子的褶皱里全是油汪汪的汗。母亲穿着蓝色小碎花的吊带裙,随后跟了出来,坐在了辛夷的身旁。她的嘴里咬着橡皮筋,正在把散乱的头发重新扎起来。母亲抬起手去摸她的头,辛夷赌气似的飞快地闪开。母亲与旁边的贾金强交换了一个眼神,又转过脸来怔怔地望着她,好久没有说话。

贾金强从黑皮包里取出厚厚一沓钱,扔在了果篮边的茶几上。母亲一声不响地将那沓钱塞进了随身背着的一个小坤包里。她在费力地按上坤包的搭扣之后,也顺便拉上了吊带裙腋下的拉链。

她问贾金强:"长脚,什么时候带我到你厂子里逛逛?"

贾金强笑了起来,露出一口又黑又黄的坏牙:"厂子里人多眼杂。我老婆在食堂里管事,让她看见了,反而不是事。你要用钱,随时给我打电话。"

"你真的这么好?"

"肥水不流外人田嘛。"

辛夷不清楚这个在梦境中发生的事,究竟有多少真实的成分。她甚至不能肯定,它到底是一个梦呢,还是脑子在昏睡中,突然向她敞开的一段记忆。但不管怎么说,它足以解释自己与母亲之间那种仿佛与生俱来的冷漠和隔膜。

母亲从不敢用正眼看她。

很多年后,她在北外读大二时的那个暑假,有两个来自四川的同学去太湖的东山游玩,顺道来蜀阳与她见面。辛夷陪她们去了灵镜溶洞。她吃惊地发现,在梦中出现的粉红色草莓蛋糕似的宾馆,真真切切地出现在了景区附近的竹林中。

宾馆的正前方，也确实有一座石砌拱桥。

那时，"长脚鹭鸶"贾金强已过世两年了。听说他在朋友的会所里喝了太多的酒，仍执意开车回家，最后在龙池山的北麓，撞死在了一条刚刚修通的山间隧道中。

6

父母在武汉待了四五年之后，用卖窗帘挣来的钱，提前还掉了银湖新城的按揭贷款，并为全家安排了一次暑期出国游，目的地是当时人人趋之若鹜的"新马泰"。

沈辛夷不假思索地拒绝了，这让母亲大为光火。

她拒绝随全家出游的表面理由，听上去冠冕堂皇——在即将到来的暑期里，她为自己报了两个强化补习班。而她不愿陪父母旅行的真正原因，或许是前一次的"西湖赏桂游"给她留下的印象实在过于恶劣。

那一年的国庆节，母亲拜托沈文雁，在西湖边的汪庄订下了几个房间，特地请来了住在瓶窑的爷爷奶奶，去满觉陇一带赏桂。沈文雁通过西湖管委会的一位朋友，让房价打了很低的折扣，这给母亲造成了她可以轻松染指"高尚生活"的幻觉。当天晚上，一家八口人来到餐厅吃饭，母亲将两份菜单翻看了好几遍，愣是点不出一个菜来。打着黑色领结、站在她身后的服务员，倒是很有耐心——他既不催促，也不给出任何建议。

就在父亲小声地怂恿母亲"干脆豁出去一次"时,贾连芳脸色铁青地瞪了父亲一眼,合上菜单,招呼大家离开。

母亲走出餐厅时,在门槛上绊了一下,差点摔倒,幸好沈文雁及时地扶住了她。母亲让大家分乘两辆出租车,去景区外寻找更便宜的农家乐。

国庆长假正是西湖风景区人满为患的时候。他们好不容易找来的出租车,在湖边的长堤上被堵了将近两个小时,就是没法移动半步。最后,他们只得从出租车上下来,徒步返回宾馆。母亲为每人分发了一桶方便面,外加一个表皮起了褶子的红富士苹果。沈文雁狼吞虎咽地吃着方便面,忽然冒出来一句:"尴尬人难免尴尬事。"听上去像是自嘲,只是话里的抱怨和讥讽,谁都听得出来。

沈辛夷第一次觉得母亲有些可怜。

第二天早上,在母亲的反复告诫下,沈辛夷不得不往自己的胃里塞进太多的烤肠和三文鱼,以便省下午饭的花销。吃着免费的早餐,一丝淡淡的悲凉浮上了心头。看来,跨过那道无形的阶层鸿沟,并没有想象中那么容易。

短短几年间,银湖新城的居民换过好几茬了。在母亲真正拥有这处房产的同时,这个小区也在迅速蜕变成一个老旧的贫民窟。四周拔地而起的新式板楼将它圈在了当中,而小区居民原本引以为豪的"银湖",也早已干涸见底。那些手脚勤快的老头老太,在杂草丛生的湖底开出了一畦畦的田垄,种上了韭菜、茄子和架豆。大楼外墙的涂料成片成片地掉落,露出里面颜色不一的砖块。大楼前的公共绿地，乍一看芳草如茵，但从楼上各个窗户里扔出来的烟头，因长年无人清理，在草丛中越积越厚。

家里的情况也好不到哪里去。铺在房间里的人造革地板或四边上翘，或中间隆起，好些地方早已被鞋底磨穿。在客厅里，母亲当年亲自设计的两根罗马柱，因石膏龟裂而出现了纵横交错的网状纹。到了盛夏时节，母亲看着那些穿着人字拖、打着赤膊的陌生面孔在小区里到处晃荡，旁若无人地随地吐痰，或许不难认识到，这些年背井离乡、辛苦打拼所换来的到底是什么。要是有熟人问母亲住在什么地方，她发现"银湖新城"这四个字，已经很难说出口了。

为了快速赚到足够的钱，父母决定离开他们所熟悉的武汉。如同在草原上转场的牧民一样，他们打算去更偏远的地区寻找所谓的价值洼地。他们在荆州待了半年之后，又去了江西的赣州。

沈辛夷上高二时，母亲终于在临近太湖湿地的丁家湾小区，定下了一个两百平方米的复式公寓。用母亲的话来说，这幢"别墅"是特意为辛夷买的。因为这个小区坐落在镇子的另一个方向，从那儿坐公交车去辛夷就读的蜀阳中学，仅需十分钟。与银湖新城相比，每天往返学校时省下的一个多小时，对于即将参加高考的沈辛夷来说，自然极其珍贵。听母亲说，新居的顶层，有一个五十平方米的大露台。如果他们借鉴邻居的经验，在露台上加出一个房间的话，它将成为一个不受打扰的独立王国,沈辛夷可以就此免除任何噪声的侵害。

问题是,直到辛夷拿到北外的录取通知书离开蜀阳,她一直未有机会踏进新居的大门一步。在此期间,这个家庭所发生的一连串变故,不论是对于母亲还是辛夷来说,都是始料未及的。

7

沈辛夷和弟弟沈新桐平时几乎没有交流。除了一年一度的春节相聚之外,她也很少意识到他的存在。每当弟弟跟在父母身后,拎着大包小包走进家门的时候,他身体和声音的变化给辛夷带来的距离感,需要很长一段时间才能被消化掉。弟弟的口音中夹杂着太多的武汉腔调。他把"图"说成"头",把"度"说成"豆",把"黑人"说成"何人",把"到哪里去"说成"到哪里抠",辛夷和外婆时常被他逗得哈哈大笑。

新桐的性格中,既有父亲的腼腆和沉默,也有母亲的好勇斗狠。他对事情的反应稍显迟钝,比常人要慢上好几拍。如果你在什么地方得罪了他,他的闷声不响,往往并不表示宽宏大量或不予计较。他的报复被延迟,仅仅是因为,他在脑子里暗自盘算着发泄的方式,需要一定的时间。比如说,坐在前排的语文课代表在发作业时,直接将本子扔在了他的脸上,让他在众目睽睽之下丢了面子,弟弟一直要等到第二节的数学课上,才会将一整瓶蓝墨水倒在这个女生的后背上。

母亲在饭桌上绘声绘色地讲着沈新桐在武汉的那些"趣事"，沈辛夷发现，弟弟也在偷偷地笑。那样子既害羞，又天真。

起先，弟弟在武汉读的是私立的贵族学校。他在那里认识了越来越多的名牌，养成了越来越挑剔的眼光以及大手大脚花钱的习惯。同学中的那些富家子弟，也试着探询他父母的职业，以便掂量他的家底。沈新桐喜欢用"企业界人士"这个暧昧的头衔来敷衍他们。后来，由于学费昂贵，再加上弟弟一再留级，在父亲的坚持下，新桐被转到了一所走读学校，当起了插班生。

对于新桐的前途，母亲倒也不像父亲那么忧心忡忡。在她的远景规划中，儿子将来是一定会去美国生活的。男孩子懂事晚，小学时成绩差一点，不能说明什么问题。等将来他去了美国，一切都会好起来。父母"转场"到了南宁之后，由于初来乍到，立足未稳，没有一所中学愿意接受弟弟的插班。为了不影响儿子的学业，他们不得已带着新桐回到了老家，找到了正在蜀阳实验中学做校长的沈文雁。

做事风风火火、说一不二的沈文雁，的确没有让母亲失望。她第二天就帮新桐办好了入学手续，让他到实验中学上课去了。

就在父母安顿好弟弟，准备返回南宁的前夕，发生了这样一件事。

一天中午，弟弟去食堂排队打饭。快排到窗口时，一个长相精致、看不出男女的高年级同学走到他身边，要求插队。沈新桐正沉浸在耳机里播放的摇滚乐中，他抬头瞥了那人一眼，没有动。那人还是强行插了进来，踩脏了弟弟的新款耐克篮球鞋。新桐只是往后稍稍退了一步，当时没说什么，仍然在听他的音乐。那人回头骂了他一句什么，他也未予理睬。

过了半晌，沈新桐要了一大碗肉酱面，在人潮涌动的食堂里转悠。他很有耐心地挨个找，总算在一株塑料棕榈树的背后，找到了那个踩脏了他球鞋的人。新桐悄悄地走到那人身后，将一大碗肉酱面，直接扣在了他的头上。

那天下午快要放学的时候，这个学生的爷爷，一个上了年纪的退伍军人，怒气冲冲地走进了校长室。他除了责令沈文雁将一个名叫"沈新桐"的学生"即刻开除"之外，没有提别的要求。

母亲接到沈文雁的电话，匆匆赶到了学校，可她并不认为孩子间的打闹算个什么事。而且，她压根儿就不信，世界上还有什么麻烦事，是用两千元的超市购物卡不能摆平的。母亲将两张沃尔玛的购物卡甩给大姑子，让她转交给孩子家长："一个他妈的狗屁老头，让你开除，你就开除，你这个校长是吃素的吗？"

沈文雁不得不向贾连芳反复暗示，这个学生的家庭背景很不一般。

最后，沈文雁只得直截了当地对母亲说："你趁早把购物卡收起来。他的父母虽是本地人，但连我都没见过，也没人知道他们家住哪儿。这么跟你说吧，学校正在盖的体育馆和大礼堂都是他们家捐建的。去年一年，他们的家族企业，光是税就交了好几个亿。假如孩子的父母坚持要求开除沈新桐，恐怕也不会来找我，而是直接给市长打电话。你不要让我为难。"

不过，沈文雁担心的事并没有发生。

他们派来了一名女助理，不声不响地为那孩子办理了转学手续，去了太湖另一边的苏州高新技术园区。人家既没有追究学校的责任，也没有提出赔偿，更没有再提开除沈新桐的事。在办理手续的过程中，那名助理始终笑容可掬、态度和善，好像什么事都没有发生过。

有钱人的行事方式，就是这么出人意料。他们不仅擅长在生活中饫甘餍肥、挑挑拣拣，而且在与人打交道时，总有办法唤醒你心灵深处的耻辱和愧疚。用姑妈的话来说，不与普通人计较，是有钱人的起码道德。

事后，父母在镇上新开的一家海鲜酒楼订了个包间，请姑妈沈文雁吃饭。那天中午，平时很少说话的父亲多喝了几杯酒，不免旧事重提，劝母亲将南宁的窗帘门店关了，回到蜀阳来过几天安生日子：

"小的要中考，大的要高考，丁家湾新买的房子要装修。成天在外地东跑西颠的，我这身体也吃不消……"

起先，母亲板着脸不搭理他。后来见他啰唆个没完，就反过来问他："放着熟门熟路的生意不做，整天闹着要回家。说吧，你回来能做什么？给人开锁配钥匙吗？"

"老姑娘"沈文雁见状赶紧出来为她的弟弟帮腔。后来发生的事情表明，正是她的一番冷嘲热讽，让母亲真正动了回家的念头。

姑妈端起红酒杯，与母亲碰了一下，随后挖苦道："俗话说,要想赚到钱,就得跟着钱跑。你倒好,放着富甲天下的长三角中心区不待,非得绕着道往穷山沟里钻。这么下去,哪里是个头呢?从南宁再往前走,这就到了越南了呀……"

接着,姑妈跟她提起了一个名叫徐元鹿的人。

早些年,这人靠着倒卖矿石原料赚了些钱,近来有意在别的行业上试试运气,正在找人搭伙。他在官亭附近的山里看中了一块地,打算在那里建一个农庄,兼营住宿、餐饮和游乐。那一带风景优美,空气清新,有山有水有茶园,毗邻游人如织的国家级风景区。有宽阔的池塘可以垂钓,有草莓、桑葚、樱桃和杨梅供游人采摘,还有一座古庙方便他们烧香拜佛、打坐参禅。如果再在附近的山坡种上几亩马鞭草、薰衣草什么的,俨然就是普罗旺斯的乡野风光了。

母亲不知道普罗旺斯是个什么地方,但经过沈文雁的一番介绍,她那惝恍迷离的眼神,渐渐变得清亮起来。

第二天一早,她拉着沈文雁,赶往太湖边的一个私人会所,与徐元鹿见了面。当天下午他们就驱车赶往官亭,去山里实地考察了。

当天晚上,母亲从官亭回来后,缠着哈欠连天的父亲,两人一直商量到深夜。他们最终决定,丁家湾的房子暂缓装修,将手里所有的钱,再加上一部分银行贷款,全部投到这个项目中去。

等到官亭的农庄在霏霏细雨中正式开业的时候,已是辛夷高考的前夕。

8

春节刚过，母亲就开始为农庄上的事忙碌了。

她天不亮起床，搭乘最早的长途汽车，赶往三十公里外的官亭，天黑时再往回赶。有时忙不过来，她也会在山里留宿。

沈辛夷总算有了大段的时间与父亲朝夕相处。

那时，弟弟沈新桐有了新的嗜好。他迷上了台球。在放学回家的公共汽车上，沈辛夷时常看见他握着球杆，在娱乐城广场上围着球台转。父亲为他报了两个强化补习班，并请了一对一家教，想把他的心收回来，可惜已为时太晚。

事后回想起来，沈辛夷童年时为数不多的快乐记忆，大多和父亲有关。父亲在灶下烧火，辛夷喜欢依偎在他怀里，等着灶膛里埋着的玉米棒烤熟。春天的时候，他时常去山上的野林里挖竹笋，辛夷则趴在山坡的草丛中替他望风。只要有空，父亲就带她去村里的杂货店门前骑电马。父亲一边抽着烟，一边往电马的脑袋里投进硬币。他上衣的大口袋里有永远投不完的硬币，她爱骑多久就骑多久。更多的时候，父亲让她骑在自己的脖子上，拖着一把铁锹，带她去山下的茶园里干活。

父亲平常不爱笑，但他还是见人就笑。他的笑容令人心疼。它在向对方表达敬意的同时，也在暗示自己是友善与无害的。

不过，如果你仔细观察他脸上的表情，就会发现，他紧皱的双眉间，凝结着不为人知的愁闷和痛楚。

星期六中午，辛夷正在卧室的窗前做数学模拟试题，父亲端着饭菜来到了她的身后。他在书桌旁默默地站着，也不催她。看到辛夷做完题合上试卷，开始吃饭了，他才放心地离开。

辛夷在厨房里洗碗时，正在清扫房间的父亲关掉了手里的吸尘器，问她想不想跟他出去转转。她问他去哪儿，父亲想了想，说："寂照寺怎么样？"

寂照寺是筲溪山下的一座小庙。它建在两道山梁中间。山门朝北，距邮驿水库不远。因位置过于偏僻，寺庙里没有什么香客。

父女俩乘坐的出租车在抵达邮驿水库的北岸时，停在了一个十字路口。装满石料的红色翻斗车，一辆接着一辆，从山上晃晃悠悠地下来，将水库周边的道路堵得严严实实。他们不得不下车步行。每过几分钟，山岭上就会传来炸山取石的放炮声。东南两面的山包都被炸开了，裸露出青灰色的岩石。那些被放炮声惊扰的野鸭，嘎嘎地叫着，在波光粼粼的水面上飞过。

进了庙门之后，父亲既不烧香，也不去拜佛，而是沿着山涧旁的一条碎石小道径直往南，绕过天王殿和竹林，跨过小石桥，去往寺庙的后院。最后，他们穿过竹篱围成的苗圃，走进了塔林东侧一个狭长的小院。

辛夷小时候，父亲常带她来这里。她吃着果冻，在溪涧边玩水，父亲则坐在院中的凉亭里喝茶抽烟。

院子的东、北方向有黄色的高墙围隔，而西、南两面则是陡峭的石壁。坐在小院的石桌旁，就像坐在一个深井里。要不是山谷里间或传来沉闷的放炮声，这里的确可以被称为"世界上最寂静的地方"。

眼下已是 3 月初了，花园中间的一株古梅早已开败，可是墙根下的芍药，在冬天被剪去枝蔓后，已长出新芽。密密的深紫色芽笋，犹如满地的红宝石正在破土而出。西侧黑色的山体上，有涓涓的泉水沁出，如果凝神屏息，也能听到泉水溅落的簌簌声。岩壁上的摩崖石刻不知何年何人所留，但红漆褪去后，字迹仍能辨认：

自从三宿空桑后
不见人间有是非

父亲慢悠悠地吸着烟，凝视着山上飘过的流云，没来由地跟辛夷说了一大堆奇怪的话。父亲说，在瓶窑的时候，除了家和学校之外，他对两个地方最熟悉。

一个是寺庙，另一个则是医院。

"你得了什么病？为什么要时常去医院？"辛夷抬起头来，吃惊地看着父亲。

父亲没有回答她的问题，而是淡淡地对她说，他小时候体弱多病，奶奶怕他长不大，曾将他寄养在村庄附近的一个寺庙里。庙里的和尚师父耳背，刚解放时还了俗。他的妻子是个哑巴，嘴里镶着一颗金牙。师父和师娘早已习惯了沉默和孤寂，三人之间很少说话。那座寺庙建在一块孤零零的丘陵高地上，看上去十分高大，实际上早已摇摇欲坠。父亲很喜欢那座破败不堪的寺庙。一踏进寺庙的大门，那些压在他胸口的烦心事随即烟消云散。在更多的时候，他只要朝那座寺庙瞥上一眼，望见师父在地里除草，望见师娘在池塘边淘米洗衣，望见池塘四周新长出的芦苇和菖蒲，他就会觉得太阳底下的这个世界恒定如常，没有什么叫人担忧的。

医院却完全是另一回事。

自打记事起，父亲已开始在大大小小的诊所和医院里面转悠了。主要是在瓶窑和杭州，病情严重时也坐火车去上海。虽说给他诊病的大夫、照料他的护士、担保他"三服药定能断根"的中医院老先生，都对他十分和善，他还是没办法喜欢医院。和寺院的清凉不同的是，医院里的那种安静，带给他的是一种不祥的恐惧。有时好端端地在街上走着，偶然看见了医院的门牌，也会突然心头一惊，"好像有什么东西，躲在暗处，向你发出什么严厉的警告似的"。

"可你还没说，你到底得了什么病……"

父亲怔怔地望着她，欲言又止。他的鼻翼两侧渗出一些汗来，亮晶晶的，眼睛里有道微光闪了一下，随后，他那张瘦削的脸又暗淡了下来。辛夷觉察到，父亲原本似乎要跟自己认真地谈一件什么事情，不知为什么，话到嘴边，临时又硬咽了回去。

傍晚时，辛夷挽着父亲的胳膊，从寺庙高高的石阶上走下来。

见天色还早，他们又顺道去了山下的茶园。父亲见茶树长出了嫩叶和芽尖，就递给她几个保鲜袋，让她采些新茶带回去尝尝鲜。

山脚下的茶园不大，最多七八分地的样子。因多年无人照管，茶丛中爬满了蜘蛛网以及随处疯长的葛藤。辛夷在采茶的时候，几只肥肥的黑蜂一路跟着她，嗡嗡地飞着。父亲一个人在山坡上的茶垄间漫无目的地四处转悠，看上去像是在寻找什么丢失的东西。

最后，他站在了一棵金樟树下。

在筲溪村一带，樟树到处都是。因它的种子含有梓油，每到秋冬，当树叶在冷风中转为深红，就有外乡人到村子里来收购樟树的种子，用于制造油漆。眼下正是樟树开花的时节，深灰色疏朗的虬枝，没等到长出新叶，早已缀满了一朵朵的金黄色的花穗，盘曲的枝丫映出群山间湛蓝的天空。一眼望去，这棵静立在茶园中的樟树，犹如正在吐蕊怒放的腊梅，在微风中散发着幽香。

樟树下有一个隆起的土包，那是村里人用来贮藏红薯的地窖。父亲在地窖坍塌的洞口坐了下来，一动不动地盯着远处的山峦发愣。

辛夷将装着茶叶的保鲜袋团成两个紧实的小球，塞进了绸面外套的衣兜。一边一个。随后，她来到了树下的地窖旁，挨着父亲坐下。夕照暖烘烘地晒在她背上。白头翁和鹧鸪，一声长一声短，在竹林深处啼叫。山坡下的低洼处有一个月牙形的池塘，池塘四周的水蓼和芦苇，泛出了青葱般的油绿。池塘的对面，是大片亮汪汪的秧田。棋盘似的水田里雾气弥漫，成群的白鹭在那儿低低地盘旋。

父亲不住地赞叹这一带的风水，辛夷没有吱声。因为她知道在这秧田的尽头，有一座旷寂的荒岭，那里是筼溪村人公共坟场的所在地。她的外公也葬在那里。清明节前，辛夷常跟外婆来这里扫墓。现在，西沉的夕阳将那个秃岭照得分外明亮，酷似炉膛里燃烧后的炭火。她没法假装自己没有看见它。

父亲忽然问起了灵岩山春游时发生的事。

辛夷实在不愿意重提旧事。她犹豫了半天，安慰父亲说，那件事已经过去了。只是在半夜里醒来，想起那个人的脸，想起他说过的话，还有些心惊。父亲轻轻地搂着她的肩胛，眼睛盯着别的地方。过了好一阵，这才对她说：

"或许，每个人都有自己的提婆达多吧。"

父亲说，他小时候在庙里寄宿的那些年中，老和尚跟他说过的话，他差不多全忘了，唯独记住了这一句。

辛夷问他，什么是"提婆达多"。

父亲想了想，转过脸来，直视着她的眼睛："就是在你的一生中始终会妨害你的那个人。"

听他这么说，辛夷不免心头一阵战栗。她本该问，多年来在暗中妨害父亲的那个人是谁，但犹豫半天，还是没敢开口。

他们离开了那片茶园,来到寂照寺外的乡间公路上拦出租车。天快黑了。邮驿水库对岸的蜀阳镇上,亮起了星星点点的灯火。

9

早在 2 月初,母亲就在蜀阳中学斜对面的文山宾馆预订了一个房间。这样一来,到了高考的时候,辛夷既用不着担心越来越严重的交通堵塞,中午还可以回到宾馆小睡一会儿。为了及早适应宾馆的环境,母亲敦促她提前一个多月住了进去。可辛夷总觉得母亲多少有点小题大做、神经过敏。

到了 5 月下旬,文山宾馆一床难求。附近弄堂里旅馆的钟点房,价格在一夜之间翻了好几倍,辛夷又不得不佩服母亲的远见。每天傍晚时分,父亲会准时来宾馆看她,但母亲在暗中操控一切。

她通过关系给宾馆的一位副总塞了些钱,辛夷的一日三餐,有专人送到房间。饭菜精致可口,早餐的咖啡也味道醇正、芳香扑鼻。从 4 月份开始,母亲不知从哪里给她弄来了一瓶神秘小药丸,连续服用了一周之后,辛夷惊喜地发现,她的例假果然不来了。至于安眠药的种类和剂量,母亲似乎专门咨询过大夫。她甚至不厌其烦地教给辛夷对付失眠的方法:

将三颗颜色不一样的药片放在瓶盖里,搁在床头柜上,不吃也能睡着。用母亲的话来说，这叫"引而不发"："你不必真的吃它。每天上床前你这样对自己说，反正有安眠药在那儿摆着呢，实在睡不着，再吃药也不迟。心里安定了，用不了多久准能呼呼大睡。"辛夷将信将疑地试了试，母亲的方法还真的非常管用。可辛夷想不明白的是，母亲高中未读完就辍了学，她的这些临战经验是哪儿来的呢？

后来，当父亲告诉她，到了最后冲刺的那段时间，母亲每晚都会来"亲自督战"，辛夷不由得心情沉重起来。毕竟，这么多年来，她很少有与母亲单独相处的机会。好在山里面的农庄刚刚开业，母亲每天在蜀阳和官亭之间往返，很少有整块的时间来陪她。她所谓的"亲自督战"，不过是从官亭返回蜀阳的途中，在文山宾馆稍作停留而已。

辛夷终于长长地松了一口气。

母亲每天到达宾馆的时间很不固定，有时下午五点不到就来了，有时迟至晚上九点半才会露面。好在她逗留的时间并不长。每次来，她照例要逐一询问五门功课的准备情况，辛夷不胜其烦，就用尽可能少的字节来回答她。要么是"还好"，要么是"还行"。

令人难挨的静默，让母女俩都很不自在。

6月3日这天晚上八点半，母亲举着手机，一边高声说话，一边走进了她的房间。听上去，她似乎和合伙人发生了激烈的争吵。她坐在窗口的圈椅上，脱下鞋子，将双腿搁在床沿上，一刻不停地打着电话。辛夷不得已躲进了卫生间，关上房门，仍然听不清耳机里的英语听力测试题。半个小时之后，她拿着随身听从卫生间出来，看见母亲歪在椅子上睡着了。她大张着嘴，眉头紧蹙，鼾声如雷，牙齿时不时磕碰，咯咯作响。

那天，母亲穿着一件款式古板的旧衬衫，隐隐透出内衣的吊带和扣襻。她脸庞方正，下巴尖削，头发中分。染成褐色的头发发根中又重新长出了白丝，双颊被太阳晒得起了皮。两只脚上的袜子，颜色深浅也略有不同。整个人显得邋里邋遢。猛一看，已完全辨不出性别。

临近午夜，辛夷不得不走到她身边，轻轻地将她推醒。

母亲下楼时，辛夷坚持送她去街边的公交站，仅仅是为了在昏暗的光下，说出那句憋了几个小时的话："要不您，您明天还是别来了吧……"

母亲回头瞪了她一眼，厉声道："跟我说话，用不着您、您的。"

第二天晚上，母亲果真没有出现。

又过了一天，情况依然如此。

6月6日是高考的前夜。从下午开始，文山宾馆里挤满了前来给学生加油打气的家长。他们东一堆、西一堆，围坐在宾馆大堂的茶室和咖啡厅里，喁喁私语。连宾馆外旗杆下的喷泉边上，也都围着一圈人。可到了晚上七八点钟，宾馆里又忽然变得空空荡荡、一片死寂。沈辛夷在房间里苦苦熬到晚上十一点，也没见母亲上楼来，心里五味杂陈，不觉暗自落泪。

就算公交站上那句话说得不合适，母亲在这个节骨眼上使小性子，怎么着都有点说不过去。她试着给母亲打了一个电话，手机是通的，但在铃响几秒钟之后被掐断了。再打，就传来了"嘟嘟"的忙音。

沈辛夷深深吸了一口气，稍稍定了定神，开始仔细地检查明天上午带入考场的所有物品：身份证、准考证、装在透明塑料袋里的文具、一瓶撕掉了标签的矿泉水。

接着，她调好了闹钟，关掉了手机，且暗暗发誓，在高考结束前不再开机。愤懑的火苗在她胸中到处乱窜，反而极大地缓解了考前的焦虑和紧张。她脑子里只有一个念头：如果明天早上在考场外见到了母亲或者是父亲，她就假装没有认出他们，一句话都不跟他们说。她沉浸在想象中的报复场景里，居然很快睡着了。

到了第二天，当她沿着警察和保安拉出的隔离线走向考场时，并没有见到母亲和父亲的身影。她倒是遇见了姑妈沈文雁。她站在一辆警车前远远地朝自己挥了挥手，随即被拥挤的人流淹没。

6月8日上午是休息时间。沈辛夷待在宾馆的房间中，正在准备下午的外语考试，教数学的杨老师和平常不怎么搭理她的班主任，拎着一袋水果来房间看她。班主任问她手机为何怎么也打不通，辛夷笑了笑，未做解释。杨老师跟她简单地核对了一下昨天下午的答题情况，不时向她竖起大拇指。

下午考完外语之后，辛夷从教学楼高高的台阶上走下来，看见胖得不成样子、腿脚不便的卞校长，正在台阶上吃力地往上爬。辛夷为避免跟她打招呼，微微将身体转向栏杆一侧，暗中加快了步子。

但卞校长在身后叫住了她。

那时，卞校长已经走到了台阶顶端的旋转门边了，不知为何又转过身来，沿着台阶，一级一级地走了下来。她来到辛夷的身边，喘了半天，这才问她这两天感觉怎么样。

"还行。"沈辛夷随口应了一句。

卞校长点了点头，肥厚的手掌在辛夷的肩上用力按了按："只剩下明天一天了，再坚持一下。刀刃上的劲，一点都不能松。"

在蜀阳中学，有"灭绝师太"之称的卞校长，是一个人人望而生畏的狠角色。她从高高的台阶上费力地走下来，难道就为了跟自己说上这么一句话？

6月9日下午四点四十分，考完最后一门地理，沈辛夷整个人像是虚脱了一般，脑子里一阵阵发木。在人声嘈杂的走廊里，吴则先问她，想不想晚上跟他们一起去娱乐城的蓝调酒吧一醉方休。可辛夷的脑子里，仍在想着地理考卷上那张80毫米雨量分布图，她无法确定自己的答案是否正确。

走廊尽头的大厅里空荡荡的，临时医疗救护站尚未撤走。母亲贾连芳就在救护站边上等她。

母亲的左侧站着姑妈沈文雁，右侧站着愣头愣脑的弟弟沈新桐。他们的手臂上，戴着让她无法回避的黑纱。那黑纱，不是什么别的东西，正是她始终不敢正视的世界的黑暗基底。班主任和卞校长也在那里，他们的眼眶红红的。在那一刻，辛夷心里明白，她接下来所面对的这则谜语，并不像用心险恶的高考题那么变态，令人耗神。因为，谜面出现的同时，答案已在明面上了。唯一悬而未决的疑点在于：

到底是外婆呢，还是父亲？

八年之后，外婆无疾而终的消息传到北京，辛夷陷入到了一种比悲伤更让人难熬的深深的自责之中。这些年来，她一刻都没有忘记高考结束时的那个傍晚。当时，她站在寂静的走廊里，脑子里闪过一个罪念。

她更愿意是外婆，而事实不是。

在返回银湖新城的出租车上，身心疲惫的母亲低声告诉她，父亲是 6 月 4 日早上发的病。不是让人一直提心吊胆的"羊癫风"，而是更为致命的"先天性心室间隔缺损"。他和往常一样去小区的菜市场买菜，昏倒在了门外的长椅上。一个好心肠的黑车司机一分钟没敢耽误，直接将他送到了距离事发地最近的人民医院。他在被推进手术室的那一刻，脑子还是清醒的，出来时已阴阳两隔。

姑妈沈文雁也在一旁补充说，6 月 6 日的高考前夜，她陪着母亲订完花圈后，去了一趟文山宾馆。她们一直在辛夷的房间门口站着，凌晨两点才离开。

一路上，辛夷没说一句话。她们家楼下的空地上，搭起了简易的灵棚。邻居家的小女孩背着书包，躲在冬青树丛里，缩头缩脑地往外踅探。她大概是第一次见到这样的场面，怎么也不敢穿过摆满花圈的灵棚回家。辛夷朝她走过去，轻轻地拉起了她的手。

爷爷和奶奶早已被人从瓶窑接了过来。奶奶不时抹着眼泪，正帮着丧葬公司的厨子择菜。爷爷一边闷闷地抽着烟，一边对前来吊丧的人说，儿子生来就是这毛病，他能活到今天，已经是奇迹了。姑妈沈文雁在经过她父亲身边时，狠狠地瞪了他一眼，低声劝他"少说两句"。

因父亲是在医院去世的，他的遗体暂厝在太平间的冷库里，家中的客厅里简单地设置了灵堂。南墙上挂着父亲放大至18英寸的遗照，下方是一个摆放香炉和供品的小桌，香炉两边各有一盏长明灯。桌前的地上码放着几捆黄纸，供人跪拜磕头。

餐厅的长条桌边坐着五六个陌生的黑衣人，他们都是丧葬公司职员。母亲好几天没合眼了，跨进家门时，双腿一软，差一点晕倒在地。外婆和姑妈赶紧扶她回卧室躺下了。不一会儿，屋里就传来了母亲呕吐的声音。当满屋子的人向沈辛夷投来询问和期待的目光时，她暂时还没办法找个地方大哭一场。好在丧葬公司的负责人老田行事干练，周到体贴。他耐心地教会了辛夷磕头的礼数之后，又领着她来到屋外的灵棚前，招呼前来吊唁的亲戚和宾朋，与他们简单寒暄。

在辛夷的记忆中,他们一家人很少与人来往。她怎么也想不明白,为什么会一下子冒出这么多人来吃豆腐饭。光是瓶窑就来了二十多个,再加上闻讯赶来的箸溪村的亲朋故旧,在灵棚里挤挤挨挨地坐了十多桌。

晚上下起了小雨,这并没有影响那些赶来看丧戏的老人们的兴致。老田介绍说,这些老人,大多是县锡剧团的戏迷。十五年前锡剧团解散之后,作为剧团的最后一任团长,老田临时招募了几个演员,组建了丧葬公司。

"为了能够听到原汁原味的锡剧唱腔,这些戏迷跟了我们好几年了。"老田揶揄道,"他妈的哪里死人,他们就往哪里钻。"

夜深时,雨下大了。天气也变得阴冷起来。老田冒雨跑进屋来,让家里派个人,去灵棚里给那些听戏的老人发一次香烟。在外婆的催促下,弟弟"嗯嗯"地连声答应,却迟迟不肯起身。他与"小黄毛"玩快牌,正在兴头上。辛夷见状,无奈地叹了口气,披上一件绸面的外套,从外婆手里接过雨伞,跟着老田下了楼。

灵棚里坐着清一色的老头老太太,他们表情木然,眼神呆滞,显得特别安静。当他们被《双推磨》中叔嫂轻佻的俗艳故事逗乐时,也会张开掉光了牙齿的嘴巴哈哈大笑。也只有在这个时候,他们那仿佛被打了一层蜡的脸上,才会泛出些微活气。在发烟时,辛夷细细地端详着这些已到垂暮之年的老人,不免心生悲切。如果这就是父亲没有来得及走完的人生终场,似乎不要也罢。父亲的在天之灵,倘若能窥破这世相的乏味、无聊和虚幻，想必会为自己早日脱离苦海而庆幸吧。这样想着，听着四周响成一片的雨声，辛夷顿时感觉到松快了许多。

等到丧戏散场时，雨还在下着。老田将辛夷叫到灵棚的另一端，神色凝重地望着她，说起了自己的忧虑。后天就是大殓之日了，可墓地还没能定下来。老田告诉她，她母亲曾旁敲侧击地问过爷爷奶奶，想知道他们是否有意将儿子的骨灰带回瓶窑安葬。爷爷和奶奶板着脸，一句话都不说。

"按理说，她根本不该这么问。你父亲是入赘来到筲溪的，理应葬在这里。这些天，我陪你母亲挑过的墓地，少说也有十多处了，她总是不肯松口，要么嫌贵，要么嫌远……"

老田一句话没说完，沈辛夷突然抱着棚柱，号啕大哭起来。老田不明就里，一时手足无措。外婆、弟弟，以及一起打牌的几个人听到哭声，全从屋里奔了出来，隔着雨帘，远远地挤在房檐下。

沈辛夷忽然间失去控制，倒也不全是因为母亲的悭吝和绝情。她的手在伸向外套口袋的一刹那，指尖无意间碰到了衣兜里那团装在保鲜袋里的茶叶，像是突然被电了一下。她猛然想起了父亲带她去寂照寺的那个晴朗无风的下午。或许，早在那个时候，意识到自己来日无多的父亲，实际上已在用一种特殊的方式，与她告别了。

想到这一层，辛夷顿时泪如雨下，大放悲声。楼上邻居家的窗户，一扇扇打开了。

最后，沈辛夷止住了哭泣，朝泪眼婆娑的老田看了一眼，

同时深深地吸了一口气,对他说:

"您放心,墓地会有的。"

到了出殡的那一天,父亲的骨灰被运到了邮驿水库西侧的茶园里,葬在了那棵枝叶繁茂的金檫树下。

10

父亲出殡的当天,祭奠用的黑纱、白帽、白花以及在腰间捆扎的布带和草绳,就被母亲扔在了阴阳盆中付之一炬。父亲的灵位和墙上的遗照,包括辛夷供奉在灵前的一杯早春茶,也在一周后被移除。

这样一来,母亲每晚约到家中打麻将的几个姐妹,就不会因看到客厅里的灵位而感到害怕了。

"生活还要过下去。"母亲总爱这么说。

她曾信誓旦旦地向姐弟俩保证,等她赚了足够多的钱,会将父亲的骨灰从茶园里迁出来,找个风水好的地方,葬入永久性的墓地:"凡事有个轻重缓急。目前他暂时待在茶园的树下,没什么不好。只要将红薯窖子下的洞穴挖得深一些,不被山洪冲走就行。反正骨灰盒也没人去偷。"

在与姐妹们打麻将时,母亲话里话外,始终对父亲抱有难以释怀的怨恨——这场婚姻自始至终不过是一场骗局。实际上,他的心脏小时候就动过手术,而且不止一次,可惜自己始终被蒙在鼓里。提起远在瓶窑的爷爷奶奶，母亲也是颇有烦言，甚至恶语相加。奇怪的是，对于一手制造这场骗局的姑妈沈文雁，母亲不仅毫不责怪，反而对她言听计从，待若上宾。

6月25日，高考成绩公布后的第二天，沈文雁再次被请到了家中，商量志愿填报一事。姑妈和母亲在客厅里绞尽脑汁地安排她日后的命运，辛夷则在自己的房间里蒙头大睡。

姑妈为她圈定的三所大学，全都在上海。虽说以395分的成绩去读上海财经大学有点吃亏，但母亲一听到"财经"二字，不免浮想联翩，两眼放光。她已在提前规划将生意做到上海去，将来在黄浦江畔安家落户了。

对于那时的沈辛夷来说，她暂时还不太清楚，哪一座城市更符合自己对未来的期许。她在心里早已拿定了主意——她所要去的地方，离母亲越远越好。她实际填报的三所学校，一个在北京，一个在东北，另一个在四川。

母女俩经过长达十余年的暗中缠斗，事情的决定权，在这个炎热的夏季已悄然易手。

因为心里藏着一份歉疚，辛夷在母亲面前表露出来的温驯与体贴，略微有些夸张。比如，她在给外婆夹菜的时候，也会顺手给母亲搛一筷子。母亲在客厅里打麻将，辛夷则忙着给那些陌生的阿姨泡茶续水。有时，她端个小方凳，坐在母亲身边，安安静静地看她打牌。她觉察到母亲的白板打出去势必出铳时，就悄悄地在桌子底下碰一碰她的腿。母亲向牌友们宣布女儿即将去上海的消息，在众人的恭维声中，辛夷盯着母亲头顶的一块秃斑，心中凄恻难忍。

那年暑假，辛夷已经敏感地预见到，弟弟沈新桐正在成为家中令人头疼的"不稳定因素"。他很少到学校上课，人倒是胖了一圈。有一阵子，母亲满世界找他时，就连他的班主任，包括平常与他关系最铁的"小黄毛"，都说不清他的行踪。有一次，母亲在娱乐城顶楼的游戏厅找到了他。她揪着弟弟的耳朵，将他拽出门外，跺着脚威胁他，再不学好，她就剩下跳楼一条路了。这一次，沈新桐的反应迅速而直接：

"随便你。"他笑嘻嘻地揉了揉耳朵，双手插在兜里，一个人摇摇晃晃地走了。

可母亲对他的一片痴心并未熄灭。她居然异想天开地在电话中央求姑妈"弄个班干部让他当当"，以激发他的责任感和上进心。

北外的录取通知书送到家中时，母亲已提前接到了班主任打来的祝捷电话。对于辛夷瞒着自己改报志愿这件事，她的反应倒还算平静。母亲从邮差手中接过挂号信，在接收单据上盖下早就准备好的图章，脸上的表情一直是喜滋滋的。在楼道里扫地的清洁工探出身来问她，女儿考取了哪所学校，母亲脱口而出的"北京大学"四个字，让正在上厕所的辛夷吓出了一身冷汗。她赶紧奔出来，满面羞惭地提醒母亲，"外国语"三个字，是不能随便省略的，免得让人笑话。

临行前的那天晚上，辛夷早早在床上躺下了。没过多久，她听见母亲轻轻推开门走了进来。见女儿正在熟睡，母亲在床头站了一小会儿，又蹑手蹑脚地出去了。到了午夜时分，母亲再次走进了她的房间，在小书桌旁的木椅上坐了下来。辛夷只得揿亮了床头灯，在凉席上盘腿坐起，将毛巾被团在胸口，陪她说话。

母亲大概是觉得屋子里太闷热了，起身打开窗户通风。她拉了一下窗帘，没拉动。

小时候，辛夷有一次向外婆抱怨，楼外的那盏路灯正对着她的窗户，明晃晃的灯光照得她睡不着觉。外婆不知从哪里翻出了一块旧床单，一截为二，缝上了扣襻儿，挂在了窗框上的四个钉子上。

"明天早上真的不用去车站送你吗？"

"真的不用。"

"一个人出门在外，人生地不熟的，自己小心。"

"嗯。"

"你们学校有军训吗？"

"大概会有吧。反正到时候就知道了。"

"在北京安定下来之后，你抽空去一趟白云观。"

"白云观？做啥？"

母亲的脸上漾出一丝笑意，第一次将目光转向辛夷。紧接着,像是在披露一个重大隐秘似的,她说起了几年前的一段往事。

那年深秋,贾连芳独自一人从武汉北上,去北京的浙江村打探窗帘市场的销路。她投宿的街边小旅馆,离刚刚启用的北京西站不远。第二天下午,因离京前的七八个小时无从打发,她一个人去大街上闲逛,七转八转,就走到了白云观的殿宇前。卖糖葫芦的小贩告诉她,白云观是北京城最灵验的两个祈福地之一。另一个在哪儿,小贩没有说。于是,母亲花了几块钱买了张门票,跟在一个从香港来的旅行团后面,走进了山门。

她去窝风桥"打钱眼"。遗憾的是,她投出的一枚枚小铜钱,怎么也无法击中桥下那处求财得财的孔洞,心头便有些恼火。后来,她在邱祖殿旁的一个小树林里,"巧遇"了一位"相貌堂堂"的道士。年轻的道士不仅一眼看出她将来的财富在"八九个零"之上,而且一口断定,她的孩子将来必定会来北京,读上最好的大学。道士递给她三盒香,亲自陪她去玉皇殿跪拜。贾连芳花了1600元,从他手里请回了一张灵符。道士嘱咐她,一旦美梦成真,千万别忘了回来还愿。正当母亲低头默读灵符上的文字之时,"一阵仙风刮过",道士立马不见了踪影。而灵符上的文字只有短短一行:

于双日放生七尾小金鱼所祈之福无不立验

回到武汉之后,母亲果真去花鸟市场买回了七条小金鱼,专程去东湖放生。

辛夷记得，母亲所说的这件事，父亲生前曾跟她提起过。只是父亲的说法与母亲稍有出入。母亲从东湖回到店里，瞥了一眼墙上的日历，心下疑窦丛生：灵符上所说的"双日"，到底是指公历呢，还是农历？要是按农历来算的话，她去湖边放生的这天，恰好是单日。为了保险起见，母亲第二天又去了一次东湖。

"迷信是一方面，说到底，她是心疼被道士诓走的那笔钱。"父亲叹道。

听完母亲的故事，辛夷一时找不到话说，就随便问了一句："道士所谓北京最好的大学，是不是都是四个字的？"

母亲愣了一下，又呵呵地干笑了两声，随后道："你别说，道士的话，真是蛮灵验的。要不然，为啥上海的三个好大学，你一个也看不上，偏偏选了北京？那天你们班主任打电话来报喜时，一听到北京两个字，我心里就咯噔了一下。晚上睡觉，满头满脑都是道士的影子。神仙之事，宁信其有，不信其无。你有空去白云观还个愿，就当去玩玩吧。"

第二天清晨，母亲早早去了官亭的农庄。

辛夷受不了车站分别的沉重与压抑，特意央告母亲不要去送她。可当她一个人将行李箱搬上出租车，向站在门口的外婆和睡眼惺忪的弟弟挥手告别时，还是忍不住喉头哽咽、两眼落泪。

11

刚到北京的那段日子,从未出过远门的沈辛夷,对这座城市的一切都难以适应。西三环一带的天空永远是灰蒙蒙的,笼着一层脏雾,看上去像是舞台上用干冰人为制造的海市蜃楼。空气中总有一股呛人的尘土、沥青和煤灰味。等到风沙一来,顷刻间天昏地暗,街道边的树木、楼宇、汽车和一切有形之物,立即被暗红色的沙尘暴吞没,周遭混沌一片,十步之外,不辨人马。

辛夷的宿舍正对着圆弧状的高架桥。轰隆隆的车流昼夜不息,仿佛是在人的头顶上轧过一样。寝室里的五个人中,三个外地室友都很高冷。她们从不主动和辛夷说话,彼此之间也很少交谈。其中的一个患有严重的疑病症,成天往北京的各大医院跑。她担心有人往她的杯子里下毒,看人的眼神总有些疑神疑鬼。另一个成天忙着计算自己的绩点,时常一个人躲在帐子里自问自答。还有一个家境优越,在宿舍里只住了半年,等她在蓝靛厂附近找到了合适的房子,随即就搬了出去。

好在来自北京宣武区的室友是个话痨。她没完没了的絮絮叨叨,极大地冲淡了寝室里诡异而滞重的气氛。由于消化不良和严重的内分泌失调,这人的脸上长满了疙里疙瘩的粉刺,甚至蔓延到了脖子上。她将除她之外的另外四个人,一律称作

"那个谁"。辛夷本以为她这么叫，是因为初来乍到，彼此之间不太熟悉，没想到这一叫就是四年。她除了话多之外，人也时常犯迷糊。至少有两三次，当她端起脸盆去浴室洗澡时，辛夷不得不从钢丝床的上铺跳下来，将她拿错的毛巾从盆中的拖鞋上拣出，重新挂回到房门背后的玻璃绳上。

辛夷吃不惯食堂的饭菜，周末时，偶尔会去街上延庆人开的小饭馆改善伙食。她的菜谱固定不变：醋熘白菜、干炸小黄鱼，外加一大碗疙瘩汤。有一次，老板好心建议她换换花样，向她推荐了两道菜。一盘"锅里变"，一盘"它是蜜"。老板的热情让辛夷不忍拒绝。结果，所谓的"锅里变"，其实是清炒紫豇豆。它之所以有那样一个奇怪的名字，不过是因为紫色的豆荚在锅里翻炒时，颜色渐渐地变成了翠绿而已。而等到热气腾腾的"它是蜜"端上桌来，辛夷这才发现，原来它不是蜜，它是羊肉。又膻又腻的羊里脊，被甜面酱和勾芡的淀粉搅拌成糊糊状，汪在一层明亮的油里。辛夷硬起头皮吃了半盘，回到寝室，胃里火烧火燎地难受。第二天，她的嘴角就憋出了一个大硬包。

午睡时，她常常被屋外的说话声吵醒。人行天桥边，停着一溜出租车。或许是为了散热，车门一律打开着。司机要么光着膀子躺在车里呼呼大睡，要么聚在她窗下的树荫底下打牌。碰上有人打车，司机嘴里应着"就来就来"，多半仍坐着不动，坚持将手里的牌打完。而打车的乘客似乎也不怎么着急，在车旁静候着，并不上前催促。

不用说，这样的场景，在她生活的那个南方小城里，似乎从未发生过。

11月上旬的一天，辛夷在故宫看完展览出来，在景山后街拦了一辆出租车回海淀。长时间的交通堵塞让司机心情烦躁。他一路骂骂咧咧，嘴里的葱蒜味有点呛人，辛夷不得不屏住了呼吸。好不容易行至平安里附近，司机一个急刹车，将车停在了一个胡同口，喝令她下车。辛夷小心翼翼地提醒他，她要去的地方是北外。司机咕哝了一句"收车了"，就熄了火。辛夷又问他车钱怎么算，那人瞪了她一眼，突然暴怒起来：

"什么钱不钱的！下车！"

辛夷只得从车上下来，一个人站在路边发愣。随后，一辆黑车捎上了她。黑车师傅听了辛夷刚才遭遇的一幕，呵呵地笑着，安慰她说："那小子多半是着急去什么地方看球。国安与申花的榜首大战，几分钟之后即将开踢。"

在北京待了几个月之后，辛夷慢慢地也能发现这个城市让人愉快的地方。被人从出租车上赶下来的事情毕竟不常发生，对"它是蜜"的痛苦记忆，也没有影响她对羊肉火锅永不餍足的喜爱。有一天，她在食堂排队时忘了带饭卡，身后的一个陌生大叔，一声不响地替她刷掉付款机上的八块二毛钱，随即消失在了人群中。

不用说，类似的事情，在她生活的南方小城里，也从未发生过。

到了深秋时节，随着一阵紧似一阵的西北风地动山摇地刮过,天空呈现出一种令人心醉的深蓝,透着一种她在家乡从未见到过的爽净与明澈。蓝靛厂一带的枫树、黄栌和鸡爪槭,在翠柏的映衬下,如鸡血一般明艳;而在南长河两岸,高大的毛白杨和银杏树在秋风中抖落一地黄叶,敞露出西山清晰的轮廓。

元旦后的一天,辛夷曾独自一人沿着南长河的堤岸,一路向北而行。如果不是因为突然下起雪来,道路湿滑,她很想实地勘验一下,这条传说中的漕运河道,是不是像话痨室友所吹嘘的那样,一直能通到颐和园的昆明湖。

转眼到了寒假。

沈辛夷去学校附近的国际旅行社订购回家的车票时,不知怎么就想起了去白云观还愿这件事。为了回家后对母亲有个交代,辛夷从旅行社出来,在门口叫了辆出租车,径直去了白云观。好在购买门票时有香附赠,这给她省去了不少麻烦。辛夷在玉皇殿敬香时,一位年老的道士模样的人悄悄地趋近,不由分说地在她的胳膊上系了一条红绳,向她索要150元的功德费。

还是老一套的戏码。

有了上次母亲的教训,辛夷自然不会上当。她一把将红绳扯下,扔还给老道,头也不回地往外走,全然不顾一路追着她的假道人嘀嘀咕咕的恶毒诅咒。

辛夷出了山门,走到大街上打车。在刚硬的北风中,盐粒似的雪珠密密地在马路上跳跃着,窸窣有声。辛夷一连拦下了好几辆出租车,无一例外地被身旁的游人捷足先登。她不得不沿着马路往南走，寻找人少的地方。可不管哪辆出租车在她身前停下，总有人追着车一路狂奔，在辛夷拉开车门的一刹那，将她挤到一边。就这样，辛夷在马路上走走停停，最终来到了一个公交站前。

在她盯着站牌上那些陌生地名发愣的那会儿，有一辆脏兮兮的黑色轿车，顶着一层落雪停在了她的身边。

司机落下车窗玻璃，探出头来，问她去哪儿。

在寒风中冻得瑟瑟发抖的沈辛夷，未及回答，一把拉开车门，坐在了汽车的后排。她说出了自己的目的地之后，多少察觉到有点不对劲。宽大的米黄色真皮座椅，考究的折叠小桌板和杯架，光亮如镜的胡桃木饰板上的金色云纹，车内爵士钢琴饱满的颗粒感，都在明确无误地提示她：这不可能是一辆在大街上四处揽客的黑车。

这人大概三四十岁年纪，戴着无线耳机，衣着装束比较随意，甚至有些不太协调。他上身穿着一件深棕色的皮夹克，下身则是镶有红色竖条纹的绿呢裤子。他说要去玉泉山"拜谒"一位故友，北外正好顺路。因为他用了"拜谒"这个过于庄重的词，辛夷有些吃不准，他所说的"故友"，应该被理解为老朋友呢，还是已经故去的朋友？

毕竟，玉泉山一带山洼，是墓地相对集中的地方。

这人说话声音不高，语调沉稳随和，还带着一丝幽默。辛夷原先提着的心，也慢慢地放松下来。他们在紫竹桥上三环时，这人向她提了一个奇怪的问题。他问辛夷，知不知道一本名为

《水经》的书。辛夷想了想，回答说，她只知道给《水经》作注的人叫郦道元，至于原作者叫什么名字，她就说不上来了。

那人笑了笑，扭过头来，递给她一张名片。

大约半个小时之后，那人将车停在了距离北外很近的一个咖啡馆门口。他约辛夷进去喝杯咖啡，语调中带着彬彬有礼的询问。辛夷虽然心中忐忑，但出于搭便车的感激之情，她不便拒绝。咖啡馆里没什么顾客，他们两人站在窗边的一个小桌前，看着外面越来越大的风雪，说了会儿话。辛夷问及他的职业，他淡淡地笑了笑，说了句"做点小买卖"，似乎不愿意多谈。他一副心不在焉的样子，眼神里既有英武之气，也有颓唐之色。

临走时，辛夷提出由她付账，他没有阻拦，只是低声对辛夷嘱咐说，在北京要是遇到什么难办的事，不管是什么事，都可以给他打电话。

他们在咖啡馆门前分了手。

这个名叫桑钦的人，后来给沈辛夷打过几个电话。或是邀请她去香格里拉饭店品尝新推出的意大利餐，或是问她愿不愿意去保利剧院看演出，沈辛夷一律客气地予以婉拒。

从那以后，他再也没有来过电话。

12

春节前夕，丁家湾的复式公寓终于装修完毕。家具的油漆味和墙上涂料可疑的芳香远未散尽,母亲执意让全家搬入"别墅"过年。

在辛夷看来,新居的装饰风格,恰能很好地诠释外婆"越好就是越糟"的名言。层高有限的天花板上垂下枝形吊灯,容易让个子稍高的客人撞头;贴有《清明上河图》壁纸的文化墙,使得本来面积不大的客厅变得更为局促和杂乱;不能生火的欧式壁炉中,用闪烁的灯光制造出来的火焰效果,显得不伦不类;而玄关处那个被射灯照亮的多宝格搁架上,除了外婆挂上去的一根竹制手杖外,别无他物。餐桌、茶几和洗脸池的角落里,摆着几个装满塑料玫瑰的花瓶。电视机旁的一棵发财树倒是真的,上面缀满了金色的元宝和红色的小灯笼。

母亲独自一人在楼下的单元门前捂着耳朵放鞭炮,以庆祝乔迁之喜,看上去更像是在完成某种任务。

回家后不久,辛夷吃惊地发现,外婆和母亲几乎很少说话,双方都冷了心,眼睛里镌刻着毫不掩饰的彼此厌憎。当然,持续的冷战有时也会酿成热战。母亲的暴怒与厉声呵斥一旦发作,外婆不得不在隐忍和委屈中采取守势,她在躲入房间独自饮泣时的甩门动作,足以将房门框上方的石膏佛像震落,在地上摔得粉碎。外婆倒也不是一直被动。她并不缺乏反击的手段。毕竟,代代相传的敬老美德,至今还站在她这一边。通常,她只消轻轻地反问母亲一句"我是你养的吗?",或者"你的意思,是不是让我现在就死?",顷刻间让步步紧逼的贾连芳方寸大乱、无地自容。

正月初一这天，姑妈来家中拜年时，顺便说出的一句话，让母亲像泥塑木雕般在餐桌边呆坐了很久。在教育局兼任副局长的沈文雁，给她带来了一个令人担忧的消息。官亭农庄所在的那个村子，将在今年4月开始拆迁。按照母亲、徐元鹿与村委会签订的合作协议，除非出现不可抗事件，母亲那个项目的有效期长达三十年，怎么能说拆就拆呢？

"政府拆迁算不算不可抗力？"她眼巴巴地盯着沈文雁。

"你说呢？"姑妈反问她。

"那我东拼西凑砸进去的七八十万，就这么打水漂了？"

"不是没这个可能。"

"那么，政府的拆迁补偿呢？"

"你傻啊？"沈文雁抖着腿道，"那是政府与村委会之间的事，与你有什么相干？"

在那段难熬的日子里，母亲一时找不到打麻将的伙伴，渐渐迷上了广场舞。一天深夜，外婆见社区广场上早已曲终人散，却久久不见母亲回返，就撺掇辛夷下楼看看。辛夷在广场喷水池的路灯下找到了她。母亲孤身一人蹲在地上，用跳舞的彩扇挡住了自己的脸，正在失声痛哭。大风将她头顶上的两只大红灯笼刮得嘭嘭直响。

辛夷远远地望着母亲，心里第一次涌动着上前拥抱她的冲动。

弟弟沈新桐成天在卧室里打游戏。他经常将好友"小黄毛"或者别的什么人带到家里来，一起在楼上玩魔兽世界。沈辛夷

第一章　沈辛夷　　　　　　　　　　　　　　　　　　85

在家中心神不定，悄悄将自己离家返京的时间，从正月初十提前到了正月初六。

她对"眼不见为净"的暗自企盼，也混杂着深深的负罪感。

这年暑假，沈辛夷跟随着学校的支教团去了广西的百色。第二年的暑假，支教的地点则换成了青海的海西州。而到了第三年，辛夷即便不去支教，也能找到不回家的正当理由：复习考研。她只在每年春节时，才会回老家待个三四天。当然，辛夷心里十分清楚，要想将家里那些令人头痛的繁杂事，尤其是间或传来、让她心头一凛的坏消息，全部挡在自己的生活之外，是完全不现实的。

在她越来越害怕接到母亲的电话的同时，母亲却大幅度地提高了通话的次数，而"坏消息"多半与弟弟新桐有关。

大四那年初秋，沈辛夷顺利地通过了研究生的推免考核。她还没有来得及回味一下如释重负的喜悦，母亲的电话就打了过来。每一声铃响，都在强化她内心的恐惧和不祥的预感。她没法抢在母亲前面，告诉她保研考试通过的好消息。因为在电话接通的一刹那，传来了母亲的啜泣声。

半年前，弟弟瞒着母亲，在镇上分别向五个人借了钱，全是高利贷。没过多久，这些"脸相很凶"的外地人，拿着弟弟按了手印的单据，相继上门催债。经过粗略的计算，母亲发现这些借款利滚利加在一起，已多达三十万之巨。没人知道沈新桐将这些钱花在了什么地方，而催债人给出的最终还款期限，短的只有十天，最长的也不过两个星期。

那时,母亲刚刚在建材城租下一个小店面,经营照明灯具,前期投入带来的债务还没有还清。另外,她手里的几只股票也被机构强行平了仓。想来想去,她仅剩下卖房子一条路了。银湖新城的那套旧房子已经挂出去了,可一时半会儿还找不到买主。

在电话中,她问辛夷能不能在北京想想办法,借点钱,帮她"倒一倒手"。接着,母亲翻来覆去地问辛夷:新桐会不会吸毒?会不会嫖娼?会不会赌博?见她唠叨个没完,辛夷只得心烦意乱地提醒她,现在还不是讨论这些事情的时候。母亲又问她:万一借不到钱怎么办?那伙人会不会铤而走险,真的卸下弟弟的一条胳膊来?

那天下午,沈辛夷来到了西门外的一家银行,将自己几年来做家教积攒下来的七千块钱,全部汇给了母亲。虽是杯水车薪,但也只能如此了。

她在回学校的途中,经过学校门口的咖啡馆时,冷不丁想起一个人来。

她想起他在说"不管遇上什么难办的事,都可以给我打电话"时的沉稳语调,想起他身上好闻的香水味,以及仍在寝室抽屉里的那张名片,心里顿时踏实了许多。不过,跟仅仅见过一次面的陌生人开口借钱,这个念头是不是有点过于疯狂了?此外,毕竟已事隔三年,就算这个人还能记得自己,电话能不能打通都是个问题。

后来的事情表明,辛夷的顾虑完全是多余的。她给这个名叫桑钦的人打了电话,并立刻报出了自己的名字。

对方听起来正在午睡,说话颠三倒四。辛夷主动约他见面,桑钦沉默了半晌,将见面的地点,定在了什刹海附近的一个小四合院里。

13

这个四合院坐落在一簇浓密的柳荫里。黑漆的大门正对着一条狭长幽深的甬道。辛夷每往前走几步,总要回过身去看一眼。她望见了甬道尽头豁亮的阳光、飘荡的柳枝、横卧在水面上的拱桥以及摩肩接踵的游人,心里稍稍有了点安全感。

一个身穿藏青色西装马甲的小伙子,将她领到西厢房坐定,随后给她端来了一杯绿茶。几个服务员在南屋的大客厅里进进出出,她们看上去正忙着布置晚宴的餐桌。而在更远一点的北屋,传来了客人们的低语声。

辛夷在厢房里等待的时间确实长了一些,但这也不能怨人家。在来这儿的路上,她乘坐的出租车在德胜门外被堵了一个半小时,下车时又跟司机吵了一架,约定见面的时间早就过了。她暗暗琢磨着,假如对方邀请她留下来一起吃晚饭,她用什么理由来推脱,会听上去比较自然。

晚上六点,桑钦在陪客人去南屋用餐时,经过花园的长廊,终于发现了蜷缩在沙发里的辛夷。他的身体僵了半天,最后还是走了进来，拖过一把裹着白布套的椅子，坐在了辛夷的对面。他甚至没有为自己的怠慢表示一点歉意，就面无表情地对辛夷说，今天有几位重要的客人突然到访，他不能留她一起吃饭。紧接着，他皱着眉头，不安地看了一下手表，让辛夷"先说正经事"。

可弟弟惹下的那桩麻烦事，在对方听来或许一点都不"正经"，沈辛夷只得暗暗怨恨自己的母亲。好在桑钦听了个开头，马上就明白了辛夷来找他的用意。他歪过身子，冲外面喊了一声，唤来了一个三十多岁、体态丰腴的女人，让她记下了辛夷写在一张小纸条上的银行账号。

随后，他立即起身送辛夷出门。

在那个长长的甬道的中端，辛夷停了下来，在夜风中出了一场热汗。犹豫了半天，辛夷向他提出了一个"也许不该问"的问题：

"我也许不该这么问，您，您还记得我是谁吗？"

"如果一定要说实话，真的记不得了。"短暂的沉默之后，对方直率地答道。

"那您为何还借我这么多钱？"

"对我来说，钱并不重要。"

辛夷提到了白云观外那个下雪的午后，提到了北外附近的那家咖啡馆。桑钦眼神仍有一丝迷离。为了掩饰自己的健忘，他勉强笑了两声，不无突兀地引用了莎翁的名句来自我解嘲。

时光催人急如星火，原来世上未曾有我。

14

六个月后,银湖新城的那套商品房,在房产中介的一再压价之下终于售出。母亲在给桑钦还款时,按照当时通行的惯例,多付了6%的利息。她还寄来了两箱百合和一大包笋干,叮嘱辛夷专程去感谢那位慷慨相助的"恩主"。

这一次,这位"恩主"不仅邀请她一起吃了晚饭,而且在辛夷因多喝了酒而走路不稳时,体贴地留她在会所住了一夜。

4月的春雨,淅淅沥沥地下个不停。第二天早上,他们坐在南屋的窗边喝茶。在阴湿幽暗的甬道尽头,湖面上起了烟,柳莺的叫声高高低低地传来。桑钦的手再度尝试从她的领口探入时,酒醒后的沈辛夷不再闪避。

她闭上了眼睛,将脸迎向他。

对于她和桑钦之间的所谓的恋情,辛夷仅有的两个闺蜜意见相左。话痨室友在听完了她的邂逅传奇之后,一反常态地惜字如金:"这种事是不会有结果的,醒醒吧。"而主修德语、崇尚尼采和克尔恺郭尔、来自隔壁寝室的"四眼",则以过来人的口吻,劝她相信自己的直觉,且行且珍惜:

"这年头,灵魂灭尽,精神不值一文,身体才是最诚实的。"

每次桑钦发来短信或打来电话，辛夷的脑子里就会跳出令人屈辱的"应召"二字。但她还是立即放下手中正在做的任何事，急不可待地赶往约会地点——通常是在什刹海，有时也会去香格里拉、凯宾斯基或者别的什么酒店。她甚至逃了几周课，跟他去了杭州灵隐寺附近的法云安缦。

他们置身于群山环抱的幽谷之中，在阒寂无声的大露台上，眺望着如山水画般在眼前展开的迷人景致。喝着昂贵的红酒或香槟，品尝布拉希尔咖喱海鲜、爱马斯鱼子酱、阿尔巴白松露，辛夷不可能不为自己糟糕而贫寒的家境感到羞惭。桑钦仪态谦恭、得体自然，手挥目送之间，有一种说不出的优越和神秘。在社会经验方面，他是看过底牌的人，而辛夷只是一个没有见过世面的小姑娘，行走在黑暗狭长的甬道里，除了两边的高墙，她找不到任何让自己安心的标识。桑钦的身上萦绕着一层氤氲的云雾，而他那张总是让人看不透的脸，像是罩着一张无形的面具。

她越是想靠近他，他就离她越远。

桑钦从未强求她做什么，他们之间的一切都是"自然"发生的。至少从理论上说，她拥有一个成年人理当拥有的全部自由和自主性，对方也给予了她完全的尊重和平等。比如说，她有一次暗示对方，他们之间这种"不明不白"的关系，是不是应该有一个了结了。桑钦似乎没有听出她的弦外之音。在抚摸她耻骨的时候，他怔了一下，然后道："我听你的。"

辛夷恼怒地把他的手拿开，起身收拾行李。她独自一人，在凌晨三点赶回学校,桑钦坐在廊下抽烟,没有任何劝阻之意。

可是,在短短的半个月之后,桑钦打电话来请她去喝茶,辛夷还是第一时间赶到了什刹海。在桑钦温柔地拥她入怀,并问她晚上想去哪里吃饭时,沈辛夷紧紧地抱着他,哭得浑身颤抖。

那天晚上,辛夷躺在他身边,听他在酣睡中磨牙,无端想到了这样一个问题:这个令她捉摸不透的男人,为何对自己拥有那么大的权力?假如有一天,支撑着他全部优雅气质的财富地基轰然坍塌,那些伪饰过度的谦卑,那些精致的低调,那些未经触碰的神秘,那气定神闲的漫不经心与无可无不可,会不会像一朵失去了水分的山茶花,迅速地打蔫、烂掉?到了那个时候,躺在她身边的这个人,与满大街忙着给人送货的小贩,到底有多大差别?

但桑钦没有熟睡很久。

辛夷在床上偶然翻了个身,调整了一下睡姿,猛然瞥见桑钦正侧着脸,出神地凝望着自己,目光烂烂射人。

刹那间,辛夷一时有些恍惚。与桑钦认识了这么久,她从未有机会见过这样一张脸。也许是刚刚睡醒的缘故,它是如此明净、安恬、真实,带着婴儿般的软弱与依恋,如同晓风吹散了山间的雾岚,露出了岩石和草木清朗的质地。辛夷不由得伸出手,想要去抚摸那张漂亮的脸庞,桑钦把她的手格开了。

他重新给自己戴上了面具。他的一切,包括那张脸,辛夷始终无法触碰。

尽管他并没有刻意向她隐瞒什么，但他嘴里随口说出的每一句话，仿佛都经过字斟句酌，有着箴言般的精审和深邃。

有一次，辛夷问他为何成天东游西荡的，几乎什么事都不做，桑钦短促地笑了一下，对她说，因为他生来就是一个"晃来晃去的人"。在这个世界上，他只是一个观察者，而非局中人。

"你不觉得无聊吗？"

"无聊是你在生活中唯一能找到的东西。就算你能一时摆脱无聊，最后还得让它在身后追上，何苦呢？"

一天下午，他们坐在四合院的天井里喝咖啡，辛夷半开玩笑地恳求他，能不能暂时摘下他的面具，两个人真诚地谈一次。桑钦想了想，这样回答她：

"一个人不可能既是真诚的，又是貌似真诚的。"

"我不明白你在说什么……"

"没有谁比真诚的人隐藏得更深。唯有当人戴上面具时，才会愿意说些真话。"

不论他们谈了多久，话题永远停留在原点，无法往前推进半步。在他面前，她仍是那个一无所知的小女生。那些令人费解的言辞，像是在诱导她去猜谜似的，让辛夷在苦苦索解中茫然无绪。

后来，她在卫生间的窗台上看到那本早已被翻烂的《瓦尔登湖》时，忽然醒悟到，桑钦身上或许有一种梭罗式的"寂静的绝望"，并断定他此刻正深陷在某种不为人知的痛苦之中。她被自己的新发现深深地迷住了,胸中时刻涌动着同情与怜惜的绵绵柔情。她一时不敢确定,这种在心头暗暗滋长、难以遏止的莫名冲动,是不是所谓的"爱情",但用不了多久她就会明白,即便她的猜测是对的,想依靠自己的一己之力拯救对方出离苦海的可笑愿望,是多么地不自量力。

辛夷与桑钦的交往,前后差不多持续了三年,正好覆盖了她硕士阶段的学习时光。在沙尘暴席卷京城的一年初春,桑钦在什刹海的四合院中自缢身亡。他的遗体被几个翻入院墙放风筝的孩子偶然发现,已是两周后的事情了。

在八宝山举行的告别仪式上,辛夷认识了一个名叫陈克明的人。

陈克明悄悄地告诉她,桑钦不过是一个假名。他有时被人称作"涂浑"什么的,当然也是假名。至于他的真实姓名,朋友圈中无人知晓。这个人如同春夜里悄然落下的一片寒霜,让早晨的太阳一晒,就此杳然无影。他的身上没有任何坚实或恒定的东西。辛夷甚至有些怀疑,这个人是否真的在人世间存在过。他给辛夷留下的唯一遗产,就是那张始终笼罩着一层迷雾的脸,以及在黑暗的静寂中随风飘走的片言只语。

那年初夏,辛夷如约来到导师家中,哀求他将原定6月份举行的学位论文答辩,推迟到半年之后。她的理由是,以她目前的心境,完全无法去应付布勒东的"超现实主义"。严谨、刻板的导师面有难色。坐在一旁给辛夷削苹果的师母，则悄悄地碰了碰丈夫的胳膊，提醒他注意女弟子脸上吓人的神色。导师抬头看了看辛夷，又看了看妻子，立即改口宽慰她：

半年时间不够，推迟一年也没什么问题。既然她不想做"超现实主义"，不妨换个题目。"反正法国作家多的是，波德莱尔、瓦雷里、马拉美，或者其他什么人，你随便选"，而只要她充分收集文献材料，认真写作，论文总是可以通过的。

在此后的半年中，沈辛夷在撰写有关波德莱尔的学位论文的同时，也在断断续续地接受心理治疗。

辛夷后来发现，刚刚入职的心理治疗师，本人的心理状况也很成问题。辛夷很后悔将自己的故事向他和盘托出。不过，治疗师最后的忠告显然是正确的：

在辛夷的潜意识中，有一种偏执的倾向。将自身的不幸的遭遇，完全归咎于远在千里之外的母亲，既不真实，也不公平，更无助于她的康复。

话虽这么说，到了一个人独处的时候，辛夷仍然会钻进自己设定的那个牛角尖中出不来。

如果不是母亲责令自己去白云观还愿，如果不是她因过分忧虑弟弟的胳膊，逼着自己去借钱，如果不是她在事情本已了结之时，怂恿自己去什刹海送什么笋干百合，这一切根本不会发生。

如果真的像父亲所说的那样，每个人都有自己的提婆达多，那么，这个一直在暗处妨害自己的人，会不会就是母亲？

15

2017年夏天，沈辛夷从阿苏卫的一所中学辞职，去了位于中关村软件园的神州联合科技公司。至少，她不用再忍受附近垃圾填埋场令人窒息的恶劣空气了。她在去新单位履职之前，专门回了一趟老家，并顺路去看望正在杞岭服刑的弟弟。

弟弟勉强读完高中后，在蜀阳市的一家环保材料设备公司上班，日复一日地奔波于全国各地，为企业索要欠款。他一心谋划着如何将要回的欠款占为己有，大约有两三年的时间没有去麻烦母亲，这给了贾连芳"儿子已经学好了"的错误印象。就在她四处为新桐物色对象、张罗婚事的同时，派出所的两名刑警突然拜访了她。

母亲在慌乱中低价出售了苦心经营的照明灯具商铺之后，又去找大姑子沈文雁借钱。这一次，快到退休年龄的沈文雁出人意料地提出了一个交换条件。

沈文雁让母亲将笤溪村的老房子连同院落和柴屋，一并转租给她，租期四十年。想着外婆已去世，那处老房子空关着，一时派不上用场，母亲就让人做了文书，办理了公证手续，在很短的时间内完成了交割。遗憾的是，母亲所有的努力，最终都没能让儿子免于牢狱之灾。她打电话向沈文雁哭诉，大姑子的劝慰只有冰冷的一句话：

"法律就是法律。"

这一年的春夏之交，宅基地上的旧房被悉数推倒重建。沈文雁在那里盖了一栋三层小楼，并在楼前围出了一个两三百平米的精致花园。这是筲溪村的第一家民宿，姑妈为它取名"溪山晴雪"。她的民宿很快在网络平台上爆红，往往需要提前一个月预订。不久之后，沈文雁又在无锡和苏州开设了分部。

渐渐地，母亲已很难见到沈文雁了。她开着一辆月光蓝卡宴，在太湖沿岸的三个项目之间来回穿梭。在领导们考察旅游度假村的电视新闻里，也能看到她一闪而过的身影。

沈辛夷从杞岭的云望寺监狱出来，给母亲打了个电话。母亲说，要是回到蜀阳后天还没黑，可以到老鼠山脚下的一个苗圃去找她。两个小时之后，辛夷乘坐的出租车停在了山坳中的一个坡道上。

前面的山路断了，她只能下车步行。

在杂草丛生的一段红砖墙边，辛夷看见一个穿蓝色卡其布工装的小老头，驮着一袋鸡粪，正在上坡。她快步上前截住了他，向他打听苗圃的方位。这个老头弓着腰，朝她缓缓地转过身来，龇牙咧嘴地低声哼哼。令辛夷难以置信的是，这人正是她的母亲贾连芳。

母亲将背上的鸡粪卸在路边，掸了掸身上的灰土，领着她斜穿过种植着国槐、银杏、海棠和枫树的坡地，来到不远处一个低矮的棚屋里，给她倒了一杯白开水。

母亲告诉她,这个苗圃是她和老宋合伙办起来的。这些天老宋的滑膜炎犯了,山上的事,只能由她一个人顶着。母亲一边跟她说话,一边抚弄着桌上的一把花剪。她已瘦得不成样子,眼眶深陷,面目焦黑,左手的五根指头上都缠着发黄的橡皮膏。

任凭辛夷怎么咬紧牙关,嘴唇还是不住地上下抖动。为了不让母亲看出自己在哭,辛夷不时捋一捋额前的头发,顺便偷偷揩泪。

辛夷忽然想起来,有一年春节过后,大概是在父母启程返回武汉的前一天,她依偎在父亲的怀里,摸着他的胡子,哭着问他什么时候才能挣够钱,不再出远门。在一旁收拾行李的母亲瞟了她一眼,抢先回答道:

"给你们姐弟俩一人挣出一个大房子,再送你们一人一辆奔驰车。再有,全家老小去一趟'法意瑞',见识一下外面的世界,这钱就算挣够了。"

辛夷不无凄楚地想到,以母亲现在每况愈下的境况来看,她内心里藏着的这些有待实现的目标,恐怕只能永远停留在口头上了。

两年不见,母亲的心气似乎更加委顿。当辛夷偶尔提起姑妈沈文雁时,她的话突然多了起来。

她说,她这一生都毁在了姑妈的手里。她说,她怎么都摆脱不掉的噩运,就是从认识沈文雁开始的。假如当初守着那处老屋,成天躺在家里睡大觉,什么事也不做,等到农业户口再度抢手的今天,等到笤溪村变成了寸土寸金的香饽饽,她随便办个民宿，日子也比现在好得多。她这一辈子，到处瞎冲瞎撞，反而落得个一场空。

临走时，母亲嘱咐她说：

"你爸爸走了，外婆也不在了，弟弟又是这个样子，你只管去奔自己的前程好了。以后，这个家，你少回，眼不见为净。你不用替我操心。哪条山沟不能埋死人？没什么了不得的。"

母亲的眼泪扑簌簌地滚落下来。她稍稍顿了顿，又咬牙说道："都说天无绝人之路，走着瞧吧。谁也不比谁强多少。说不定哪天我就能翻过身来。"

辛夷哀怜地望着她，一时不知如何接话。

看来，母亲屡仆屡立、东山再起的搏命之心，还没有彻底凉透。

这时正好有人上门来求购老桩紫薇，母亲立即站起身来，抬起袖子在脸上胡乱揩了一把，随手操起一把铁锹，陪客户到山里挑选花木去了。

16

沈辛夷回到北京之后，很快去神州联合科技公司报了到。

分配给她的工位，据说是一个从公司去职的年轻人留下的。这个人名叫窦宝庆。电脑桌的抽屉里，有他遗落的塑封工作证，还有一卷没有吃完的口香糖。工作证照片上的这个小伙子，头发微卷，稚气未脱。他嘴角挂着的一丝不易觉察的笑意，反而让他的脸相显得凶巴巴的。

这是一家主营公路运输的物联网企业。开头的四五天，没有人告诉她应该做什么。看着周围的同事每天忙得团团转，辛夷在百无聊赖中不免有些焦灼不安。周五这天下午，眼看快要下班了，她接到了董事长办公室打来的一个电话。对方通知她第二天一早，陪公司领导去怀柔的雁栖湖，参加一年一度行业恳谈会。

会议期间，董事长陈克明忙着与各类客户洽谈业务，辛夷很少有机会见到他。每晚饭后一个小时左右的湖边漫步，她也被三四个紧跟在身后的助手或秘书远远地隔开。当董事长因天热要脱掉那件浅蓝色的上装时，就会有一个戴眼镜的女助理快步上前，伸出双手将衣服接住。

返程前的那天晚上，董事长本人给辛夷发来了手机短信，约她去会议中心五层的中餐厅吃饭，顺便跟她聊聊工作上的事。她在电梯间遇见了刚从湖边回来的女助理。

女助理神色焦虑地问她，知不知道董事长去了哪里，辛夷脑子飞快地转了一下，对她撒了个谎。

陈克明是北京当地人，脸上洋溢着某种与生俱来的喜气，嘴唇上有两撇微微上翘的小胡须，让人一见到他就忍不住想笑。在见面后很长的一段时间里，董事长并没有提及工作上的安排，而是像老熟人似的，东拉西扯地跟她聊起了家常。

他的嗓音略带沙哑，但中气十足，声音洪亮，显示出超出常人的旺盛精力。辛夷来上班的第一天，就听有同事悄悄议论说，单听董事长说话，自己嗓子也会发炎，果然一点不假。

说到高兴处，口干舌燥的董事长，顺手从服务员手中接过一杯柠檬水，一口气喝掉了大半。这杯柠檬水，是辛夷给自己点的。她一时拿不定主意，要不要让服务员再送一杯。

等到餐厅里差不多只剩下他们两个人时，陈克明收住话头，身体往前凑了凑，低声问她：

"小沈，你有没有去过颐和园？"

辛夷点了点头。

"那你听没听说里面有个听鹂馆——当年慈禧太后听戏的地方？"

辛夷再次点了点头。

董事长在服务员递过来的账单上签完字后，早已把这茬儿给忘了。辛夷不得不问他，颐和园中的听鹂馆，与她在公司的具体工作有什么关系。她又顺便问了问，那个名叫窦宝庆的人，因何事从公司去职，最终又去了哪里，为什么一提起这个人，同事们总是吞吞吐吐，欲言又止。

陈克明并不急于回答她的问题。等到他悠闲地剔完牙，这才站起身来，对辛夷说：

"如果我没理解错的话，你刚才问了两个问题。可不管哪一个问题，都不是三言两语能够说清楚的。这座大楼的十一层有个雪茄屋，我们不妨去那儿坐坐，喝上两杯，你容我慢慢道来。"

第二章　陈克明

1

近年来，随着联想、新浪、百度、小米等一批高科技企业向百望山下的山村周边集结，"后厂村"这一冷僻的地名，在北京差不多已变得无人不知。然而，假如有好事者想去实地寻访，看看后厂村到底是一个什么样的地方，他多半会大失所望。即便是当地那些惯于讲古论今的老人，也都稀里糊涂的，说不出个所以然来。这并不奇怪。在这个地域发生的令人晕眩的巨变中，层出不穷的新生事物，才刚刚露了个脸，甚至还没有来得及稳定下来，就被宣布过时了。后厂村，如同某个传说中的神灵，尽管人人都在谈论它，其真面目却无缘得见。

后厂村路西起百望山脚，东至西二旗的八达岭高速，长度不过四五公里，却像磁铁一样，吸附着七八万名程序员、射频工程师以及形形色色的IT从业者。规划中的科技园、软件园和未来城，急速向外扩张，逐渐延伸至北清路一带，将昌平的大片乡村囊括了进来。

至于说，有人将"后厂村"视为中国的"硅谷"，将这片区域命名为"宇宙网络中心"，虽说有些夸大其词，却也并非无因——在北京，有一个流传很广的说法是这样的：如果你正在使用的互联网系统出现了什么问题，那一定是因为后厂村一带的道路发生了交通堵塞。

你要是问我家在哪里，我差不多会用"毛家岭一带"来攀附一下。这倒不是因为我喜欢说谎。你知道，毛家岭实在是太有名了。

这个紧挨着后厂村路的村庄，地方志上记载的历史，最早可以追溯到明永乐二十二年。当时，从北京出发亲征阿鲁台的朱棣在这里露营的时候，毛家岭还是一个只有二十多家猎户的小山村。宣德九年，明宣宗朱瞻基在统兵北上的途中在毛家岭过夜，并勒石为记。到了正统十四年，英宗朱祁镇、大太监王振率领五十万大军亲征瓦剌，亦曾在毛家岭作短暂停留。帝王们屡屡在这里驻跸，原因其实很简单：按古代的行军速度来计算，毛家岭恰好位于一天行程的终点。也就是说，倘若皇帝黎明时分从紫禁城出发，那么他在日暮时分抵达的第一个宿营地，正是毛家岭。

说起来，我出生的那个小羊坊村，与毛家岭的直线距离不到三公里。两个村庄的居民似乎有一种说不出的隔膜,彼此很少来往,两村之间连条像样的路都没有。其中比较直接的原因是,这两个毗邻的村子,在计划经济的时代,分属于完全不同的生产建制——毛家岭属西北旺农场,而一箭之外的小羊坊村,则隶属永丰人民公社。

我记得小时候,去毛家岭的姨妈家走亲戚,每次都要在防护林、果树和沟渠的迷宫里绕来绕去,走上很久。眼看快要到了,姨妈已在窗口冲我们挥手了,却还有一大片的稻田横亘在我们面前。

说起稻田,我这里不妨再多啰唆几句。

如今,在小羊坊或毛家岭,村里的老人们在回忆往事的时候,时常会提到这一带稻米的特殊风味。实际上,由于水源的日益枯竭和土壤的沙化,我在念中学那会儿,除了农科院的几小块试验田之外,到处是果园和菜地,已经很难寻觅到稻田的踪影了。

在老人们的口中,毛家岭一带似乎不再是土地贫瘠、长年遭受风沙侵袭的荒僻山村,而是连江南的杭嘉湖地区都难以比肩的稻米之乡。据说,用这一带出产的长粳米煮成的粥,"淡蓝淡蓝的",有一股奇异的香味,即便是价格昂贵的五常贡米,也不能与之相提并论。

老人们总爱这么说,自然无人会去反驳。

说起种水稻一事,你心里或许有个疑问:为何在土地肥沃、灌溉条件更好的冀中平原,喜爱面食的北方农民们,普遍种大麦、小麦、燕麦和荞麦，偏偏是在燕山山脉一侧崎岖不平、沙砾遍地的山谷里，却种起了水稻？从附近赫赫有名的"稻香湖"，到古北口城关下的"稻池"，莫不如此，这又是为什么呢？

其实，你只消稍稍翻一下历史书，即可清楚地了解到，在燕幽之地的山野里种植水稻，早在宋代就开始了。起初多半是出于军事上的考虑。一旦辽人的骑兵突破了燕山和长城的关隘，就需要大片的湿地或水田，来迟滞马队的冲锋。

至于说到大米粥的"淡蓝色"，尽管老人们的记忆并无差错，但那种令人醉心的蓝色与稻米的质量全然无关。唯一的原因在于明矾的使用。到了七八月份的雨季，暴雨裹挟着泥浆四处流淌，使得溪涧的水流变得浑浊，人们不得不向水缸中投入明矾来净化水质。那种淡蓝色，多半是来自一种被称作十二水硫酸铝钾的化学物质。

1996年4月，从远大路长春桥方向开来的365路公共汽车，第一次停靠在了毛家岭村的村头。城市这个庞然大物伸展开的巨臂，终于将位于海淀最北端的这座小山村揽入了自己的怀抱。

也是在这一年，由于水费的急速上涨以及粮食价格的持续走低，毛家岭彻底告别了种粮的历史，取而代之的是家禽饲养和蔬菜大棚。与此同时，毛家岭、西北旺一带头脑灵活的山民们，悄然办起了农家院，给寻找乡野乐趣的城里人提供餐饮、住宿、垂钓以及果园采摘服务。

都说风水轮流转。我姨妈多年前嫁给了毛家岭村的一个二流子，没想到，到了九十年代末，他们通过经营蔬菜大棚发了家，买回了一辆红色的富康轿车。我隐约记得，有一年春节，他们回小羊坊村拜年时，车上的大红绸带和粉色气球尚未取下。大表哥长按着喇叭，开车从村前旋风般地驶过，卷起漫天的灰土。经过改装的车载音响震耳欲聋，让我那小心眼的父亲受了不少刺激。

在过去，我们家作为村里首屈一指的种粮大户，父亲在当地一直备受敬重。每到青黄不接的四五月份，好吃懒做的姨父，低声下气地到我们家来借粮时，父亲总要端足了架子，狠狠地训斥他一通。没想到世风一变，父亲的心气日益颓唐，眼见得就有点跟不上时代。他先后饲养过金鱼、乌鸡、鸵鸟和孔雀，但他别出心裁的发家之路，最后无不以失败而告终。

与父亲相反，我的母亲一改过去的倨傲，对姨妈一家态度谦恭、礼数周到。她苦口婆心地劝慰父亲说：

"这年头，人心变了，世道也在变。瞅见没有，小羊坊、大羊坊、二拨子、毛家岭，凡是我们认识的二流子，人人都发了大财……"

她严肃地告诫父亲，姨妈家虽说近来靠种植草莓和樱桃赚了些钱，但他们真正发达的日子，恐怕还在后头。"俗话说，时来顽铁有光辉，运退真金无艳色。人再有能耐，也强不过势。你跟谁有仇，也别跟钱有仇。到了人家一夜暴富的时候，咱们说不定也有走投无路、去人家门前讨碗饭吃的一天。天底下的事，谁说得清呢？"

母亲的预言在三年后得到了证实。

2

2003年前后，几个提着行李箱、长相稚嫩的大学毕业生，跨过坑坑洼洼的后厂村路，来到毛家岭村，要求在村里租房借宿。他们眼神迷惘地望着村民，村民们也迷惘地望着他们，双方都有些忐忑不安、疑窦丛生。在接下来的短短两个月中，前来投宿的大学生数量，一下猛增到了上千人之多。我的二流子姨父，虽然一时弄不清楚周边世界到底发生了什么事，但房租的暴涨是一个人人可以看懂的简单事实。姨父开着富康轿车，连夜到我家来借钱盖房时，说话直打哆嗦。

姨父先是将自己的旧房修缮加高至二层，随后又在院前屋后盖了几间平房，仍然满足不了蜂拥前来的大学生的求租需求。学生们带来的讯息大同小异：东自八达岭高速、西至百望山山脚、南自北五环、北至毛家岭的这块地方，在未来的规划中，将是中关村软件园的核心所在。大量的互联网巨头、高科技企业和数不清的IT从业者，正陆续向这一带聚集。

毛家岭村发生的离奇事，让位于三公里之外的小羊坊村也看到了希望。他们集资修建了通往毛家岭的水泥马路，在村中改建客房、整治环境，一心企盼着毛家岭容纳不下的客流外溢，在小羊坊村寻找新的落脚地。眼看着万事俱备，村长就将全村的妇孺老幼组织起来，去后厂村路散发小广告。他们租了一辆依维柯客车，来回接送大学生们去小羊坊村免费试住。他们风风火火地折腾了三个月之久，却并未招来任何一个客人。

便宜一半的房费，明显整洁、宽敞的居住环境，更为热情周到的服务，竟无法抵消区区三公里的路程，说实话，至今让人百思不得其解。那些大学生宁肯挤在私搭乱建、污水横流、人员密集且态度粗劣的毛家岭，让盼着分一杯羹、望眼欲穿的小羊坊村村民徒唤奈何。

据说，在高峰时期，不到三千人的毛家岭村，居然容纳了近六万名大学生及外来务工人员。渐渐地，小羊坊村的村民们，在羡慕和嫉妒之余，也不得不接受历史赋予他们的角色定位：成为廉价劳动力，拥入毛家岭急剧膨胀的劳务市场。

我姨妈的家中住进了十几名大学生。忙不过来的时候，我的两位表哥，大波和二波，就到小羊坊村找我，央求我赶紧过去帮忙，给他们"搭把手"。

那时，我刚刚从一所三本大学的"数控机床"专业毕业，在家中百无聊赖，度日如年。一想到自己白白浪费了父母几万元的学费，在位于远郊城乡接合部的校园里，浑浑噩噩地踢了四年足球，心里就很不好受。我倒是很乐意赶紧找点事情来做。

父亲素来不喜欢两位表哥的为人，他正眼也不瞅他们一下，起身到后院照料他的那几只宝贝孔雀去了。

我母亲一边忙着给表哥泡茶，一边对他们试探说：

"克明这孩子,从小没吃过什么苦。肩不能扛,手不能提,油瓶子倒了都不会扶。伺候人的事,他更是做不了。去了你们家,除了添乱,能派上什么用场呢?"

大波说:"咱兄弟几个,年岁差不多,小时候又常在一块玩儿,一向要好。有财一块儿发,我们自然不会亏待他。"

二波在一边嬉皮笑脸地插话说:"表弟是名牌大学毕业生,咱哪能让他去侍候人呢?刷锅洗碗、打扫房间一类的杂活儿,用不着他操心。我们请他去,是想让他帮我们去做一些正儿八经的事,省心省力,又体面,来钱又快。姨妈一百二十个放心。"

到了毛家岭我才知道,大波和二波兄弟俩,每人手下都有一班人马。两个人在村子里各有各的事,但两个人都需要我的帮助。

早晨的时候,大波手里拿着一沓自制的水票,带着手下的那伙人,在通往软件园区的村口,拦住那帮年轻的房客,向他们索要自来水费。这笔费用说起来倒也不算高——每人每月仅收十元。大波负责收钱,而他指派给我的工作也很轻松——在房客交完钱后,我只消在账册上打个钩就算完事。名字后面没有打钩的那些人,我们再按照账册上的住址,挨家挨户地去催讨。表哥带来的另外五六个小青年,远远地站在村口的大榆树下,悠闲地抽着烟。

我私下里替表哥算了一笔账。每人收取十元钱,听上去一点儿都不多,但若按全村几万名租客来计算,每月能有多少水费进账，光是想一想就很吓人。我的脑子里乱七八糟的，一连几天睡不好觉。

那些身背电脑包、长相斯文的年轻人，大多像绵羊一般温顺。通常，他们一看见我们拦在村口，向他们讨要水费，绝大部分人想都不想，立马交钱走人。当然，总有人在接过水票后，仔仔细细地瞅上半天，辨认一下橡皮图章上模糊不清的字迹。他们用怀疑和询问的目光注视着我们，大波则用阴冷而凶狠的目光回敬他们。经过四五秒短暂的对视和僵持，他们不得不自认倒霉，一声不吭地掏钱。

只有极少数的人，会很不识相地反问我们一句："按照合同，水费不是包含在房租里了吗？你们这么做不违法吗？"

大波似乎早已料到他们会这么问。每到这个时候，站在榆树下的那几个人，便扔掉手里的烟头，不紧不慢地朝这边围过来。这伙人只需要远远地朝他们喊一声"怎么着？"，房客们被他们一吓，只得乖乖交钱，没有什么例外。

至于说二波负责的那摊事，那就更简单了。

每天下午五六点钟，后厂村路的公交车站牌底下挤满了下班的人群。与此同时，二波则带着自己的那帮手下，在公交站往东50米开外的三岔路口设卡。不管它是大公共，还是小公共，不管它是365、509，还是运通205、112，一律逼停，勒令他们绕道而行。简单来说，我们的任务，就是保证不让任何一辆公交车，在软件园区停靠载客。

等到所有公交车都开走了，二波私下里安排的那些富康、夏利、奥拓和松花江，从枣林的背后，一辆一辆地开出来，为那些选择回城的公司员工，提供专车服务。别看那些人长吁短叹、频频摇头，嘴里骂骂咧咧，可一瞧见我们的车，照样呼啦一下围拢过来。他们脸上的鄙夷和不屑，与争先恐后地扑向我们车的敏捷身手，构成了明显的矛盾。

我们的工作没什么难度，更谈不上科技含量。但第一个月的工资发下来，居然有八千元之多。我给母亲买了一件羊绒衫，给父亲送了一个锃光瓦亮的ZIPPO打火机。我自然也不会亏待自己。我去车行挑了一辆红色的电动自行车，在毛家岭和小羊坊之间，痛痛快快地跑了个来回。

我记得发工资的那天晚上，大波在村里新开的一家川菜馆子请我们吃饭。酒足饭饱之后，大伙免不了还要唱唱卡拉OK。闹腾到晚上八九点钟，人开始散了，但还是有几个人留了下来。他们围坐在圆桌边，各自想着自己的心事，彼此之间不怎么说话，就那么呆坐着。最后，等到饭馆的服务员拿着墩布开始拖地了，他们这才慢腾腾地站起身来，一个接一个朝屋外走。

大波正要离开，瞧见我在角落里坐着，在门口迟疑了一下，还是朝我走了过来，问我愿不愿意跟他们一块去。我问他去哪儿，急性子的二波远远地冲我吼了一句："少废话，想去就上车，赶紧的！"他这么一吼，我大概也能猜出他们要去什么地方。

我当然不会跟他们去。

一天晚上，大波带着我在村子里巡夜。走到村西的一家杂货店门口，大波停下来问我，那天晚上为什么不愿跟他们一起进城去玩。这个问题虽然简单，却也不太好回答。我不想让他不高兴，只是笑了笑，没有说话。表哥说，要是咱们还算是一路人的话，下次一块去见见世面。我推脱说，自己没有那方面的习惯。大波就拿手电在我脸上晃了一下："你说的那方面，指的是哪方面？"

既然话说到了这个份上，我也只得含含糊糊地对他说，我这个人，不太喜欢见不得光的事。

大波随便找了个地方坐了下来，然后向我招了招手。在给我点上了一支烟后，表哥搂着我的肩膀，耐心地开导我说：

"不知你发现没有，这世上凡是在大白天可以公开去做的事情，无非是装模作样，说到底，没啥鸟意思。而凡是私底下在黑暗中发生的那些见不得光的事，都是那么地激动人心！也就是说，只有见不得光的事，才值得我们认真去做。你好好想想，是不是这么回事？"

你别说，大波的这番话，细细一琢磨，还真有几分歪理。就算你完全不同意，倒也一时难以辩驳。

对于我去姨妈家帮忙这件事，父亲一开始就不太赞成。后来，他大概多少听说了一些我在毛家岭村干下的勾当，对我始终横眉怒目，几乎不跟我说话。我买给他的那个打火机，被他随手扔在了堂屋的窗台上，时间一长，上面早已蒙上了一层灰。

我见在家中待着实在无趣，索性硬起心肠，在姨妈家和二波搭铺，从此不再回家，落得个清闲自在。害得母亲夹在我们父子之间，不知如何是好。她三天两头往毛家岭跑，见不到我，只得找姨妈哭诉。

不久之后，我从姨妈口中偶然得知，为了让我回心转意，我母亲已托人在昌平的东河口村，悄悄为我定下了一门亲事。

3

那女孩儿名叫静熹，是马连洼的药用植物园的一名临时工。

她们家原先住在海淀的皂君庙一带。父亲早年从国营单位停薪留职之后，跟着一个南方人做起了电缆生意，常年滞留于苏州、无锡和杭州一带。他在杭州有了自己的新相好之后，回北京与原配办了离婚。性格刚烈且自视甚高的母亲，或许是受不了离婚的刺激，年纪轻轻就一病不起，撇下了不足4岁的女儿。也有传言说，她是一时想不开寻了短见，临终前将女儿托付给了娘家弟弟。

静熹在昌平的东河口村长大成人。重新上户口的时候，她的姓由原先的"薛"，被改成了"尹"。她称作"爸爸"的那个人，实际上是她舅舅。

不知为什么，我从母亲嘴里追问出女孩的身世，立刻就对这个素不相识的姑娘产生了强烈的同情,内心暗暗生出一种想要竭力呵护她的莫名冲动。另外,我有点被她的名字迷住了。通过名字去猜测女方的长相,不免荒唐,可我时常克制不住地这样想,一个有着"静熹"这样名字的女孩,模样不会差到哪里去。

父亲对这桩婚事起先并不看好。他对于母亲像抓阄似的把两个人硬往一块凑的做法非常反感。我虽然从未谈过什么恋爱,但内心的想法与父亲正好相反。要是两个原本毫不相干的人,能够凑在一块,结成恩爱夫妻,那才有意思呢!不过,当母亲询问我的意见时,我却故意显出一副很不情愿的样子来,满不在乎地对母亲说:

"别的先不谈,能不能去弄两张她的照片来让我瞧瞧?"

"也就这么一说,八字没一撇呢。这事儿等过完年再说不迟。"母亲道。

尽管我对这位姑娘的性格和长相一无所知,尽管对方的回音迟迟不来,但我已经有了一点预感,并对此深信不疑:那个身世坎坷的女孩,命中注定会成为我的妻子。在接下来的半个多月里,我仍像往常一样,跟在表哥大波的身后,手执电筒,在凛冽的寒风中值班巡夜。我只要抬头朝药用植物园的方向看上一眼,就会立刻感到心头热乎乎的。

好像在这个世界上,我不再是孤身一人。

有一回,我骑着电动车,从东河口村外的马路上经过。我不由自主地放慢了速度,最后停在了村头的一座石桥边,朝着村子方向细细观瞧。不瞒你说,正因为我的心里藏着一个秘密,村子里的树、房屋以及高耸入云的手机信号发射塔,在村头摆摊儿卖山楂核桃的老太太,连同树荫下趴着的一条黑狗,看上去都显得那么可近可亲。

每当我躺在姨妈家客厅的沙发上,在二波的呼噜声中醒来,再也无法入睡时,偶然瞧见窗外西天的月牙儿,胸中的烦躁顿时一扫而空。这是因为,此时此刻,黑黢黢的东河口村,也同样浸沐在明媚皎洁的月光之下。

春节后的一天晚上,我从毛家岭回到家中。母亲正在灶下刷锅洗碗,我缠着她说了会儿胡话,又问了问照片的事。那些日子,母亲不知为了什么事,正和父亲闹别扭,两个人谁都不搭理谁。她见我喝得醉醺醺的,忽然板起脸来,没好气儿地对我嚷嚷:"后天就要见面了,照片看不看的,有什么相干?到时候,你要是不中意,反悔也来得及。"

我和静熹的第一次见面,被安排在了上地的一家火锅店里。我记得是正月十六那天,下着小雪。除了我和静熹之外,还有双方的家人,加上帮我们说合这门亲事的介绍人曹桂芝,一共七个人,坐在了一个烟熏火燎的包间里。

在火锅店相亲这个主意,也是曹桂芝提出来的。她说,两家人坐在一起吃涮羊肉,暗含着往后在一个锅里吃饭的意思。听说她在东河口村大小也是个干部,具体是个什么官儿,我就说不上来了。

说实话,我第一眼瞅见静熹时,心下暗自吃了一惊。怎么说呢,这个人的眉眼、长相和仪表,正是我无数次想象和默念过的样子。我倒不是说这人长得有多漂亮,但她身上确有一种让人一见之下心生恋慕的风致。等我在包间里坐定,静熹也拿眼睛偷偷地瞧我。被她这么一瞧,我的全身像过了电一样,眼睛都花了,好在她的目光很快躲开了。不过,等到我们俩的目光再一次相遇时,她的眼神显得镇静多了。她冲我微微地颔首,大大方方地抿嘴一笑。而我每瞄她一眼,心底就会涌起一圈一圈快乐的激流,感觉整个人像是快要融化了似的。

不用说,第一次见面,盯着人家看这看那,肯定不太礼貌,然而我根本无法克制自己。那天中午,我没喝什么酒,脑子里却一直晕乎乎的。一个原本完全陌生的女孩,正在一点点地变成你的至亲,这种令人销魂的微妙过渡,让我沉溺其中,不能自拔。

母亲坐在我边上,一个劲儿地冲我使眼色,又是努嘴,又是眨眼,又是推我的胳膊,可我就是弄不懂,她那些个奇怪的动作,到底是啥意思。

其实,母亲不过是瞅见火锅里的清汤开始沸腾了,催促我赶紧起身,给客人们涮肉。等我醒过梦儿来,静熹早已将桌上那双长长的筷子攥在了手里。

她将第一筷雪花牛肉让给了同村的介绍人,然后依次夹给我的父母、她的养父养母,最后是我。

见我木头木脑地盯着人家，母亲实在看不下去，悄悄地在我腿上按了一下，凑在我耳边低声道：

"将来有你看的时候。好好吃你的饭！"

那天中午，唯一让我心里不太舒服的，是静熹的舅舅。他手指上戴着大方印金戒指，桌上的大哥大旁边搁着一把车钥匙。他的大拇指有意无意地抚弄着钥匙上的车标，唯恐人家不知道他有一辆中德合资的二手帕萨特。我一想到将来要开口叫这个人"爸爸"，心中不免感到有些苦恼。

我父亲那天似乎心情不佳。两天前，他在听说对方开出了二十万元的彩礼费后，与母亲大吵了一架。一开始，他耐着性子给未来的亲家递过几次烟，并时不时跟身旁的介绍人寒暄，等到曹桂芝因临时接到一个电话提前离开后，父亲就脸色铁青地喝起了闷酒。

静熹的舅妈看上去有几分矜持，她在饭桌上几乎没怎么说过话。等到聚会快要结束时，她将我母亲悄悄拉到包间的角落里，开始了女人间的窃窃私语。奇怪的是，静熹的舅妈在说话时，我母亲一边频频点头，一边皱着眉头朝我这边打探，弄得我心里七上八下。

好在不是什么大事。

下午三四点钟，我们一家人坐在回家的出租车上，母亲这才将未来亲家母的一番话，说给我听。原来，在我们托人去调查静熹的身世的同时，女方也暗中派人将我们家的情况摸了个底掉。别的都好说，唯独我目前的工作，女方似乎很不满意。

不论是逼迫人家交水费,还是在公交站打打杀杀,与黑社会的行径没什么两样。不如趁早解脱出来,在软件园区找份体面工作。如果工作一时半会儿找不到,可以去静熹舅舅的公司里当个油漆工。他如今做包工头搞装修,业务多得忙不过来……

母亲正说着,父亲抢过话头,对我道:"女方的话,句句在理。毛家岭那俩小子,是我看着长大的,跟着他们混,迟早要出事。明天一早,你先去给我把工作辞了。"

第二天晚上,我费了半天的劲,在龙翔中街的一条胡同里找到了大波二波。大波那会儿搂着一个红头发的女孩儿,正在喝酒。一听说我要辞职,他借着酒劲,丢开那女孩,站起身来,一连三遍大声地质问我"为什么",用的都是标准的英文。接着,他满脸酒气地逼问我,辞职一事,是我自己的主意,还是"药用植物园那个小婊子"的主意。

我脸上有些挂不住,也只得硬起头皮忍着。坐在一旁的二波,在剔完牙后也开了腔:"还没过门呢,就让人家给安上紧箍咒了?有出息啊!"

接下来,兄弟俩的一番嘲弄,就有些不堪入耳了。在众人的哄笑声中,我对两位表哥仅有的一点歉疚,顷刻间化为乌有。我拼命克制心头的怒气,勉强向他们拱了拱手,说了句"后会有期",就从酒馆里离开了。

不管怎么说,辞职总是容易的。但要想在后厂村一带找个月薪七八千的工作,却不像父亲夸口的那么"易如反掌"。他托了好几层关系，才在一家公司帮我找了个做保安的工作，连工资加奖金，不过三千元。为了不让大波他们瞧不起，我咬牙回绝了。在走投无路时，要不是父亲坚决阻拦，我甚至都想去静熹舅舅的装修公司做油漆工了。父亲的反对倒是很在理：首先，再环保的油漆也含有甲醛和苯一类的化学物质，长期接触，对健康不利。再说，在未来的岳父手下混口饭吃，容易被女方瞧不起。老话说，饿死不耕丈人田。他劝我不到万不得已，别走这条路。

我去找母亲商量时，她正在院子的菜地里拔草。她安慰我说："着什么急啊！不就找个工作嘛，这也算个事？别忘了，你头顶上长着两个旋儿，又是大年初一子时生的，命好。连算命先生都说，每遇沟沟坎坎，总有贵人相帮。有一回，我在院子里摘柿子，瞅见东河口村的曹桂芝骑着一辆电驴子，打我门口经过，就招呼她进屋喝了杯茶。临走时，又送了她几个刚刚从树上钩下来的柿子。人家当时没说什么，回头就给咱保了媒，定下了这么好的亲事。依我看，你不用发愁，车到山前必有路。说不定，帮你的贵人，这会儿正在来我们家的路上呢！"

母亲的这一番话，把在一旁给孔雀喂食的父亲都逗乐了。

我和静熹的婚事定在了五一劳动节这一天。

因与两位表哥闹翻，我自然不会自讨没趣，上门请他们来喝喜酒。我母亲在给姨父姨妈送请帖时，两兄弟恰好在场，母亲顺嘴也邀请了他们。到了婚礼那天，大波二波不仅如约到场，还带来了我多年未见的小学同学刘昆吾。

我至今都很难忘记大波第一眼见到静熹时的神情。那是一种混杂着震惊与嫉妒的愤愤不平。他瞅了瞅静熹，又看了看我，什么话也没说。他将一个装满钱的红包，粗鲁地塞在静熹手中，未等筵席开场，就一个人悄悄地离开了。

刘昆吾脸上笑眯眯的，远远站在酒店大堂的一角，将这一切都看在了眼里。

我记得上小学那会儿，昆吾是个瘦弱的小矮个儿，长得清秀文弱，招人怜爱，大伙都亲热地叫他"娘娘"。班上的女生走过他身边的时候，总喜欢在他脑袋顶上胡掠一把。男生们时常撸下他的帽子，在胯下夹一夹，再扔给他，咒他永远长不高。没想到，到了长个子的青春期，他猛地一发力，竟然蹿成了一米八几的大高个儿。用昆吾自己的话来说，他是股票中滞涨的绩优股——横盘的时间有多长，竖起来就会有多高。小学时，我跟他没打过什么交道。他平常不怎么爱说话，没人知道他的小脑袋里成天在想些啥。

婚礼结束后，昆吾没有马上离开。他忙前忙后地帮母亲收尾，显得很有耐心。最后，他又将酒宴上没喝完的三十多瓶牛栏山二锅头，放入汽车后备箱，帮我们运回了小羊坊村。

那天中午我喝了太多的酒，很多事情都迷迷糊糊的。

我记得回到小羊坊村之后，一直在院中的木廊下陪昆吾喝茶。昆吾坐在我对面的一张小木凳上，他的声音听上去很远，脸也是影影绰绰的。他的背后是刚刚爬藤的一架黄瓜。菜地边上有一个铁笼，里面关着父亲心爱的两只孔雀，一只蓝，一只白。铁笼边上围着一圈人，可任凭父亲怎么逗弄它们，就是不开屏。

其间，昆吾跟我商量过一桩很重要的事，且反复提到了一个名叫马坡的地方。至于具体细节，我一概记不清了。

昆吾中学毕业后，在清河的一家国营轧钢厂上班。上世纪九十年代末，工厂因经营困难而改制，昆吾下岗后去百望山农场待了半年。因发财心切，他误入一个传销组织，辗转西安、安阳、十堰，后来流落到了湖南的邵东，靠摆地摊倒卖服装为生。

回到北京后，他慢慢地摸清了贴牌外贸服装地下生产线的全部流程，很快在顺义的马坡拥有了自己的服装企业。最近这些年，昆吾从德国进口了全套的成衣设备，在天津的宝坻成立了一家规模更大的服装公司，并准备在人工更便宜、营商环境更为宽松的柬埔寨设厂。他手里有好几摊子事，一个人忙不过来，有意让我去接管顺义马坡那家服装厂。

第二天早晨，我酒醒之后，母亲在向我转述昆吾的提议时，特意强调了"接管"这个词。我的脑子一下子有些发蒙。

4

据我妻子说，"静熹"这个名字是她母亲给取的。她在妇产医院待产的十多天里，嘴上说着"就来就来"的丈夫，最终没有在医院里露面。临产的那天深夜，在难挨的阵痛中，除了值班的医生和护士之外，陪伴她的，唯有窗外墙角边的一棵小树。

她听见婴儿发出第一声啼哭的同时，终于看清，窗外的那棵浸沐在曙光中的小树，原来是开满了碎花的山楂。与此同时，伴随着一阵静谧的轻松和清凉，她如释重负地觉察到，天亮了。

你只要翻一下字典就会明白，"熹"这个字，正是天亮的意思。

然而，如果你通过"静熹"这个名字，去想象我妻子的性格，进而认为她是一个温柔贤淑的人，那就将犯下跟我一样的错误。

凡是看过热播电视剧《潜伏》的人，想必对姚晨饰演的翠平这一角色印象深刻。这个脾气火暴、口无遮拦且妒忌心极重的女游击队员，与丈夫一言不合，便立马脱下鞋子，朝他劈头盖脸地砸过去。这种事，出现在电视剧里，大伙瞧了哈哈一乐，心下多半会认为，大胆泼辣、脾气暴躁的女人倒也脱俗可爱，别有一番风情。可是，你要是真的将她娶到家中，与她朝夕相处，那恐怕就是另一回事了。

你试想一下，你像普天之下的男子一样，正在床上饶有兴味地履行丈夫的职责，脸上却遭到妻子猛然打来的一巴掌——她的目的不过是为了拍死一只蚊子而已，打得你眼冒金星，口鼻歪斜，你会做何反应呢？

你不妨再设想一下这样的场景：你跟一帮朋友在一起喝酒，高朋满座，谈天说地。你正在绘声绘色地给大家讲一个荤段子，往往对坐在你身边因觉得丢脸而勃然变色的妻子疏于观察。你在眉飞色舞之际,恐怕做梦都想不到,桌子底下有一只女式高跟鞋,悄悄地提了起来,正打算在你肥厚的脚背上给予重重的一击。你痛得龇牙咧嘴,咝咝地倒吸凉气,却又要装出没事儿人一般对众人傻笑,以顾全悍妻的面子,你那时的心情又将如何呢?

我自认为自己并不笨,也不缺乏察言观色、见机行事的本领。但我必须老实承认,在对自己终身大事的判断上,出现了一些不应有的失误。在跟她刚刚相识的那些日子里,我就像被人灌了迷魂汤一般,智力水平直线下降,以至于明明可以帮我做出正确判断的那些蛛丝马迹,都被我一一放过了。

在结婚前,我有一次去东河口村做客,无意间听到在灶上忙活的舅妈,在叫静熹过去帮忙时,喊了她的小名儿。我当时稍稍感到有些意外,但也没怎么往心里去。事后想来,一个女孩子,拥有"虎子"这样的乳名,大概不是一件平常的事吧!

在两家会亲的订婚仪式上,父亲好不容易请来装门面的一位副镇长,多劝了我几杯酒,她竟然当着众人的面,硬生生地从我手里夺下了酒杯,扭得我的手腕差一点脱了臼,这是不是也有点不近人情?

在婚后的第二天,静熹单方面向我宣布,没有特殊情况,原则上不得在外留宿。我只得暗暗叫苦。有一天晚上,我们俩在厨房里,为"在锅里一次能下多少个饺子"这样一件小事,发生了一些争执。我骂了她一句脏话,她随手操起一把铜勺,即刻敲破了我的脑袋。从那以后,我不得不暂时放下与她争锋的念头。

自从接手了昆吾在马坡的那家服装厂,有事没事,我每天都会去顺义转上一圈。按照静熹的规定,哪怕晚上陪客户或当地领导喝了酒,无论多晚,都不敢在顺义留宿。有一次,外地来的几个客户,忽然提出要打高尔夫球,我自然全程奉陪。晚上辗转几个场子喝酒,到第二天凌晨才散。我见天已快亮了,不免自作主张,在办公室的沙发上对付着睡了几个小时。

没想到,静熹中午时分就从北京赶过来了。

我满脸赔笑地问她,大中午的,不打招呼就着急忙慌地赶来,有没有什么要紧的事情?她不搭理我,在我办公室里东瞅西看,脸上的神色阴晴不定。我又问她要不要去食堂吃口饭,她不说去,也不说不去,过了半晌,才阴阳怪气地对我说:

"有茶的话,就喝一口。"

等到那壶茶喝得有些乏了,她突然问我,能不能带她去厂子里"随便转转"。我想了想,就带她去了成衣车间。

那段日子,车间里的女工们,正因为待遇问题与昆吾董事长交恶,连带着对我这个总经理,也没什么好脸色。看到我们进来,二十几个女工仍旧低头干活,连眼皮都懒得抬一下。唯有质检员朱云倩一路小跑过来招呼我们。静熹似乎被德国进口的新式缝纫机迷住了。她在车间里随处瞎逛,缠着那些女裁缝问这问那,说个没完。

朱云倩是个热情开朗的姑娘,人生得白白净净的,只是稍稍有点胖。她在跟我说话时，身体老喜欢往前凑。这在以前倒也没啥，可那天我妻子在场，我担心让她瞧见了，难免要多想。她往前凑，我就往后挪，有意与她保持距离。没想到，云倩还是一个劲儿地往前挤。我不由得回头瞥了一眼静熹——还好，她那会儿正背对着我们，与一个四川妹子拉家常呢。

云倩正在跟我汇报最近这批服装的质检情况，接着，又说了说香港方面的反馈意见。我望着她整齐而好看的一口白牙，稍一愣神，忽然发现妻子不见了踪影，心里有些发毛。但我无论如何也没有想到，她此刻早已神不知鬼不觉地绕到了我的身后。就在朱云倩咯咯地笑着，伸手帮我捡去西服胸口处的一缕线头时，静熹在我身后早已飞起一脚，踹在了我的腿弯处。朱云倩见状赶紧往旁边一闪，我扑通一下双膝弯曲，直挺挺地跪倒在了车间的水泥地上。

正在埋头干活的女工们，见我一下子跪在了地上，大多不清楚发生了什么事，无人敢上前搀扶。因为事情发生得过于突然，她们一定会以为我是主动下跪的，一个个心中纳闷，面面相觑。往后的几天中，我一走进成衣车间，女工们都不好意思正眼看我，不是窃窃私语，就是掩嘴而笑。

事后，我责怪静熹过于多疑，无端猜忌，一竿子打翻了两个人，又批评她不该在大庭广众之下让我下不来台。静熹不仅丝毫没有悔过认错之意，反而说她这是在防微杜渐，让我以后多长个心眼儿。说起朱云倩，静熹更是一脸不屑：

"别说我没提醒过你啊，那个一身肥膘的质检员，要是对你没想法，我把脑袋拧下来……"

令人难以置信的是，我妻子的话竟然是对的。

大约两个月之后的一天，傍晚五六点钟，我正要下班回家，在办公室外的走廊里遇见了朱云倩。那时，天已是相当的黑了。云倩走到我跟前，双手一伸，将我扑在了墙上。我的身体卡在她的胸脯和两条胳膊之间，根本无法动弹。

"现在全厂上下，都在疯传咱俩有一腿……"她一脸坏笑地望着我，热烘烘的鼻息喷在我脸上。

"可实际上，我们并没有。"

"问题就在这儿。"

"你的意思是？"

"与其洗刷不白之冤，不如把事情坐实，弄假成真。"

"不然呢？"

"我有嘴。你裤裆里抹黄泥，不是屎也是屎。不如现在就要了我。你别多心，我不干涉你的家庭。"

现在，我早已记不清那天傍晚是如何脱身的。说实话，如果让这件事在我身上再发生一次，我不敢保证还能像上次一样，有勇气做出正确的选择。因为云倩并不是一个没有魅力的女人啊。我后来找了个理由，给云倩加了一级工资，远远地把她打发到天津宝坻去了。然而，每当我瞧见她留下的那个空荡荡的工位，常有怅惘若失之感。

一天下午，我从厂子里回来得早，看见母亲正在堂屋的餐桌上揉面，准备晚上包饺子，就在桌边的小马扎上坐了下来，点上烟，陪她说了会儿话。

我开了口，没说上几句，便开始向母亲抱怨起静熹的火暴脾气来了。至于朱云倩那件事，我也添油加醋地向母亲复述了一遍，让她给我们评评理。

母亲仍旧在揉面，头也不抬，只顾笑。堂屋门外的菜地里，父亲穿着蓝布褂，戴一顶旧草帽，正在给茄子和番茄搭架子。最后，母亲将手上粘着的湿面一点点搓在了盆里，望着我说：

"你们俩定亲的那阵子，我跟你爸整宿整宿睡不着觉。不为别的，心头就是有道坎儿，怎么都迈不过去。你想想啊，静熹这孩子，人品好，长相好，工作又好。知礼懂事、大大方方。要论家境，也比咱家强得太多。这么好的姑娘，天底下那么多有钱有貌的好男儿不嫁，非得嫁给你这个穷小子，没道理啊！你爹总觉着她们家有什么事瞒着我们，我那颗悬着的心，也一刻松快不下来。可现在看来，除了爱使性子发脾气这么点小毛病，这孩子样样都好，我对她没什么不满意的地方。脾气大有脾气大的好处。首先一点，有这么个媳妇当家，别人不敢随便欺负咱们。再有呢，如今这个世界，声色犬马，乱七八糟，你一个人在社会上闯荡，我老怕你在外面闯祸，你爹也成天担心你不走正道。现在好了，能有一个厉害点的媳妇管着你，说句不好听的话，将来有一天我们归了天，心里也踏实啊……"

正说着，院外传来了父亲夸张的两声咳嗽。母亲急忙把话打住，轻轻说了句："你媳妇下班回家了。"

第二章　陈克明

她捋了捋袖子，仍去揉她的面团。

随着一阵咯噔咯噔的脚步声，静熹风风火火地从屋外走了进来。她在门口叫了声爹，进屋后又和母亲打了招呼，然后有意无意地瞟了我一眼，头一扬，示意我跟她上楼。

我心想，刚才还在母亲面前一个劲儿地数落她，这时候怎么着也得摆摆谱吧。便装出余怒未消的样子，手里剥着大蒜，没有理她。静熹往楼梯上走了几步，就停了下来。她转过身来，盯着我看，那不怒自威的目光，含着一丝无声的责备，仿佛在说：

"陈克明，你咋回事啊？吃错药啦？"

这时，我也顾不得什么脸面不脸面了，赶紧从小马扎上起身，屁颠屁颠地跟着她上楼去了。

5

2005年的夏天，昆吾的服装厂在柬埔寨开业。他邀请我和静熹一同去暹粒参加开工典礼，顺道游览一下吴哥。那段日子，静熹虽然从百望山的药用植物园辞了职，在马坡长住了，但我们买在后沙峪的一套商品房正在装修，家里一时脱不开人，静熹主动提出留下来看家。

临去柬埔寨之前，我郑重其事地将静熹请到了我的办公室里，与她进行了一次认真的长谈。

我对她说，在我去柬埔寨的这一周中，厂子里的生产和业务往来，自有主管唐纪礼负责，用不着她操心。唯一让我放心不下的，是工商执法部门的突击检查。考虑到静熹无论是在身体上，还是在社会道德方面都有很严重的洁癖，我不能如实告诉她，自从中国加入WTO之后，我们这家原本向香港出售贴牌服装的合法企业，严格来说就变得不合法了；当然，我更不能向她透露，地方工商部门已先后两次给我们下达了"限期停业告知书"。若不是与昆吾交好的两个办事者的暗中庇护，我们这个厂，恐怕连一天都无法存活。

我故作轻松地向静熹交代说，最近有两个外地来的重要客户，或许会来厂子里催款。我担心在我外出的这段时间里，他们突然驾临而无人接待，怠慢了人家。我打开抽屉，取出一大一小两个鼓鼓囊囊的信封，交到静熹的手中，嘱咐她说：

"如果来人是个小平头、戴眼镜，你将这个小信封交给他就行了，什么话也不用说。如果来者是一个谢了顶、嘴角长一颗大瘊痣、说话文绉绉的中年人，那一定是我们最重要的客户于德志。你得恭恭敬敬地叫他一声'于大哥'，将大信封递上，并且告诉他，等我从国外回来，再专程前去拜会。千万别忘了。"

静熹一边听我说话，一边点头，可她的眼睛里，始终有一缕带着重重疑问、不解乃至厌烦的光在闪烁。说实话，我在飞往金边的飞机上与昆吾悠闲地喝着香槟时，那缕光似是不祥之兆，仍然会从我的脑海里一闪而过。

三天后的一个下午，我和昆吾正在举世闻名的毗湿奴神殿中游览,接到了静熹从北京打来的电话。我记得,那时我们正在一处池塘边抽烟,池塘里开满了紫色和金黄色的睡莲。静熹跟我东拉西扯地絮絮叨叨,但我本能地感觉到她那边一定发生了什么事。她那出了名的节俭,决不允许她用国际长途聊家常、扯闲篇。果然,她仿佛是顺便想起了一件什么事似的,轻描淡写地对我说,有可能的话,事情办完了,早点回京。

我当即提高了嗓门追问她,家里到底出了什么事。静熹沉默了半天,先是说没什么事,随后又叹了口气说:"你回来就知道了。"

在接下来差不多半个小时的时间中,面对着池塘里密密匝匝的睡莲,我始终提不起精神来。昆吾在打电话帮我改签机票的同时,也在一刻不停地安慰我。我回想起来,在刚才的那通电话中,静熹至少有两次发出了笑声,这说明,事情或许并不像我想象的那么严重。

那时,我无论如何也不会料到,昆吾交到我手里的那个服装厂,那个我辛辛苦苦将它的规模扩大了一倍的企业,实际上已经不存在了。

回到北京的第二天早上,我在机场打了一辆出租车,心急火燎地赶到了厂子里。除了看门的老孙头正在门房里吃包子之外,岑寂而空阔的厂区里,见不到一个人。

仓库、车间和职工宿舍的大门上都贴上了封条。

据老孙头说,那天傍晚,下了一天的暴雨刚刚停歇,于德志穿着黑色的雨衣,在手下的簇拥下,突然出现在了厂子门口。

老孙头第一时间打电话通知了唐纪礼。没过多久，静熹和主管生产的一位副总先后赶了过来。一开始倒也没啥事。于德志和唐纪礼早就认识，两人有说有笑，还在会议室打了一圈斗地主。

天快黑的时候，老孙头正在吃饭，忽然听见楼上有人大声嚷嚷起来。他赶紧搁下饭盆，想上楼去一探究竟，忽然瞅见于德志一手捂着脸，怒气冲冲地从旋转楼梯上跑了下来。跟在后面的唐纪礼，想要上前抱住他，于德志猛地甩了下胳膊，唐纪礼一个跟头栽在了地上。

听老孙头这么说，我心里估摸着，这事多半已无可挽回了。这时候再去追究事情是如何发生的，已经没有什么意义。一大一小两个信封，都原封未动地在抽屉里放着。出乎我意料的是，静熹对于这件事三缄其口，不愿多谈。她只是说，这个于德志举止猥琐、轻浮，一看就不是什么好人。更何况，这人当时的言行，大大超过她可以忍耐的极限。她按照对方的要求，在一张单据上签了字，于德志紧挨着她，一只手悄悄滑过她的后背，放在了不该放的地方。静熹说，如果她手里捏着的不是一支圆珠笔，而是一把刀，她也会毫不犹豫地朝他脸上戳过去。

那年9月，我向当地政府部门交完了罚款之后，随即结清了工人的全部工资，将他们就地遣散。昆吾专程来了趟北京，请我们夫妇在北三环的眉州东坡酒楼吃了顿饭。那天，唐纪礼也在座——马坡的服装厂被查封之后，唐纪礼不得已去通州投奔他的姐夫，转行做起了房地产生意。

席间，昆吾一再劝说我们换个环境，去天津发展。他给我开出了一份每月一万五千元的工资，外加1%的年底利润分红。

昆吾说，中国加入WTO之后，再做贴牌服装，已经面临极高的经济和法律风险，不如及早开发自己的品牌。如我同意去天津助他一臂之力，我们夫妇不妨考虑在宝坻安家。我那时正为日后的前途担忧，昆吾的一席话自然让我喜出望外。可没等我开口，静熹就抢在前头替我一口回绝了。再后来，任凭昆吾怎么劝，静熹死活不肯松口。我自始至终一声不吭，脑子里盘旋着一个屈辱而愤怒的疑问：眼前的这个女人，老天爷把她派到我身边，到底是帮我的呢，还是来害我的？

唐纪礼瞧见饭桌上的气氛不太对劲，有心出来打个圆场，就朝我们笑了笑，说道：

"既然嫂子不愿意去天津，我看这事不如从长计议。奥运会马上要开了，北京到处在大兴土木，哪儿挣不到钱呢？说句不好听的，随便弄几辆旧卡车，每天从工地上往城外运渣土，都能挣大钱。"

唐纪礼或许没想到，他在饭桌上随口说出的这番话，却在无意中为我今后的人生道路，指出了一个值得尝试的方向。

刚开始，我试着租了两辆渣土车，去建筑工地碰运气。因见有利可图，就逐步增加渣土车的数量。一年后，我手里的土方车队，已经拥有四十三辆载重卡车。我脑子里开始有了一个疯狂的念头，每天晚上都被它折磨得睡不好觉。简单说来，我打算将后沙峪的那处房子抵押给银行，同时再向昆吾借些钱，短时间内将土方车队的规模扩大一倍。我为这事去问父亲，他的回答是:"为什么不呢?"

他一本正经地告诉我,他的宝贝蓝孔雀,昨天中午第一次开了满屏。这是个好兆头。

我又拿这事去烦母亲。她听说要投进去么多钱,还要搭上后沙峪的房子,心里有些打鼓。她听说父亲已同意了我的计划,神色愈加凝重。当一家人围坐在餐桌边,正式商量这件事时,与我此前的猜测一样,静熹再次提出反对。她的理由其实很简单:

"眼下无论做什么事,大伙都喜欢一哄而上。对咱们穷人来说,凡是轻轻松松能挣到的钱,都不可持久。你的车队在工地上跑,自己躺在沙发上,只要简单按一按手里的计算器,钱就大把大把地落入你的口袋,这样的好事,你能做,别人自然也能做。你想扩大规模,别的车主和承包商也会这么想。无数看到你挣钱而眼红的人,正在朝这个行业集中。也许还等不到你把房子抵押出去,从银行贷到钱,建筑工地上的土方车就已供过于求,最终就只剩下互相压价一条路了。我们现在应该做的,不是扩大规模,而是相反——逐步减少渣土车的数量,从这个渐渐饱和的市场上及早抽身,保住先前的利润。"

我虽说心有不甘,但静熹的这番话,听上去很有道理,让人无从反驳。连原先支持我的父亲,这时也改了口,说他一贯反对冒进,还说什么"小心驶得万年船"。我只得将希望寄托在母亲身上,没想到她竟然用不容置疑的口气对我说:"还废什么话呀,听静熹的。"

听她这么说，我就气不打一处来。在她看来，静熹的话如同圣旨一样不可更改。

问题是，这一次，静熹也是对的。

事情后来的发展，完全证明了静熹判断的准确无误。虽说她在关键的时候救了我一把，但我对她倒也没有什么感激之情。尤其是她将我这样有了相当经济基础的个体户，仍然称为"穷人"，我心里很不愉快。

2008年的春节前夕，由唐纪礼介绍并提供担保，我接下了一个大单子，承包了一幢二十四层大楼的内部装修业务。这个大楼位于奥运公园的北面，开发商期望这个高档楼盘，在奥运会期间能卖出好价钱，正在日夜赶工。我所承担的那部分工作，相对比较单纯：只要按照装修图纸，给大楼地面和墙面，分别铺上地砖和贴上墙砖即可。快，是开发商给我提出的唯一要求，无论如何，必须在接下来的四个月内完工。

我粗略地盘了盘账，如果一切顺利的话，这笔业务，在短短的四个月内，就能为我带来近两百万元的毛利，而且几乎没有什么难度和风险。

6

大年初二这一天，我照例陪静熹回东河口村，去给岳父岳母拜年。

在路上，静熹反复提醒我，承包大楼内装修一事，对她的养父母半个字也不能透露。我问她为什么，她心事重重，欲言又止，脸上的表情有些复杂。

那天中午，静熹和她母亲在厨房里忙活，老丈人陪我在客厅里喝茶抽烟。因饮酒无度，他的右手抖得更厉害了，几乎夹不住一支烟。他现在连五六块钱一包的红双喜都抽，说明他的装修生意正在走下坡路。翁婿二人相对而坐，好长一段时间找不到话说。我递给他一支软中华，岳父接过烟，捋了捋，抬头白了我一眼，便问我最近在忙些啥。我心下一时得意，便压低了声音，将刚刚接到的新业务，对岳父原原本本地说了一遍。我当时的想法是，自己从未涉足过装修这一行，一些技术上的关节，没准还要向岳父请教。再说，都是自己人，这事刻意瞒着他也不好。

岳父听我说完，一声不吭地站起身，将椅子往墙边挪了挪，蹲在地上，打开柜门，斜着身子从里面趸摸出一瓶茅台来，用袖子揩了揩上面的浮尘。

中午吃饭时，就算静熹在桌子底下将我的脚背踩肿了，我也无法阻止岳父的工程队介入到我的装修业务中来。最后商量的结果，只能是利润对半分。工程所需的两百个人手，我和岳父各负责招募一半，正月初八一早，双方人马在北五环的林萃桥下聚齐。

在返回后沙峪的出租车上，无论我说什么，静熹都默不作声。我没有理由怪她。短短的一顿饭工夫，我的预期利润即刻减少了一半。而且，我一旦答应岳父入伙，自然得处处迁就他的固执、糊涂和蛮横。比方说，我低声下气地问他何时开工，他用那只颤抖不已的手，哆哆嗦嗦端起酒杯，满不在乎地对我道："你急啥？这事有我呢！过了正月十五再说！"我不得不再三恳求他将开工日期提前，好像我不是整个项目的签约方，而是他临时招来的装修工一样。如果说，我如今成了一匹被人架上辕的马，一头套上轭的牛，那也怨不得别人，完全是自作自受。生怕被别人看轻的不可救药的虚荣心，让我鬼迷心窍，把静熹事先的一番忠告，全都抛在了脑后。眼见得自己终于落到了这步田地，心里的悔恨和羞惭，让我差一点流下泪来。

我想起了母亲不久前苦口婆心的严肃告诫："以后不论有什么事，但凡你们俩意见出现分歧，就应该听静熹的，让她来做决定。你理解也好，不理解也好，听她的就对了。"

到了晚上，我躺在床上，听着静熹不时发出的叹息声，不由得暗暗发誓，从今往后，我什么都听她的。哪怕她给我端来了一杯毒酒，我都会毫不犹豫地喝下去。

正月初八的那天早上，我负责招募的一百个装修工，在林萃桥下一个不少地排成了三行，可岳父连个人影也不见。我当时就预感到大事不妙。好不容易等到十点多，他老人家总算露了面。他带着七八个泥瓦匠，懒洋洋地从一辆破旧的面包车上下来。我赶紧问他，一百个装修工在哪儿，岳父不慌不忙地点上一支烟，深吸一口，吐出一条长长的烟柱来，漫不经心地对我说："这大过节的，南方的工人还在老家走亲戚，你让我到哪儿给你招人去？现在我手下就这么几个人，凑合着先用吧，过几天再想办法。"

我顾不上跟他磨嘴皮子，赶紧带了几个人，包了一辆车，把北京的几个装修劳务市场，全都转了个遍。最后七拼八凑，才勉强招满了一百个人。

这伙新招来的工人，不知从哪里听说，我们的项目得赶在6月中旬前完工，就有心敲竹杠。他们推举了两个代表来跟我谈判，将本来说好的每人每天150元工资，骤然提高到了300元。经过一番讨价还价，价格最终定为每人每天280元，附加条件是严格保密。可到了第二天早上，我照常去工地巡视，却吃惊地发现，原先招来的一百个工人，戴着黄澄澄的安全帽，整整齐齐地盘腿静坐在大楼前的空地上，要求增加工资。经过两轮谈判，我不得不将他们的工资从每人每天150元增加到了250元。由于人工成本的急剧上升，再加上利润对半分，经过简单的核算，我悲哀地发现，这个项目事实上已挣不到什么钱了。

每天晚上，我拖着疲乏的步子回到后沙峪，看到静熹做了一桌子的好菜，在餐厅里等我，心里别提有多难受了。没过两天，我在赶往工地调解工人的伙食纠纷时，突然晕倒了。幸好岳父用他那只颤抖的手顺势一捞，在没遮没挡的楼梯上捞住了我，将我送到了离那儿最近的花虎沟医院。

花虎沟医院的设施和条件还可以，只是诊断和治疗水平，令人实在不敢恭维——他们给我做了无数的检查和化验之后，负责给我治疗的费主任，终于判断出我患有"眩晕症"，只是无法确定到底是何种原因，导致了眩晕的发生。他给了我两个选择：要么转往更高级的三甲医院（比如天坛医院）做进一步的检查，要么在花虎沟再观察、静养一段时间。照他说，百分之八十以上的眩晕症，通过适当休息都可以不治而愈。

但这家医院也不是没有优点。比如说，这一带树林茂密，空气清新，周围环境极为幽静。每晚不到八点我就沉沉睡去，直到黎明时被小鸟密集的啁啾声唤醒。除此之外，医院的管理也很有人情味。我住的那间双人病房里，有一张床空着。无论是费主任，还是进进出出的大夫和护士，他们都不介意静熹在另一张床上留宿。

如同费主任所担保的那样，我的病情在一周后大有好转。没过多久，我甚至一个人扶着墙，也能独自上厕所了。静熹不再强制我卧床休息、闭目噤声。中午比较暖和的时候，静熹就扶我去院子里的小花园里散会儿步。

你知道，在百无聊赖的寂寞中，两个人有一句没一句地闲扯，很容易说起一些不着边际的事情来。这人一旦钻进牛角尖里，就怎么也绕不出来了。

有一天深夜，外面下着雨夹雪，雪霰扑簌簌地敲打着窗玻璃，叮叮有声。我和静熹坐在窗前，不知为何就聊到了一个原本不是我们这样的人应该关心的问题。简单来说，这个问题是这样的：

一个人活在世上，要想获得幸福，最根本的决定因素是什么？

　　我后来才听说，这一类的问题，哲学家们往往将它归入"伦理学"或"形而上学"，看似简单，但要想给出一个圆满的答案，也绝非易事。我大学念的是三本，没啥资格为这类高深的问题操心。不过，话既然已说到这儿了，我就姑且不自量力地试着予以回答。可不论我说什么，静熹只消举出一个相反的例子，就足以轻易地将我的答案驳得体无完肤。

　　比方说，当我提出了"奋斗"这个选项时，静熹讥讽道："好吧。你出生在非洲某个部落的一片瓦砾之中。一降世父母双亡，除了头顶上嗖嗖飞过的炮弹之外，既没有水，也没有食物。怎么奋斗呢？"

　　我又提到了"智慧和坚韧不拔的毅力"。这一次，没等静熹反驳，我自己就把它否定了。还拿刚才那个例子来说，一个在战乱中降世的儿童，连话都不会说，哪来的什么智慧呢？至于说到毅力，恐怕也帮不上什么忙。不管他如何坚韧不拔地往前爬，最终也爬不了多远吧。

　　最后，我只得央求静熹对这个问题发表意见。在她看来，究竟是怎样一种力量，在根本上决定着我们的幸福或不幸。

　　"大概是老天爷的脸色吧。"静熹说。

　　雪开始越下越大了。她呆呆地望着窗外，接着又说：

　　"很小的时候我就明白了一个道理：如果老天爷的心情不好，不让你获得幸福，那这个世界上根本没有什么幸福可言。"

　　想到静熹从小被亲生父母抛下这一残酷的事实，我自然能明白她为何那么说。可要说到这个答案本身，我无论如何是不会同意的。说来说去，不外乎是命运啊，神明啊，投胎转世啊，诸如此类。这样一种说法，既不新鲜，也过于消极。

然而，接下来发生的一连串变故，让我对静熹的那个看似站不住脚的结论，有了全新的思考。

因为我的霉运来了。用静熹的话来说，那段时间，罩着我命运的老天爷心情不佳。

我从花虎沟医院办完出院手续后，先将静熹送上去往后沙峪的班车，然后叫了辆出租，直奔工地。

几天不见，我的岳父已经在大楼底层东侧，给自己弄了个"安乐窝"——他在那儿架上了床铺、支上了茶桌、搬来了灶具和煤气罐，还专门从东河口村请来一个中年妇女，为他炒菜做饭。我来到工地时，正好是吃午饭的时间，岳父和他的几个手下正围坐在桌边喝酒划拳。一个工人向我报告说，在我住院的这两三个礼拜中，瓷砖和地砖已经贴到了四层，进展十分顺利。我心下稍稍安定了一些，便坐下来陪他们喝了几杯。

我喝完酒，独自一人打着手电，沿着水泥楼梯一层一层地往上察看。我感到自己刚刚治愈的眩晕症，又有了重新发作的迹象。

瓷砖的缺棱、掉角或划痕随处可见，对缝的侧角毛毛刺刺，极不规整，十字缝也参差不齐。不论是墙面，还是地面，不用拿两米长的水平尺来校验，仅凭肉眼，即能看出明显的凹凸不平。用手指关节轻轻地敲一下墙面，回声或瓷实，或空洞，或清晰，或混浊，空鼓砖的比例之高，令人担忧。最让人不能忍受的是，墙上花砖的纹饰和线条错接之处甚多。蔷薇花的花枝，有好几段与主干分离，像是被利斧斩断的一样，飘浮于空中，无所依归。

我在三楼的楼梯上，一连抽了三四根烟，依然没法将自己的心神稳定下来。说实话，就连跳楼这样一个念头，也已在我脑子里闪动过多次了。如果说，这种装修质量，连我这样一个非专业的外行都看不下去，又如何能在几个月后，通过开发商严苛的验收呢？

我在无奈之下拨通了唐纪礼的电话。

唐纪礼让我先不要对外声张，特别是不要惊动开发商，以免事态节外生枝，最终失去控制。他会尽快设法，帮我找个专业技术人员来现场查验，并做出评估，到时候再商量下一步的对策。

第二天上午九点，东易日盛工程部的一位高级主管，如约来到了工地上。本来，我打算在他看过现场之后，召集岳父和几名工头开个小会，商讨解决方案，没想到这位主管进去转了转，不到十分钟就出来了。他将安全帽摘下来递给我，一声不响地上了车。

我赶紧追到了车边，问他如何补救。这位主管一边系安全带，一边将手伸出窗外，朝我用力挥了挥：

"全部铲掉重做。全部！"

凡是干过装修这一行的人都很清楚，把瓷砖往墙上贴，往地上铺，其实并不难，然而，要将几乎干透了的墙砖和地砖铲下来，实在是一桩令人头疼的事。我的岳父带人贴砖至四楼，大概用了二十天左右，可我集中了二百多号人，一天三班倒，没日没夜地将它铲除干净，足足花了我一个半月的时间。

转眼已到了4月中旬，按照我和开发商订立的合同，想在6月底前交付验收，无论如何是来不及了。到了这个时候，几乎所有人都在劝我"现实一点"，我那时方寸已乱，怎么也想不清楚，到底应该怎样做，才算是符合"现实一点"的要求。无奈之中，我不得不将这个工程的一半，也就是十三层至二十四层的作业，以奇高的价格，外包他人。好在岳父及时地恢复了往昔的理智和精干。他以自己在装修行业摸爬滚打十几年的资历，终于在极短的时间中，帮我找到了愿意合作的下家。

接下来的事，我不说你也大概能想象出来，这个项目不仅一分钱没有赚到，反而给我带来将近270万元的巨大亏空。对我这样一个人来说，270万元是什么概念呢？它大致相当于我这么些年来做服装、运渣土所积攒的全部家底。为了填补这个窟窿，我只能咬咬牙，以较低的价格，紧急出售后沙峪的房产。

事后，我和静熹还得厚着脸皮，燕还旧窝，重新回到小羊坊村投奔父母。

我们拎着大包小包进屋时，父亲默默地递给我一支烟，又在我的肩膀上使劲捏了捏，眼睛里似有泪光闪烁。母亲则安慰静熹说：

"那些钱本来也不是我们的。它们在空中飘着,你手一伸,把它抓到了手里,手一松,它们又飞走了,就这么回事儿。只要不欠债就好。"

静熹曾托人说情,希望仍回到百望山的药用植物园做临时工,但没有成功。时间一长,她出去工作的心,也慢慢淡了。再说,因父母年事已高,家里自留地,加上承包的几亩果园,一刻也离不开她。

那些日子,昆吾在天津的企业正在酝酿上市,我不太好意思再去麻烦他,只能拜托唐纪礼帮我找点事做。刚开始,他还时不时给我回条短信应付一下,到了后来,他干脆连电话也不接了。

在接下来的几年中,我倒是出去打过几份工,挣来的工资仅够糊口。人一天天地消沉下去,而烟瘾反倒越来越大。见我成天唉声叹气,静熹不得不凡事迁就我。久而久之,她的火暴脾气也有所收敛。那些日子,父亲成天在我耳边聒噪。说什么留得青山在,不愁没柴烧。他又说,鲁迅先生不也有从小康落入困顿的经历么?别担心,指不定哪天还能东山再起。

可我心里明白,这一跤跌下去,怕是再也爬不起来了。母亲所说的每到困难时就会出手帮我的"贵人",终于不再出现。我脑袋顶上的那两个旋儿,大年初一子时降生的吉兆,都不能保证我有一个像样的前程。而在暗中左右着我命运的那个神祇,似乎也一直愁眉不展。

在无奈之下,我用手里仅剩的一点钱,买了一辆伊兰特,加入到了京城的出租车大军之中。

7

7月中旬,本来是北京一年中最热的时节。幸运的是,酷暑刚好与雨季重叠,不期而至的暴雨,总是能及时地浇灭酷暑的烈焰,给人带来阵阵清凉。

周末的一个中午,我在后厂村软件园一带趴活儿。天气异常闷热,一会儿烈日高照,一会儿乌云奔涌。没有一丝儿风。

我们五六个出租车司机,聚在街边的榆树下打牌。下午两点左右,我看见春台路67号神州联合的总部大楼里,走出来一位年近六旬的长者。这人瘦高个儿,短短的头发虽然白了大半,但依然很浓密。他穿着蓝色的长袖衬衫,灰色的西裤,左手的肘部拢着一件考究的西服,右手拎着一只电脑包。

等到老人走近了,我们几个停下手里的牌,客气地站起身来,问他要去哪儿。

一听说他要去涿州,大伙又都蹲下了。

涿州本来是个好活儿,可是到了周末,情况就完全不同了。去涿州照例要走京港澳高速,而走京港澳高速,一定得经过让所有出租车司机闻之色变的杜家坎收费站。你运气再好,没有两三个小时的排队等候,根本过不去。再说了,看着城南方向满天的乌云,下午这场雨若是下起来,一定不会小。万一被困在了城南的某个低洼之地,车里进了水,那就得不偿失了。排在我前面的几辆出租车,一个个都推脱不去。我因为那天赢了点钱,担心他们逼我晚上请客,有意及时脱身,就把手里的牌,交给了一个看热闹的同行,招呼老人上车。

客人一上车,我就觉得这人有点不同寻常。但到底是哪里与众不同呢?我倒也说不上来。他要去的地方,我也从来没听说过,叫什么"丹佛尔湾"。

老头不怎么爱说话。他端坐在后排,双膝上搁着打开的笔记本电脑,似乎沉浸在自己的工作中,对我有关即将到来的暴风雨的一番闲谈,要么报之以"嗯、嗯"的机械应答,要么用"哦,是吗?"这样的套话来敷衍。偶尔接到一两个电话,他往往三言两语就把对方打发了。他很喜欢用"嗯"这个单音节词来应对一切。这个词儿,或许仅仅表示"我在听",或者"我知道了",没有什么倾向性的立场,也不带任何感情色彩。

车过杜家坎时,黑压压的乌云堆积在天空的西南角,电闪雷鸣之中,华北平原的雨开始下大了。空气中满是浓浓的尘土味儿。这时候,我试探着向老人问了这样一个问题:

"在这样恶劣的天气赶往涿州,一定有什么急事吧?"

"哦,没什么事。"老人支吾了一句。

"您办完事还想返回北京的话,我可以等。"

"那倒不用。"老人抬起头来,温和地笑了笑,"今儿晚上我约了几个朋友打桥牌,晚上住在涿州。"

从那以后,在整个行程中,我和老头再没说过什么话。车到了丹佛尔湾时，老头多给了我50元车费，轻轻地说了声"不用找"，在一幢奶白色的三层别墅前下了车。

所谓的丹佛尔湾，是一个被高尔夫球场包围的高档社区。那幢三层别墅，紧挨着清澈宽阔的河面。河的对岸，是一片被蜿蜒的小溪所环绕的果岭。嫩黄色平缓的草坡，看上去刚刚修剪过，草皮的颜色，要比别的地方浅得多。雨早已停了。这个别墅区，连同远处在风中哗哗作响的白杨树林，都沐浴在暴雨之后满天的彩霞之中。

在独自返回北京的途中，我的心情多少有一点压抑。我不清楚老人的确切身份，凭我的直觉，这是个稍稍显得另类的有钱人。对于有钱人，我从不羡慕。这倒不是因为，我差一点也能厕身于他们的行列之中。在我所认识的有钱人中，无论是成天开着宝马去声色场所鬼混的投资人，还是我的朋友刘昆吾，除了钱多之外，他们的言行举止，与满大街的普通人倒也没什么不同。

这个老头有点不一样。

他冒着暴风雨，赶到77公里外的涿州，仅仅为了晚上打一场桥牌，怎么说呢，让我多多少少感觉到，有那么一点不真实。另外，他那彬彬有礼的仪态和举止，多少也透出一丝矜持和神秘。换句话说，他越是显得温文尔雅，越是让人难以接近。这种人的脑子通常在想些什么，大概不是我这样的凡庸之辈能够妄图揣度的吧。

老人第二次用我的车，是去大钟寺的蓝景丽家，参加意大利家具展的开幕式。这一次，他让我在门外的停车场等候，开幕式结束后，仍让我送他回春台路67号的公司总部。他下车时，我递给他一张名片，向他保证说，只要他需要用车，可以二十四小时给我打电话。老头先是一愣，然后笑了起来。他那直率而宽厚的笑容，让我马上意识到，二十四小时的叫车承诺，显然是过于夸张了。

不管怎么说，从那以后，老头真的开始隔三岔五地给我打电话。要是没什么急事，他通常会提前一天，告知我出车时间和地点。他去涿州打桥牌的时间并不固定，有时一个月内会去上两次，有时两三个月也去不了一次。

说起来，他去得最多的地方，是颐和园的北如意门。下午两点左右，我送他过去，晚上九点半再去门口接他。

几乎每月一次，风雨无阻。

有一天深夜，我刚在床上躺下，老人突然打来电话，让我送他去天津的塘沽。我按照他发来的地址，把车开到西山云锦小区的东2门，他已经站在门口等我了。他上车时塞给我一条烟，作为让我深夜出车的额外酬谢。见我不住地打呵欠，大概是为了让我在行车时保持清醒，老人一上车，就和我拉起了家常。

我说过，我这个人有个大毛病，在与人交往时，总爱显摆自己，生怕别人把我看轻。说到底，还是虚荣心在作怪。因老人特意问起我的过往，我便将当年如何在顺义创业，工厂又如何被查封，我组建的土方车队，为北京奥运所做出的贡献，我如何承接了二十四层大厦的装修工程，这个项目又如何让我惨遭滑铁卢等经历，向他细说一遍。我的主要的目的，倒不完全是出于炫耀和吹嘘，而是为了向他传递这样一个信息：我可不是一名普通的出租车司机。我先前跟他一样，也算得上是一名成功的企业界人士呢！

一开始，老人默默地听着，很少插话。他不时"嗯"一声，表示他在听，并怂恿我继续讲下去。我发现，老人对于顺义服装厂的倒闭、土方车队的趣事，包括我在柬埔寨吴哥的游历，都没有表现出任何兴趣，反倒是对我承接的大厦装修工程的始末，表现出了令人诧异的关切。他时不时打断我的讲述，向我提出一些技术和枝节问题。我讲完了这个故事之后，他又让我再仔细回忆一下，到了那年4月底，我发现无论如何也无法按期完工，将十三层至二十四层的作业转给别人时，究竟是谁提出了这个建议。是我，还是我的岳父？我问他为何要这样问，老人笑着回答说：

"因为在你的整个故事中，这是唯一重要的支点。"

"我有点儿，怎么说呢，我有点儿不太明白，您老这话，到底是什么意思？"我从后视镜中迅速瞥了他一眼，问道。

老人有好长一段时间缄默不语。当我们由京沪高速的匝道驶上京津塘高速之后，他才问了我这样一个问题：

"这么说吧，现在让你重新回忆一下这件事的整个过程，你能不能告诉我，这个项目失败的关键在什么地方？"

"我在工地上突然晕倒，住进了花虎沟医院，在那儿耽搁了三个星期。"

如同一名正在主持入职考试的考官，老人对我的这个回答，显然不太满意。他再次沉默了一阵子，然后轻轻地叹了口气，不得不用最露骨的方式来挑明整个事件的真相：

"你难道从来就没有怀疑过你的岳父吗？"

听他这么一说，我心头一紧，整个人仿佛掉进了一个冰窟窿，不禁手脚冰凉，周身一阵战栗。

在过去的日子里，我在夜深人静的晚上，一遍遍回想起这个项目的每一个细节，嗟叹命运的不公之时，事情的真相，犹如一道熹微之光，总是会从混沌晦暗的背景中析离出来，从我心底一闪而过。可每当我就要看清这个真相的时候，我的岳父恰如一堵高墙挡在了我的眼前，阻止我进一步追究下去。如果说，从始至终，我对岳父大人没有产生过一丝怀疑，那也不是实情。因为，自这件事之后，彼此之间说不清楚的隔阂和恶感，已促使我和岳父岳母断绝了一切来往。每年春节，静熹回东河口村看望养父母时，不仅不会像往常那样，拉着我一同前往，甚至，她为了避免刺激我，刻意向我隐瞒了岳父已将二手帕萨特换成了崭新奔驰这一事实。

现在，我终于醒悟过来，实际上，从岳父介入这个项目之初，他就已经为我做好了一个局，并耐心地等待机会。

可在老人看来，这种事不值得大惊小怪。他说，我岳父这么对待我，其实也很"正常"。人心的天平在面对金钱和利益时刹那间发生的可怕倾斜，甚至连他本人都始料未及。这是常有的事，没有什么不能理解的。人与人之间，也没什么太大的区别。说到人性的卑劣，你也怨不得别人，只能怪上苍在造人时过于粗率了一些。"事情既然已经结束了，一切也就过去了。我们可以做任何事，唯一不该做的，就是怨天尤人……"

那天晚上，他在车上跟我说了很多话。我虽不能完全听懂，仍觉得他的每句话都经得起反复咀嚼，给人以醍醐灌顶之感。正如你在一个黑漆漆的屋子里待久了，有人捅破了窗户纸，让外面的光透进来了一样。

我们的车从京津塘高速下来，在收费站口排队等候交费。老人问我今年多大，开出租车一个月能挣多少钱，我一一如实做了回答。老人笑着问我，假如他给我开上一笔每月五六千元的税后工资，再帮我交足五险一金，我愿不愿意去他的公司上班？

我刚说了句"求之不得"，老人的电话忽然响了起来。他在接了两通电话之后，似乎把这件事忘了。一直到他下车，让我去他的公司上班一事，再也没有提起。

两天后的一个下午，我接到了神州联合公司打来的电话，让我到春台路67号去一趟。打电话的人姓袁，是公司人力资源部的主管。那天我正好没有出车，在村西的一块菜地里，帮静熹挖地窖，打算贮存过冬的大白菜。

在静熹的催促下，我一刻也没敢耽搁，赶紧回家换了身衣服，匆匆赶往春台路的公司总部。袁主管与我谈了半个多小时，把将来的待遇和工作要求，向我简单地做了交代，随后，递给我一份入职登记表，让我回家去填。临走时，她又嘱咐我抽空去指定医院做体检。如果体检没有问题，我可以随时过去办理入职手续。

那时，我已听说老头姓周，名叫周振遐，是神州联合科技公司的董事长。

那么，我应该如何向你介绍我的新工作呢？或者说，我这样一个从民办大学混了个文凭的乡巴佬，进了一家高科技的物联网公司，到底能派上什么用场呢？

我不能吹牛说，我是董事长的助理。因为周振遐已经有了一名专业助理，名叫乔伯年。此人拥有硕士学位，毕业于伦敦政治经济学院。我也不能自称是董事长的生活秘书。尽管我的工作职责，几乎涵盖了董事长生活中的一切领域：每天上下班的接送、短途出行，安排餐饮，联系住宿，定期陪他体检、取药，诸如此类。说句不好听的话，就是董事长家中马桶漏水了，我都必须第一时间赶到西山云锦，找人搞定。董事长本人看来很不喜欢"秘书"这个称谓。他不得不向客户和合作伙伴介绍我时，往往习惯于将我称为他的"联系人"。

我正式入职之后，慢慢与乔伯年混熟了，两人常在一起喝酒。在公司里，乔伯年人称"消息树"，没有他不知道的事儿。我这个人酒一多，老爱瞎激动，张口闭口，都离不开"董事长的知遇之恩"。可伯年听多了这样的话，就在我肩上轻轻拍了一拍，说：

"你用不着对老头子感恩戴德。你能到这个地方来上班，倒是应该好好感谢一下那个浑不吝的'野人窦宝庆'。"

我问他谁是窦宝庆，为什么要叫人家野人呢？伯年就皱起了眉头。他告诉我，窦宝庆是甘肃人，原是老头子的专职司机。最近一段时间，这个人仿佛失踪了似的，已好久没在公司里露面了。老头有时亲自给他打电话，他也不接。害得董事长每天坐出租车上下班，苦不堪言。我又问伯年，既然如此，这个窦宝庆一定会被开除吧？乔伯年想了想，勉强说道，目前他还算公司员工，不来上班，工资也一分不少。我又问他，董事长为何对这个窦宝庆那么迁就呢？伯年转过头来白了我一眼，正色道：

"这类事，是你我这样的人该管的吗？"

我在神州联合科技公司待满一年之后，月薪已翻了一倍。又过了半年，我的月工资突破了两万。那时，我在公司里有了正式的名分：董事长办公室副主任。我记得，当我西装笔挺，将董事长那辆锃光瓦亮的雷克萨斯570开回家的时候，整个人都像是做梦一样。

那些日子，母亲每过一段时间，都要乐呵呵地拉着父亲去双井的芙蓉寺烧香拜佛。用她的话来说，贵人终究还是来了，只是走得稍微慢了一些。

静熹似乎不像母亲那么高兴。她的话比以前更少了，屋里屋外忙忙碌碌，一刻也停不下来。但我总能从她的眼神里捕捉到一丝忧虑。她瞅见我不时大包小包地拎着礼品回家，更是心事重重，怏怏不乐。

8

我向静熹解释，神州联合是一家私营公司，周振遐在生活上自奉甚俭，从不收受合作方的贵重礼品——事实上，退还关系人赠送的礼金、字画和金银玉器等礼品，也是我的分内事。那些基于人情往来的随手之礼，如烟、酒、茶叶或点心，董事长勉强收下后，有时也会转手送给我。静熹听了我的解释，仍然眉头不展。过了半晌，她叹了口气，又说：

"如今你在老板身边工作，有多少人想去走他的门路。走不通，自然要来找你。送点礼物还好说，若是遇上个白白胖胖的，描眉画眼的，妖里妖气的，将你顶在墙上，整个人都扑在你怀里，让你当时就要了她，那可咋办呢？"

我一听她这么说，就知道她的醋坛子又打翻了。难怪这些日子，她有事没事总爱旁敲侧击，打听我在公司接触的男男女女。我要是跟她说起哪个女孩如何如何，她就会语含讥讽地反问道：

"与质检员朱云倩比比呢？哪个更有姿色？"

说实话，我老婆身上的这股醋劲儿，也不是毫无来由。在过去，我就像是一个牵线木偶，无论走多远，都无法走出她的视线。如今的情形很不一样。我所供职的这家公司，门禁森严，她连大门也迈不进去。要是我陪董事长去趟广州或上海，往往半个月都回不了家。她内心的惶恐和不安自然可想而知。

冬至这一天，我请乔伯年下班后去小羊坊村包饺子。伯年又叫上了毕业于北方交大的同事汪剑虹。剑虹是个大眼睛的山西姑娘，对各类八卦新闻的热衷与敏感程度，与"消息树"乔伯年难分高下。这人性格大大咧咧，也有点缺心眼儿。除了爱传八卦、编闲话之外，她还有个小毛病。她在与人说话时，有事没事，常喜欢推人一把，或捶人一拳，不分男女。那天晚上在我家吃饺子时，汪剑虹没少推搡我的胳膊。尤其是被我父亲的一段趣闻逗得前仰后合时，她就很不得体地趴在了我的左肩上，笑得喘不过气来。我立刻觉得肩膀麻酥酥的。我警觉地瞟了一眼坐在对面的静熹，这一次，她的神色倒也瞧不出什么异常。她仍旧不动声色地往剑虹的盘子里夹饺子。

客人告辞时，她们两人还加了微信。

送走了客人，静熹在客厅里帮着母亲收拾餐桌。我走到她跟前，悄悄地对她说，剑虹这人平常在公司里就那样，老喜欢在人身上拍拍打打，让她别多心。静熹转过身来，一反常态瞪了我一眼，冷冷地道：

"同事之间，这有什么啊？我为什么要多心？我看是你自己想多了吧。"

一句话，噎得我面红耳赤。

从那以后，在公司所在的春台路上，我一连几次看见静熹和剑虹并排坐在林溪小舍的吧凳上喝咖啡，心中不免暗自纳闷。有一回，我和乔伯年去汤城小厨吃午饭，撞见她们坐在餐厅的一个角落里，神秘兮兮地小声交谈。我和伯年有意凑过去和她们拼桌，剑虹冲我们摆了摆手："去去去，你们自己找位子，我们女的说会儿话。"

在汪剑虹和我妻子关系持续升温的同时，伯年则向我抱怨说，他和剑虹已有很长时间没在一起聊过天了。以至于窦宝庆突然被捕这么重要的消息，他居然都被蒙在鼓里。

我慢慢发现，自打成了我妻子的心腹之后，汪剑虹看我的眼神，和以前不一样了。每天在公司里出入，我时常有一种芒刺在背的感觉。不论我走到哪里，总觉得有什么人在背后悄悄地盯着我。她缩在某个角落，乜斜着眼偷偷打量我的样子，让人既可气又可笑。如果她发现我与哪位年轻女士接触时"形迹可疑"，需要马上向静熹打小报告，她通常会立即放下手里最紧急的事务，拨通我妻子的手机。

当然，她所报告的绝大部分信息，都带有强烈的戏谑成分。女人们很擅长用这类无害的"情景剧"，为枯燥无趣的生活调色。她们两个人也深知这一点，并乐此不疲。

因此，每晚临睡前，我照例得接受静熹的一通盘问。比如，"那个在食堂里坐在你对面，梳着羊角辫，和你有说有笑的女孩是谁？"，或者，"那个戴蓝绒贝雷帽、貌美如花的女人，为什么要送你一箱东山枇杷？你们在电梯里上上下下好几趟，搞什么鬼？"。

我唯有像背书似的，向她逐一说明事情的来龙去脉。食堂里遇见的那个羊角辫，是北理工的一名实习生，我们只是吃饭时恰好坐在了一起而已。至于戴贝雷帽的那个美貌妇人,名叫郑元春,刚从苏州旅游回来。她运来的枇杷总共十箱,是送给公司领导层的。我好心帮她搬上楼,腰都快要累断了……

到了后来,这样的事一多,我记不住所有的细节,只能随便编几句瞎话来对付她。好在静熹的例行盘问,仅仅是在传达某种带有威胁性的警告罢了,其目的,无非是为了时刻提醒我,我的一举一动,尽在她的掌握之中。

每天下班后回到家中,看见父亲在灶下烧火,看见静熹和母亲围着灶台在厨房里忙忙碌碌,我就会觉得我那平常而安逸的日子,还算过得去。如果静熹转过身来,似嗔似喜地瞥我一眼,一天的奔波劳累,即刻便烟消云散。就算她时不时闹点小情绪,偶尔因胡乱猜疑而让人心烦,就算母亲的担忧是真的——她身体上有什么先天或后天的毛病,最终不能替我生下个一儿半女,我心里也没有什么不满足的地方。

乔伯年瞧见我给静熹打电话时自然流露的脉脉温情,总是既诧异又羡慕,似乎这种夫妻间再平常不过的情感,在当今之世已绝迹多年。伯年有一次喝多了,向我抱怨说,他老婆是古代文献专业的博士,什么都好,就是在"那方面"十分冷淡,甚至有一点不太正常。他凑近我耳朵,小声对我道:

"我们在床上做那种事情的时候,你简直无法想象……好吧,我直说了吧。她,她娘的直挺挺地躺着,任由我折腾。她呢,要么两眼无神地嗑瓜子,要么看他妈的《说文解字》,这种事,你能理解吗?"

我憋了好半天，才没让自己笑出声来。最后，只好老老实实地告诉他，对于知识分子的生活习性，我确实理解不了。

紧接着，伯年又亲热地搂着我的肩膀，对我耳语道："能不能问你一个严肃的问题？"

"你说。"

"除了妻子之外，你真的没对其他女人动过心吗？一次也没有吗？"

他让我"毫无隐瞒"地回答他的问题，而我却感到左右为难，不知从何说起。我既不想让他认为我假正经，也不愿意给他这样一个口风不严、到处传闲话的人留下什么话柄，略一思索，我就引用董事长的那句名言，含糊其词地对他说：

"人与人之间，其实没什么太大的差别。"

我把乔伯年老婆的故事讲给静熹听，她笑得几乎岔了气。可等到她笑完了，脸色又倏然阴沉下来，愁闷再次爬上了她的眉梢。我瞧见她两眼泛出虚光，一个人呆呆地出神，就知道她说不定又钻到什么牛角尖里出不来了。

无论是对于我们所处的这个世界，还是人性本身，她都没有什么信心。即便是在夜深人静、两情缱绻之际，她也会没来由地暗自落泪，仿佛我们的婚姻已经走到了尽头。

她不止一次地央求我，让我答应她一件事。

"如果将来真的有一天，你在外面有了人，拜托你把事情做得干净一些，千万别让我看出什么蛛丝马迹。只要你行事周密，不露破绽，我们仍是好好的一对夫妻。行不行？"

眼见得一味地发誓赌咒完全没有效果，我试着这样安慰她：

"假如真的有一天，如你所说的那样，我看上了别的人，我一定会在事情失去控制之前，预先告诉你实情。毕竟我们夫妻一场，这点承诺，我绝对可以兑现。反过来说，要是你没有从我嘴里听见什么，就说明一切如常，什么事也没有发生，你尽管把心放下，再不用疑神疑鬼、白白受苦。"

虽说听上去言辞恳切，发自肺腑，但现在想来，我还是宁愿自己没有说过这番话——仅仅在半年之后，我躺在西山宾馆的客房里，在窗外飒飒的雨声中，重新回味起此前那个空洞而虚伪的承诺，一时间羞惭不已、心如刀绞。

9

董事长周振遐是个狂热的戏迷，这在公司里几乎无人不晓。除京剧、评剧和河北梆子之外，他对南方的昆曲、评弹和越剧，也很有心得。在我跟着他的这些年中，时常陪他去天桥、世纪剧院和长安大戏院看戏。我记得光是《花为媒》这出戏，他至少已看过三遍了。我听说，在神州联合科技公司创立之初，尽管公司自身的运营还十分困难，周振遐就已开始每年资助戏校的贫困学员了。有时，他也会从学员中挑选出几位佼佼者，请来琴师，在颐和园的听鹂馆，唱个堂会，自娱自乐，以偷半日之闲。

然而，周振遐频繁造访颐和园的听鹂馆，并不全是为了看戏。

为了把这件事的来龙去脉说清楚，在这里，我必须马上交代一下神州联合的另一位关键人物。

这人名叫蒋承泽。他在传说中的形象，怎么说呢，有点云遮雾罩，高深莫测。在我进入公司之前，他早已染病下世了。我之所以说他云遮雾罩，是因为就连"汪八卦"和"消息树"这样的消息灵通人士，对他的过往也所知不多。

你不能向我抗议说，故事讲到一半，怎么又弄出个全新的人物来。正如你不能向夏绿蒂·勃朗特抱怨说，为什么在简·爱和罗切斯特的关系渐入佳境时，阁楼上硬生生地又冒出个伯莎来。你无权提出这样的质疑，原因在于，阁楼上的那个疯女人，只是你看不见她而已，在桑菲尔德的庄园里，人家其实一直都是在的。蒋承泽也是这样。在大部分场合，他并不掺和到我的故事中来，但这不等于说，此人的存在，和我们的故事完全没有关联。

好吧，我们长话短说。

据说，作为神州联合科技公司联合创始人之一的蒋承泽，其人格类型、个性气质和言谈举止，与周振遐完全不同。你若是向公司的老员工打听蒋承泽的为人和做事的派头，他们多半会建议你，不妨多想一想周振遐的反面。如果说，这两个毕业于同一所大学物理系的好友，有什么共同之处的话，那毫无疑问，就是对哲学的痴迷。

早年在学校读研究生时，蒋承泽和周振遐一起张罗过一个读书会，名为"青年哲学小组"，并东躲西藏地油印《子午》杂志。多年后，他们在后厂村创办企业，中断了多年的读书会终于得以恢复，蒋承泽还为它取了新名字：明夷社。我曾经就"明夷"这个名称，专门请教过见多识广的乔伯年。伯年说，明夷是《易经》六十四卦中的第三十六卦，由离卦和坤卦重合而成。至于明夷这个卦，到底代表啥意思，蒋承泽起这个名，又有怎样的寄托，"这大概不是我这样一个商科出身的人可以随便猜测和评论的"。

蒋承泽从一年里的二十四个节气中，选出十二个，作为明夷社成员定期相聚的日子。参加者除了特别邀请的专家和学者之外，还有赶来旁听的周边大学的研究生。聚会的地点，一开始被安排在公司二楼的多功能厅。但蒋承泽觉得那里的条件过于简陋，且大楼刚刚装修过，油漆和涂料的气味很重，读书会就被挪到了香山。大概是有人抱怨香山的地理位置过于偏僻，每月一次的雅集，最终定在了颐和园的听鹂馆。

我送董事长周振遐去过几次听鹂馆后，连北如意门的门卫，瞧我都有些面熟了。我只消放下车窗玻璃，将头伸出去，远远喊一声"明夷社！"，门卫必定一路小跑地过来，挪开圆锥形的塑料路桩，让我的车进去。

进门不远，即可看到左侧的停车场。从停车场出来，往南一路步行，上半壁桥，经船坞码头，过檐城关、临河殿，在寄澜堂前，沿着一条卵石路往东，穿过石丈亭后，再走上百十来步，就到了听鹂馆。

听鹂馆背靠万寿山，面对碧波荡漾的昆明湖，是慈禧太后与宠臣们听戏赏月之地。

读书会下午三点准时开始。先由某位学者，就自己最近的研究课题，做一个专题报告，时长为一个小时。短暂的茶歇后，是四十五分钟左右的自由讨论时间。接下来照例是戏曲表演。天气晴好的话，戏曲表演就会挪到户外院中的大戏台上。如果有客人忽发雅兴，想亮亮嗓子，戏校的学员和琴师们也乐于帮腔伴奏。戏曲表演结束后，大伙即开始品尝"满汉全席"，以及董事长特意提供的年份茅台。

我曾听乔伯年揶揄说，由于高额讲课费的刺激，特别是年份茅台难以抗拒的诱惑力，在读书会的十多位"共同发起人"中，大概没人愿意缺席任何一次雅集。

但这个说法明显带有夸饰的成分，并不符合实情。

比方说，2016年小寒节气的那次聚会，因为午后突降暴雪，仅有六个人到场。让我感到不可思议的是，主讲人方培耕先生，没有因为听众只有寥寥数人而取消演讲，相反，学者们兴趣盎然的研讨和辩论，使例行戏曲表演一再推迟。遗憾的是，那天他们讨论的对象，是黑格尔的《精神现象学》，这本书对我而言，不啻是天书。我在那儿傻坐了几个小时，始终无从置喙。唯一让我留下点印象的，是黑格尔的一个比喻：

无限性泛起了泡沫，溢出了精神国王的餐杯。

据方培耕说，这个比喻其实最早来自一个名叫席勒的人。我之所以牢牢地记住这句话，仅仅是因为，我每次在喝啤酒的时候，都会想起它来。看着泡沫从杯口满出来，我有时候觉得自己俨然就是个国王。

还有一次，作为读书会发起人之一的林泰熙教授，主讲禅宗与现象学。慕名而来的听众，将听鹂馆的福寿厅挤得密不透风，但林泰熙本人却早已将这场演讲忘得一干二净。周振遐费了半天的劲，好不容易打通了林教授妻子的电话，却被对方告知，林老此刻正在书房高卧，鼾声如雷。周振遐不得不请北大哲学系一位年轻教授，临时赶来救场。

听人说，克服一切困难，将读书会长久地办下去，是蒋承泽的临终遗言之一。至于说，周振遐本人对于明夷社的读书会，究竟是个什么态度，多少让人摸不着头脑。我发现，在最近的几次聚会中，董事长都是在主讲人演讲的中途，不辞而别，悄然离开的。一个姓任的副总负责招待大家吃喝，但酒宴上第一个喝醉的总是他自己。

有一次，我被董事长专门叫到家中喝茶，他居然流露出将来让我主持明夷社具体活动的意图。我当时真的被吓了一跳。

"不行不行，"我有点不敢相信自己的耳朵，"我来主持，非得闹出大笑话不可。"

"那你跟我说说，为什么不行呢？"

"我没好好念过书。"

"我记得你告诉过我，在大学学的专业是数控机床……"

"那都是骗钱的。数控机床的教材倒是发过一本，课是一堂没上过。"

"你的外语程度如何？"

"背过一些单词。现在还能记住的，最多不超过五百个。"

"那你会点什么？我是说，总有什么专长吧？"

"年轻的时候，我踢球还行。"

"别的呢？"

"我酒量大。"这一次，我毫不含糊地答道，"要说晚上陪他们喝酒，一点问题没有。"

"那咱们先试试怎么样？"董事长温和地笑了笑，站起身来对我道，"反正明夷社也不是什么专业的学术机构，读书会嘛，就是大伙儿坐在一起聊聊天。也别有什么顾虑，无非是当个召集人，帮着张罗一下。"

那天下午，我心事重重地离开了西山云锦小区。回到公司，我急不可待地去找乔伯年诉苦。伯年道："这说明，老头子是想从中抽身了。这也难怪，学术界早已今非昔比。要我说，让你去负责这摊事，用不了多久，读书会准得黄汤。话又说回来了，若是你把这事真的给搅黄了，对咱们公司来说，反倒是做了一件大好事。"

晚上回到家中，我把这事儿跟静熹说了说，她倒是挺高兴的。"跟有学问的人在一起，多少能长点见识。不懂怕什么？咱可以学啊！能静下心来读几本书，总比成天出去玩牌打麻将强。"

10

霜降那天,读书会在听郦馆如期举行,周振遐果然不再露面。

按照原定的计划,那天由人民大学的一位教授,主讲"谢林晚期思想"。一拿到教授发下来的讲课提纲,我就暗自吃了一惊。原来,这个顶着中国人名号的哲学家,竟然是个德国人!一开始,作为主持人,我还为自己的无知感到羞愧和惶恐,随着讲座的进行,我就一个人独自生气起来。到了后来,我简直有些怒不可遏。因为这个教授所说的每一句话,我都听不懂。那些名词、概念和所谓判断,要多变态有多变态。

举例来说吧,你能明白教授口中言之凿凿且重复多遍的"被中介出来了的自我中介",究竟是个什么鸟意思吗?或者,你是否可以向我担保,在授课大纲中被粗体字标示出来的那些个词儿,什么"绽出"啦,"同一体系"啦,"降置"啦,"返行经验论"啦,"前行经验论"啦,真的不是在故意刁难人么?还有,你能告诉我,为什么说"人的存在,不过是上帝的反思"呢?难道说,上帝不反思,这世上就没人了吗?

一看到听众们频频点头,我的气就不打一处来。这伙人得意扬扬地摇头晃脑,好像他们生下来就高人一等似的。最可气的是,这些听众在完全不好笑的时候,居然发出了心领神会的哄笑声！我完全不清楚现场发生了什么事，为了不让自己显得很傻，只得跟着他们呵呵干笑。我深信，哲学这种东西被发明出来，就是专门为了愚弄我这样没文化的人的。反过来说，像我这样一个人，包括世界上千千万万的普通人，他们既不懂哲学，也没听说过什么谢林、黑格尔，不是好端端地活着吗？这不正好说明，哲学原本就是个大骗局吗？

一想到我日后将要长时间与这伙人打交道，我心里不免心灰意冷，后悔不迭。也许真不该从董事长手里接下这件苦差事。在差不多一个小时的演讲中，为了将耳朵里听到的那些抽象名词驱赶出去，我的眼睛一直在细细端详着 PPT 上的谢林头像。

这人从脸相上看，倒也没有什么特别之处，就是普普通通的一个小老头儿。头像旁边有几行小字，因为用了双引号，我能大致判断出，它可能是哲学家本人的一段名言。

这段话是这样的：

> 人们和他们的行为想让世界变得可以理解，但这实在是渺不可及的事情。人本身就是最不可理解的。这让我不可避免地来到了一切存在都是不幸之看法上，这也正是自古至今无数痛苦的人们反复证明了的看法。正是他，即人类，把我推向了那个最令人迷惑的问题：
>
> 究竟为什么会存在？为什么存在的不是无？

我把这段话读了十几遍。一个字、一个字地琢磨。奇怪的是，出自哲学家本人之口的这段话，却不像教授的绕口令那么艰深。至少，人家的话说得很诚恳，也不故弄玄虚。细细咀嚼这些话，我就像忽然开了窍一样，心中有所触动。它的意思无非是说，人和世界从根本上说，都是不可理解的，联想起我自己的经历，这或许并不难懂。

但"存在"又是个什么鬼东西呢？

我很想随便找个人，跟他聊聊谢林所说的那个"最令人迷惑的问题"，可又怕别人笑话。

茶歇的时间到了，我想找个背风的地方抽支烟。在屋外的长廊各处转了转，最后，我来到北边山坡下的一个小天井里。

这个天井其实是一个精致的方形花园，有叠石老藤、翠竹松柏点缀其中。前往洗手间的嘉宾和听众，在经过这个天井时，无一例外地向我挥手致意。想到自己第一次主持这个活动，大伙儿对我还算友好，心里立刻安稳了许多。有一个穿黑色呢绒外衣的女子，沿着回廊的台阶朝这边走过来，下到了天井里。在呼呼刮着的北风中，她披了披外衣，抖抖索索地从宽大的衣袖中伸出两根细长白皙的手指，朝我勾了勾。

我没搞懂她是啥意思，心里直犯嘀咕，便朝她跟前凑了凑。

"能给我一支烟吗？"

我不好意思地递给她一支烟，并给她点着了火。

这个天井里，只有南墙的空调外挂机旁有一个背风的角落，因此，尽管我俩挨得很近地站着，双方都没有感到不自在。她梳着齐肩短发，脸上的神情，既有不谙世事的少女的天真无邪，又有一种历经人世风霜后才会有的风韵。她皱着眉头时,常带着羞怯和警觉,可一旦笑起来,又显得特别的坦荡与大胆。与她一照面,我总觉得她长得特别像我过去认识的一个人,但究竟是谁,却怎么也想不起来了。

我问她今天的演讲怎么样,她深深地吸了口烟,反问我说:"您认为呢?"

为了不至于让对方掂出我的斤两,我便模仿学者们的腔调,敷衍她说:"总体而言很精彩。个别地方,怎么说呢,也不是没有疑问。也许是他讲得不够透彻,也许是我没听明白。看来,晚上回去,还要再做做功课……"

"比如说?"她问我。

"比如说——"我续上一根烟,脑子飞快地转着,接着说,"比如说,他翻来覆去地讲什么三种潜能,似乎不太好懂啊。"

"这有什么不好懂的?第一潜能是能够存在者,第二潜能是必须存在者,而第三潜能则是应当存在者。这不难区分啊!"

我担心再这么说下去,迟早要露馅,就赶紧把话岔开,转而问她对 PPT 上谢林本人的那段话有什么看法。

"这是现代哲学史上最重要的问题之一。"她蹲下身去,将烟头放在鞋底下踩灭。

"为什么这么说呢?"

"因为这段话,也是海德格尔哲学的出发点之一。"

我拼命地克制着自己的好奇心,总算没问出"海德格尔又是谁"这样的蠢话来。

在自由讨论的半个多小时里，我坐在主讲人侧面的一张单人沙发椅上发呆。我的脸正冲着报告厅门口，一抬头就能瞅见她。她站在一个装扮成"格格"模样的侍者边上。我尽力克制自己不去看她，但眼角的余光，还是会不时扫到她那秀丽的身姿。到那时为止，我只听见别人叫她"莎莎"，至于她究竟多大年纪，是哪个学校的，目前是什么身份，一概不知。

晚上吃饭时，她如我暗暗期待的那般留了下来，坐在了另外一桌。我在与客人们寒暄并频频起身向他们敬酒时，总要朝那张桌子溜上一眼。至少有一次，她也在同时看我，且冲我会心一笑。她那摄人心魄的笑容，让我有了一种强烈的预感，似乎有什么事情，正在暗中发生。正是在那一刹那，我猛然记起来，她的眉眼，与顺义服装厂的质检员朱云倩有几分神似。我甚至还能真切地回想起，朱云倩将我按在墙上时，她脖子里那令人窒息的微微汗味。

我预感到有可能要发生什么事时，下意识反应，是让自己迅速地冷静下来。我故意推迟了离开的时间，一个人坐在餐桌边，接连抽了两支烟。我估摸着，所有的客人（包括她）全已走远了，这才起身回家。

我独自一人，沿着空荡荡的回廊往外走。在门口站着的两位"格格"，冲我鞠躬告别，我也向她们颔首致谢。与我为伴的，唯有我自己的影子而已。

我来到听鹂馆外高高的平台之上，却吃惊地发现，莎莎并没有离开。她站在台阶下的草坪前，借着路灯的亮光，一边看手机，一边向四周张望。她好像有点拿不定主意，到底应该朝哪个方向走。

我悄悄地走到了她身边。

就像一对事先约好的情侣，我们并肩绕过鱼藻轩的东院墙，朝着昆明湖边的长廊走去。

我表哥大波曾经说过，只有在黑暗中发生的事，才是那么地激动人心。可是在如今的城市里，哪儿都找不着真正的黑暗了。鱼藻轩前的湖边长廊也是如此。一杆杆白得刺眼的球形路灯，一盏盏明黄色的宫灯，加上湖面上的零星灯火，把周遭衬得亮如白昼。

最后，我们只得背靠着湖边的一个小树丛，在明晃晃的宫灯下疯狂地拥吻。我捧着那张精致的脸庞，闻到她身上那种迷人而危险的气息，听到她犹如叹息的低声呻吟，一下就明白了佛门中人常说的"孽缘"到底是怎么回事了。为了这销魂蚀魄的一刻，我和她不知熬过了几世几劫地老天荒。当我听见她在我耳边低声说出"我想让你要我"这句话时，我觉得身上的每一根骨头都在燃烧。

拿着手电的管理员，远远站在我们身后，不断催促我们离开。莎莎将头埋在我的肩头，悄悄对我说，假如我们事先找个暖和的地方躲起来，说不定能在颐和园中一直待到第二天早上。

出了颐和园的大门，我们在人迹稀少的大街上踅逛。从北如意门走到北宫门，然后又从北宫门趄向东南，走到南如意门，接着，又反身往回走。在一个三岔路口的隔离带旁，我看见了道路尽头突然出现的一家宾馆的霓虹灯招牌。北风刮了一天,"西山宾馆"四个铁水般的红字,飘浮在翁翁郁郁的树林的上方,显得格外鲜亮耀眼——至少,在我们俩茫然不知所之的时候,它俨然就是答案。

也许有人会问:你不是曾经信誓旦旦地向你的妻子保证过,假如有一天,你真的看上了别的女孩子,一定在"事情失去控制之前"告知她实情吗,那么,你对于此刻正在发生的这桩事,又该做何解释呢?

我无意为自己的行为辩护。但我可以坦率地告诉你,这件事到底是如何发生的,我也说不出个所以然来。我只能这样说:自打我在听鹂馆外的平台上再次见到莎莎,直到我们如痴如醉地在湖边的树丛边抱作一团、难舍难分,我竟然完全没有想起过我的妻子来,一次都没有。严格来说,不是我们处心积虑地要让什么事发生,而是事情自行发生,把我们两个人卷了进去。

我眼前首次浮现出妻子严厉的面容,为将要发生的一切深感自责的时候,我们两个人已快要走到西山宾馆门口了。我知道事情已无法挽回,便像一个久经风月的老手一般,无师自通地嘱咐莎莎独自进入宾馆,用自己的身份证号登记住宿。大约十分钟之后,我再到前台订下另一个房间。我们随便从两个房间中,挑选一个过夜。我没来由地认为,这样做似乎更加安全。

我甚至没有忘记将电视机打开,并调高它的音量。

莎莎在卫生间洗澡，静熹的脸仍在我眼前闪现。它先是缓缓地左右摇动，仿佛在对我说："这样不太好吧？"接着，它又在无声地命令我："现在收手，还来得及。"最后，她那张煞风景的脸，满是可怜兮兮的苦苦哀求，弄得我心里十分恼火。

事情到了这个地步，这又有什么用呢？

11

第二天上午十点，我离开西山宾馆，步行去颐和园的停车场取车。刚才，前台的服务员告诉我，住在309房的客人，早晨五点时就已结账离去。她付了自己的房费，并没有"顺便"把我的房费一起结掉。我给她一连发了三四条微信，她冷淡地回了其中的一条。

深秋时节，马路牙子上的银杏树叶堆积得很厚。太阳光暖暖地照在身上，树梢上刮过的一阵阵西风，透出了萧瑟的凉意。我的思绪中仍残留着对她身体的记忆与渴慕。对我来说，她仍是一个谜。她身上那种不可捉摸的茫昧飘忽之感，仍让人颇费思量。

刚开始的时候还算好。后来，她却突然提出要回自己的房间睡觉，态度坚定而决绝。我的脑子有点发蒙。另外，她今晨的不辞而别，也让我心情压抑，十分沮丧。

我知道，这不能怪她。

我记得完事后，我们靠在床头，一人一口地抽着烟，扯了点儿闲篇。说起她待了八年的海德堡，她忽然问我去没去过德国。我告诉她，若说出国的话，到目前为止，我只去过一趟柬埔寨。她又问我大学是在哪儿念的。我这个人虽然爱吹牛，但在文凭这种事情上，我不能说瞎话。

我现在暂时还没有时间去猜测她的心思和行踪。接下来，如何面对静熹的盘问，已成了压倒一切的首要难题。

我暗暗给自己打气。没什么大不了的。如果静熹问起，我就向她说明一切，坦然接受所有的后果。

我不紧不慢地往前走，一个人静静地把昨天发生的事，从头至尾细细回忆一遍。想着想着，一种陌生的、完全不同的恐惧和伤痛，渐渐地在我心底升起并迅速蔓延开来。

怎么说呢，因为有了昨天的事情，眼前的这个世界，与过去完全不一样了。

自从我与静熹相识之后，我一直将她视为上天送给我的最好的礼物。你就是问我一万遍，我的答案都是一样的。我所做的一切，一切的一切，正是为了让这样一种幸福能够持续下去。用过去的老话来说，相依为命、白头到老。我们之间的婚姻，可以被看成是一个为守护幸福而制订的庞大计划。但我同时也能真切地感受到，我身上还有一种难以驯服的力量，躲在暗处，在处心积虑地破坏着这个计划的实施。就像一个生性顽劣的孩子，好不容易在沙滩上垒起了一座漂亮的城堡，仅仅为着临了一脚将它踏平。简单来说,人有时真的会故意跟自己过不去。只要你是个诚实且心智正常的人,我想你或许不难明白我到底想说什么。

这天午后,我回到小羊坊村的家中时,母亲和静熹都不在家。父亲在楼上午睡未醒,院子里静悄悄的。我在门前的小矮凳上略坐了片刻,随后又去北清路边的果园里转了转。母亲穿着长筒胶靴,正在菜地里挖胡萝卜。她告诉我,静熹昨天回娘家去了。她的养母不知出了什么事,和养父要死要活地闹了起来。如果没啥大事,没准一会儿就回来。

母亲见我扎着手站在田埂上不动,问我能不能帮她把胡萝卜拿到水龙头底下去冲洗。我蹲在地头洗胡萝卜,又忍不住问她:"这么说,静熹昨晚没在家住?"母亲直起身来,扶着铁锹对我说:"你今儿看上去怎么迷迷瞪瞪的?这话我不是跟你说过了吗?你想让我说几遍?"

我冲她笑了笑,诓她说,昨天陪董事长回了趟天津,一宿没睡好,困得慌。

母亲一听我喊困,就赶紧催我回家补觉去了。

等我从洁净松软的床上一觉醒来,天已经快黑了。我听见了静熹和母亲在楼下的说话声。在半明半暗的房间里,我闻着被子上尚未散尽的皂液的微香,听着窗外沙沙的秋声,听着场院里母鸡咯咯的鸣叫,听着墙上挂钟的指针走动时的嘞嘞声,慵懒之中,脑子里有一个挥之不去的念头:要是昨晚的事根本没有发生，那该多好啊！

本来，我打算一回家，就把昨晚发生的事告诉静熹，听候她发落。此刻，我见家里平静如初，又开始打起了小算盘。既然静熹昨天下午回到了东河口村，说明她并不知道我在外面过夜。她不问，我父母那样的精明人，不至于无事生非，主动去瞎掺和。如此看来，这件事不妨先放一放，等到时机合适，再说不迟。

在后来的读书会中，莎莎再未在听鹏馆中露面，也没有任何人向我提到过她。我们之间的这段关系，作为一个孤立的插曲，还没有来得及产生什么后果，就干干净净地结束了。一件事假如谁都不知情，你或许也可以认为它未曾发生。在删干净了我们之间仅有的几条微信之后，我自然也不会节外生枝，主动向妻子坦白一件"完全无害"的往事。

很快，类似的事情就有了第二次、第三次。

我只要说服自己，那种事对夫妻感情并无实质性的影响，即可轻松克服不时袭上心头的负疚感。我的良心，对自己日渐宽大。到了后来，我出差去了京外，负责接待我的合作伙伴，往往用谁都听得懂又不叫人尴尬的隐语，试探我的道德底线，而我每次都不会让他们失望。在妻子与其他女人的关系问题上，我终于像大多数男人所做的那样，习惯于一种谎言支配下的平衡，且为自己的行事机密而暗自得意。

不过，如果我就此认定，我的妻子对我私底下做的那些事完全不知情，那也不免有点一厢情愿。从外表上看，她似乎没有什么变化,甚至,与往常相比,她的火暴脾气也大为收敛。但不知从什么时候开始,她习惯于用一声接着一声的叹息,来折磨我的神经。我渐渐失去了耐心。每当这种充满恶意的叹息声,犹如一枚枚利刃向我飞来的时候,我的情绪总是瞬间失控。

随着时间的推移,她整个人开始变得萎靡不振,丢三落四,老爱忘东忘西,仿佛对所有的事情都失去了兴致。在餐馆里,你若是问她想吃点啥,她会说,随便;你问她,新房子是买在海淀呢,还是昌平或者朝阳,她会说,你定;你若是问她,假如一直怀不上孩子,要不要考虑去托托人,领养一个,她的回答是,也行。

我母亲似乎也觉察到了异常,在没人的时候,她时常压低声音向我嘀咕:"没瞧出来?你媳妇有点儿不太对劲!"

有一次,母亲约静熹去芙蓉寺进香,在路上拐弯抹角地问她,如想领养孩子的话,想要个男孩呢,还是女孩。静熹想了想,对她的婆婆说:"您去问他吧,我无所谓。"

不用说,静熹也有情绪特别糟糕的时候。

说来也奇怪,静熹深陷重度抑郁,连一句话都不愿跟我说的那个灰暗时刻,也恰好在我与新相好即将成事的节骨眼上。也就是说,如果我们为静熹剧烈的情绪变化画一张坐标图的话,它的波动曲线,与我那不可救药的放纵行为的节律,几乎是完全重合的。我悲哀地意识到,夫妻间因多年的磨合而形成的默契或心心相印,到如今终于成了需要摆脱的负担。

有一天,静熹突然提出分床。表面上的理由,似乎是我的呼噜声整夜不息,让她根本无法入睡。但我或多或少能感觉到,实际上,她早已将我的身体,归入了"不洁物"之列,稍一触碰,即出现强烈的排斥与憎恶。

为了照顾她的情绪,我第二天就搬到了二楼朝北的一间小屋里。

在接下来的半年中,我们倒是相安无事。无论我回家有多晚,静熹总是和往常一样在客厅里等我,为我端来泡脚的木盆,或者去厨房为我准备醒酒的燕麦粥。每天早上,她起来为一家人准备早餐时,经过北屋的房门口,也不会忘记将我的房门关严,以免楼下做饭的声音将我吵醒。

静熹的年龄要比我大八个月。在过去的日子里,在只有我们两个人的场合,而我又想向她撒撒娇时,一声柔情蜜意的"姐姐",每每令她顷刻间眼神迷离,脸色绯红。现在,"姐姐"这个称谓,已很难叫出口了。你要还敢这么叫她,多半会弄巧成拙,让你下不来台。她要么一脸愠怒地呵斥你:"别这么恶心行不行?"要么嘴里冷不丁地冒出一句:"如果我真是你姐姐,那倒好了。"可惜的是,我没能听出她话中有话。

我像往常一样带她出席一些比较重要的饭局或酒会。当我忘乎所以的夸夸其谈与事实严重不符时,她照例悄悄地掐我的胳膊,或者在桌子底下踩我的脚。

我清楚自己是在冰面上行走,而冰总是要化的。我不能假装什么事都没有发生,与静熹"重归于好",或者说,"重新开始"。因为,你不能一面在不忠和堕落的冰面上滑行,一面又在幻想着自己还能像白雪一样纯洁,如同你不能既想去死,又想好好地活着一样。我倒也不是没想过向静熹"坦白",但细细盘点一下这些年在我身上越积越多的恶行,所谓的坦白,又应该从何说起呢?

分床的时间一长,我的脑子里难免被这样一个念头死死缠住:与其这么僵持下去,对陷入冷战、白白遭罪的双方而言,干脆离婚,是不是一个更好的选择呢?

一天下午,在万念俱灰之中,我试着将自己进退两难的困境,向新结识的相好梅宝莲倾诉。宝莲正趴在枕头上看手机,一听说我有离婚的想法,立马从床上翻身坐起:

"赶紧的!还等什么呀?!"

没想到,当天深夜,等父母熟睡了之后,静熹蹑手蹑脚地走进了我的房间,真的开始一本正经地与我谈论起离婚的事来了。

我那时刚刚睡着,醒来后脑子还有点发木。我在黑暗中迷迷糊糊地问她,怎么无缘无故地想起这么一个话头来了。

"无缘无故?"静熹站在我床边,冷冷地道,"有些人,怕是早就等得不耐烦了吧?"

听她这么说,我像是被人从头到脚泼了一盆雪水似的。难道这世上真的有鬼?为什么我脑子里闪过的每一个念头,都会被她准确地捕捉到?

第二天傍晚,我下班后回到小羊坊村,发现静熹果然已不在家中。她昨晚曾跟我提了一句,正式办理离婚前,两人最好不再见面。因此,她的离去并不让我意外。

母亲起先不知道我们两口子发生了什么事，一路追着我问这问那，让我那萎靡不振的心绪愈加烦乱。没办法，我只能赶往宝莲的住处过夜。可是，她的体贴与温存，完全无法排解朝我迅速聚拢而来的失落与悲伤，更没法填补静熹消失后留下的那个无边虚空。

我的母亲在绝望之中，做出了最后的努力。她赶到毛家岭，请出能说会道的姨妈，两人搭伴去了一趟东河口村。天黑时，母亲一路哭着回了家。那时，我才真真切切地意识到，我和静熹的婚姻，事实上已经无可挽回了。

母亲事后回忆说，静熹那天离家时，她正在院子里打冬枣。她见静熹走得很急，就在梯子上喊了她一声。那时，静熹本已悄悄出了院门，听见母亲喊她，身体在门口僵了一下，又折返回来，朝母亲深深地鞠了一躬。她再次抬起头来，已是满脸泪水。她随身带着一个浅灰色的小包，连橱柜里的衣服和我给她买的不多的几件首饰，都没有带走。

后来，我们在民政局协议离婚时，我曾试图说服她，将西二旗刚买的一处房产，过户到她的名下。静熹紧咬嘴唇，摇了摇头，没有吭声。就这样，我们俩在闹哄哄的办事大厅里分了手。

静熹说，早上养母特地告诫她，按照当地的风俗，夫妻俩办完离婚后，不能同时出门。她说她先走，让我等一会儿再离开。

本来，我很想再抱她一下，也想最后一次喊她声"姐姐"，可是，仅仅一眨眼的工夫，我稍一犹豫，就瞅见她快步走向了大厅的旋转门。

人在门里往外那么一旋，唉，就旋得远了。

12

与静熹离婚后，我再也没有见过她。

她留在我们家的衣物和首饰，也始终没来取。见我一个人的日子越过越惨淡，晚饭后，父亲常常强拉我跟他一起出去散步。他不时引用的那些名言名句，多半文不对题。而我的母亲暂时还顾不上管我。大波、二波的同时被捕，让我姨妈一时急火攻心，住进了北医三院。母亲不得不在医院和家中来回奔波。

为了让自己重新振作起来，我开始跑起了马拉松。

那年初春的一天，我约了私人教练，去奥森公园晨跑，为一年一度的无锡马拉松赛做准备。在公园大门东侧的马路边，我看见多年不见的岳父迎面走来，想躲开已经来不及了。他搂着一个挽着高髻的年轻妇人，不紧不慢地朝前走。一开始，他没有认出我来，到了近前，神情一时有些错愕。我们在这种场合下不期而遇，双方都很尴尬。他不失威严地冲我点了点头，不声不响地从我身边走过。我则站在马路旁的垃圾筒边上，目送着他们走向不远处高楼林立的住宅区。

我心里想,既然岳父大人在奥运村附近的住宅区出现,那么,静熹会不会也在这一带落脚?我很想追上岳父,打听一下静熹的近况,但礼俗、自尊心以及对岳父为人的厌恶,都不允许我这么做。

乔伯年最近常来找我喝酒,把我介绍给他那帮有钱的朋友。其中有一个名叫汤时雨的公司副总,在苏州街附近有一个独立的四合院,我们时常去他那儿品尝传说中的名茶曦瓜壹号。有一天晚上,伯年因为多喝了一点酒,居然问了我一个令人啼笑皆非的问题:

"你老兄,到底是不是周振遐的私生子?今天当着汤总的面,能不能给个痛快话?是,还是他妈的不是?"

这一类的谣传是怎么出现的,我不得而知,自然也百口莫辩。

同样的问题,在差不多一周后,汪剑虹又压低了嗓音,神秘兮兮地问了我一遍。

据我猜测,汪剑虹专门打来电话,将我约到她的办公室里,大概不光是为了向我求证这个传言的可靠性。果然,她给我泡了一杯茶,随即丢开了这个话头,迫不及待地告诉我,两天前,静熹刚刚来公司找过她。

那天上午,她们在马路对面的咖啡馆见了面。静熹看上去有点打蔫儿,人也明显瘦了一圈。她们各自点了一杯咖啡之后,静熹没头没脑地说了一句:

"我是来跟你告别的。"

"告别？你要去哪儿？"剑虹闻言吓了一跳。

"我想换个地方，安安静静地待上几年。"静熹说话时，嘴唇不住地打战。她尽力想控制住情绪，但眼泪还是无声地滚落下来。

在接下来的谈话中，两个人小心翼翼地避开了离婚这个话题。那时，这件事在公司内外已传得沸沸扬扬了。

"这么说，你知道她去了哪儿？"我怔怔地望着剑虹。脱口而出的这句话，让我立刻有些后悔。

她不可能明白的是，在那时，我多少听说了一些关于她去向的传闻，其实，我担心她贸然向我说出实情，反而让我受不了。

"就算我知道，也不会告诉你。"剑虹明显地迟疑了一下，将一只剥好的香蕉推到我面前，"你们既然办了离婚，各奔前程，双方也没有孩子的拖累，她的事，你最好少打听。"

我终于长长地松了一口气。

13

那年3月，我结识了一位名叫林宜生的哲学教授。这是一位略显腼腆、谦逊而温和的学者。在春分节气这一天的下午，他应邀来听鹂馆做客，向听众们介绍神秘主义思想家薇依的人生哲学。那天演讲的题目，我记得是"重负与神恩"。

林教授介绍的那个名叫薇依的法国哲学家，我一无所知。但他那天说过的每一句话，都让我若有所动，黯然神伤。林宜生教授反复论证的"没有恩典，就谈不上幸福"这样一个看似荒谬的观点，让我想起了很多年前在花虎沟医院度过的那个夜晚。

那时已经是后半夜了。窗外北风呼啸，雪粒打在窗玻璃上，发出清脆的沙沙声。你能听见野鸟在林子里咕咕叫着，在雪地里扑棱棱地飞远。静熹躺在床上，不停地跟我说着什么。我听到了一些熟悉的名字。一些只有在夫妻之间才会说起的事情。一些人的脸，一张一张，影影绰绰，在我眼前浮现，飘过。迷迷糊糊之中，我听见她轻声唤我。克明，克明，雪下大了。克明，克明，你睡着了吗？那时我实在困得不行，眼睛也睁不开了，但仍想挣扎着，从梦的河面下探出头来。她正在跟我说一件"顶顶要紧的事"，一件过去了也就过去了，以后或许再也不会提起的事情。我在枕头上使劲儿摇晃了一下脑袋，装出很清醒的样子，对她说，没有啊，我听着呢，你接着说。随后我又重新跌进了梦的深井之中……

我沉浸在往事的回忆中，薇依那美丽的形象，与静熹的姿容时常叠合在一起，让我不禁对这位法国哲学家产生了极大的好感。

晚上，我和林宜生教授坐在一起喝酒。我壮着胆子，问他愿不愿意给我推荐一些哲学的入门书籍。林宜生当时未置可否,到了第二天上午,他还是通过微信,给我发来了第一批书单。

从那以后,我养成了一个习惯,每次在主持明夷社的读书会之前,必定要提前阅读与演讲主题相关的书籍与材料,而在演讲之后,我也会就自己感到困惑的问题,老老实实地向学者们请教。就这样,几年下来,我竟然读了不少书,不仅不会将阿尔都塞与马尔库塞搞混,也能大致明了列维-斯特劳斯和列奥·斯特劳斯学问上的区别。

我苦练了几年书法,虽说乔伯年常嘲讽我写的是什么"馆阁体",可春节时写副对联,偶尔为人题个字什么的,也能拿得出手。另外,我半吊子的英文也多少捡回来了一些。至少,我能看懂公司金字招牌下的那句英文是什么意思,也知道它来自物理学家牛顿。

关于这一点,就连公司的第五副总,也对我赞不绝口,据他说,知道那句话出自牛顿的人,全公司恐怕也找不出五个。

说起第五副总,您别误会,他不是公司排名第五的副总,他姓"第五",名绩伟,是公司的副总裁。有人说,他的地位,相当于公司的第三号人物,不知真假。第五副总平常总是阴沉着脸,对人一副爱搭不理的样子。不光对我,他对其他员工都那样。

有一天下班后,第五副总不知何故,一路甩着手,跟我并排走在了一起。他走路爱想事儿，一会儿慢，一会儿快的，弄得我十分狼狈。要想跟他步调一致，真的不太容易。我只得不时扭过头去，侧身朝他微笑，以示奉承与友好。

他走到一个十字路口时，忽然停了下来，一只手重重地按在我的肩膀上，然后对我说：

"下个礼拜五晚上，你有没有空？"

"有啊有啊，当然有。"我赶忙应道。其实我们相遇的那天是星期二，至于说下个星期五晚上是否有空，我怎么说得准呢。

"你那天要是有空，晚上六点来碧水庄园吃个便饭如何？"

"您说吃饭？哦哦，您何必那么客气呢！不过没问题的，一言为定，多谢，多谢……"我颠三倒四地应承着。

等到第五副总的身影走远了之后，我的心里犯起了嘀咕。我只知道他家住在碧水庄园，具体是几号几单元，他却没说。我还得去向乔伯年打听。

要在往常，遇到这样的事，我多半会在第一时间与静熹商量。可现在呢？我只能躺在冰凉的被窝里，一个人去瞎琢磨了。

想来想去，我就在床上做起梦来。

我："第五副总为何无端请我去吃饭？这事儿你怎么看？"

静熹："你平常跟他没打过什么交道，这事儿确实蹊跷。"

我："第一次遇上这种事，我真不知道该怎么应付。"

静熹："还是那句话，多听少说。"

我："带什么礼物为好？"

静熹:"不能寒碜,但也不宜过于贵重。"

我:"这事儿能告诉伯年吗?"

静熹:"最好不说。别人传你的闲话,你还嫌不够吗?"

等到我醒过来,发现自己把枕巾都哭湿了。我看着渐渐发白的窗纱,有好一阵子回不过神来。

到了约定见面的时间,我来到了第五副总在碧水庄园的住处。他已经在别墅的小院门外等我了。参加家宴的人,一共六个,除了我和第五副总之外,还有他的夫人郭女士,朋友郑元春,助理小蕊,以及正在读高中的儿子。在郭女士向我介绍那些从北欧空运来的海鲜时,第五副总则让我逐一品鉴他收藏的名贵葡萄酒。但说实话,这些价格高得离谱的葡萄酒,喝上去感觉都差不多,酸不拉叽的,寡淡无味。我还是觉得喝普通的飞天茅台更过瘾。

这个名叫郑元春的女人,上次来公司送枇杷时,我曾见过一面,也算是熟人了。她给我往盘子里搛菜,我倒也能安之若素。而当第五副总带着全家人一起过来向我敬酒,并让他儿子叫我叔叔时,说实话,我既感到意外,又有点受宠若惊。

现在,我或许该来说一说,那些无端加在我身上的离奇谣言了。

说我是董事长的私生子倒也罢了——他们一口咬定,我和董事长的眉眼酷似,是同一个模子刻出来的。他们说得有鼻子有眼,我心里暗自发笑。可是,到了后来,一个更加骇人听闻的谣言也在加速流传之中:周振遐正在挨个说服董事会的成员,在他退休之后,将由我来接替他的职务,负责整个公司的运营。这也太离谱了。一个放牛娃一夜之间成为皇帝的事,在中国历史上确实发生过,但你如果要让我相信,我有朝一日会成为神州联合科技公司的掌门人,除非你让我亲眼看见江水倒流,日出西天,骆驼穿过针眼。

无论如何,我得赶紧找个机会,与董事长本人好好谈一谈。

一个夏日的午后,我再次送董事长去涿州的丹佛尔湾打牌。上车后,董事长先是问了问听鹂馆读书会的近况,接着又问起了我离婚的事。我主动向他汇报了第五副总家的饭局。他倒也没说什么,只是随口问了一句:"那个爱出风头的郑元春,是不是也在场?"

车过杜家坎时,照例遇上了长时间的拥堵。我总算能够痛痛快快地向他倒一倒心里的苦水了。

周振遐听完了我的抱怨,似乎对那些谣传并不感到怎样吃惊。他"嗯、嗯"地哼哼了两声,然后不屑一顾地对我道:

"他们说来说去,就是个私生子,想不出什么别的花样。当年,他们缠着我,要我开除那个窦宝庆,我没有搭理他们。这伙人后来又造谣说,窦宝庆是我私生子。现在呢,窦宝庆犯了事,被公安局抓进去了,私生子这个名号又落到了你的头上。要我说,你最好装作没听见。什么辩白啦,辟谣啦,全是白费力气。再说了，万一你将来真的如他们所说的那样，接管了公司，这个谣言或许还能帮你一点忙。"

我明白董事长是在跟我开玩笑。

通过车内的后视镜，我见他斜靠在后座上，揉了揉太阳穴，将咖啡色的毛毯往胸前拉了拉，看样子是想眯瞪一下。我赶紧调了一下空调的温度和风量，没敢再去打扰他。

14

说起窦宝庆，公司里的每个员工，都能说上几句有关他的轶闻趣事。但除了周振遐之外，没有人真正能搞清楚他的来历和底细。我给董事长开车的时候，他差不多已从公司去职，我们俩之间，在公司里几乎没有什么交集。因此，笼罩在他身上的那种陌生感，对我而言，始终新鲜如初。

听人说，这是一个头发稍稍有点卷曲的高个子青年，通常是见人就笑，仿佛一心一意要给所有的人都留下好印象。不管从哪方面说，你大概很难将这样一个文雅、和善的青年，与一桩残忍的凶杀案联系在一起。

在乔伯年召集的一次饭局上，我有幸见到了《北方法制报》的记者小罗。据伯年说，她是英国伦敦大学毕业的高才生，专门研究莎士比亚。她追踪窦宝庆一案长达两年之久。在窦宝庆被移交甘肃警方之后，她曾先后两次赶往西北的响水洞看守所采访。

小罗被伯年的一番介绍弄得很不好意思，就更正说，她读书的学校不是伦敦大学，而是在爱丁堡。一个没什么名气的小学校。她毕业论文做的是华兹华斯，也不是莎士比亚。

那天晚上，我缠着她问这问那，话题总也离不开窦宝庆。这位记者大概是被我问得实在不耐烦了，便这样对我说：

"我确实为窦宝庆的案子写过一篇东西。您有兴趣，我稍后可以转给您。其中也有一点虚构的成分，您不妨把它当作小说来读。不过，要说最了解窦宝庆的人，其实并不是我，而是郑元春。"

话音刚落，乔伯年立即纵声大笑起来。

那天深夜，我回到家中打开电脑，果然收到了小罗发来的那篇文章。

因作者使用了较为少见的第二人称，说实话，我在刚开始读的时候，一度很不适应。可耐着性子读了十来页之后，也就慢慢习惯了。

第三章　窦宝庆

1

你把羊群赶到了岗岭边的一块洼地里，背靠着松软的土坡，一动不动地俯瞰着断崖下的那条深沟。

其实你没有走多远。只要一回头，你就能望见自家地坑院边那棵老楸树。眼下正是5月末，楸树上开满了淡粉色的花，树下有一个乱石堆。父亲和运送石料的宗亮叔正在石堆边说话。你甚至能看见羊圈屋顶上停着的两只苍鹭。它们有着细细的腿和长长的脖子。

按照父亲的安排，明天一大早，你将坐上宗亮叔的手扶拖拉机，前往四十五公里外的冯家堡，从那里再转道崔庄，最后乘长途汽车去到西安。你最终的目的地是北京。

深谷里有一条长长的河流，有人叫它蒲河，也有人叫它黑泉河。从三百米的高处往下看,它怎么都不像是条河,更像是被人随手扔在那儿的一缕灰布条。水流很小、很静,几乎凝滞不动。河道两边是大片平坦的开阔地,种着小麦、土豆、糜子和油菜。初夏时节,苜蓿和油菜花正在盛开。触目所及,都是你早就看厌了的老一套的景致。

在河道边的大路上,马车走得很慢。一辆蹦蹦跳跳的农用车停在了三岔路口,给漫过路面的羊群让道;而在远处崖畔场院里的一孔孔窑洞前,人和牛羊的小灰点,有些模糊不真,远远望去,犹如静止不动的皮影。

除了不时鼓荡着耳膜的轰隆隆的风声之外,你听不到其他的声音。

如果你把目光稍稍转向东边,在高高的油松林的上方,你能看到一杆高高挑出的旗帜。旗杆下是云峰小学空阔的操场。再过一个多小时,也就是说,到了上午九点半,操场边的高音喇叭将会准时传来欢快的乐曲声、体育老师指挥学生列队上操的喝令,以及学生们在奔跑嬉戏时发出的喧嚷——那些尖厉、充满毛刺、嘹亮的叫喊,由于过于嘈杂,反而达成了一种悦耳的和鸣。

那些身穿蓝白相间校服的小学生,在油松林的后面闪闪烁烁。

在松林深处的一条排水渠边,有一座长满了青草的坟茔,里面埋着你姐姐的骨殖。她刚刚去世的那些日子,你每天都会去陪她,一直待到后半夜。风过树梢的飒飒声、沟渠里喔喔的淌水声、草丛中小虫的鸣叫、远处公路上的车流声,仿佛是姐姐在说话。树林上空的一轮满月,让你时时想起姐姐那苍白、羞怯、一心与人为善的脸庞。她那温热、薄脆、洁白的头盖骨,被你一片片地从殡仪馆的铁畚箕里挑了出来,最后将它们均匀、整齐地覆盖在那小小的骨灰盒的最上层,看上去像是铺了一层白色的碎蛋壳。

中午时分,你把羊群赶到了羊圈里,关好木栅栏门,准备回家。

父亲在花楸树下的石堆旁叫住了你。你知道他在那儿站着等你,但你就是不想和他搭话。即将到来的离别,弄得他近来有些不太正常。他虽然是在38岁上,才得了你这么个儿子,却一直避免跟你有任何亲热的表示。可如今不一样了。随着你离家日子的临近,父子之间那种刻意维持着的距离感忽然消失了。他时常把手搭在你肩头,一边摩挲着你的脊背,一边亲热地叫你的乳名"老宝"。这种突然出现的亲昵,让你既厌烦,又愠怒。你之所以装出处处顺从他的样子来,仅仅是因为,父亲在任何时候看向你,眼睛都湿润地泛着亮光,而且,他一叫你的名字,喉头准他妈的会哽住,憋了半天,才憋出浊泪两三行。在父子俩独处的时候,这叫你很不舒服。

昨天晚上,你们俩在灶下吃饭。父亲先给你倒上酒,再给自己斟满,然后端起了杯子,站了起来。你一见他嘴唇哆嗦,就感到大事不妙。你真的害怕这个一辈子软弱无用、老实巴交的男人哭出鼻涕泡来。他"宝庆啊宝庆"喊了你好几遍,你还

以为他会像模像样地来上一段临别赠言呢,没想到,他抬袖揩了三次老泪,端酒的手抖了半天,这才说出一句囫囵话来:

"祝你一路顺风。"

而在当时,你满脑子都在想,父亲将你托付给三十多年前见过最后一次面、在北京发达了之后从未回过老家的表叔,到底他妈的靠不靠谱?

你走到父亲身边。他奇怪地瞥了你一眼,然后嘱咐你搬起一块石头来,跟他走。你一时搞不清楚他脑子里又出了什么幺蛾子,只得在石头堆里挑了块大的,双手垂在胯下,叉着两条腿,佝偻着腰,跟在父亲的身后来到了西边的崖山畔。

父亲四下望了望,又低头来回走了几步,嘴里念念有词地丈量着那块地的宽窄。随后,他让你将石头放在一小撮高高的野燕麦丛中。

这地方,三面为崖,一面空旷,是劈崖修庄的好地方。三面崖围出了一块四四方方的空地,里面胡乱地长着苦苣菜、刺蓬、芨芨草以及一小片开着小黄花的苜蓿。父亲朝空地上指了指,对你说,只消在搁石头的地方砌起一堵墙来,再在三面崖上掏出几孔窑洞,就是一座场院阔大的上好崖边院。

"这是你的院子,你的家。"父亲说,"等你在北京挣够了钱,就回来结婚成家。你今天把这块大石头摆在了这里,算是给将来的崖边院立了基。北京是个大地方,要是你在那里站脚不住,别忘了转头回家。要是有什么坏人把你给缠上了,你就想想我吧，想想你那可怜的母亲，想想躺在松林地下的姐姐，还有你亲手放在燕麦丛中的这块大石头——但愿它能把你的心思拴住。"

听父亲一口气说了这么多话，你的心里也很不好受。稍稍琢磨一下他的话，没有一句靠得住。别的且不去说它了，单说这钱，挣到什么时候是个够呢？

你跟在父亲身后，沿着斜洞子巷道回到了家中。

母亲已经从床上起来了，一个人呆呆地坐在核桃树下的木凳上。天已渐渐地热了，可她还穿着父亲那件棉芯板结的破长袄，腰间绑着个布带子，目光畏畏缩缩的，透着恐惧和迷惘。她在看你的时候，低首仰头，左让右让，像是你刚好把她的视线挡住了，而她非要看清楚你身后的某样东西似的。不论是谁，但凡叫她的眼光盯上了，总会不由自主地转过身去，瞧瞧身后有什么。她在两年前发了疯，不认得人了。你从小到大没怕过谁，但说实话，你还是有点怕她。在很多时候，她倒不像个疯子，而是像个鬼。

除了疯病之外，她的肝病也一年比一年严重。去年又添了肝腹水，她的脸上黄恹恹的。父亲带着她到城里的大医院治病时，你也跟去了。父亲带她去大医院，似乎不是为了给她治病，而是对那里的医疗专家象征性地表示一下膜拜而已。你通宵排队拿到的专家号，人家五分钟就把你们给打发了。临了，哪儿来的回哪儿去。要不然还能怎样呢？好在镇上的医疗服务站可以领到免费的止疼药。有时候想想，你觉得母亲还是早一点死掉的好。至少她用不着一天到晚在脑子里咀嚼那些有毒的、被命运下了咒的往事，自己跟自己过不去。她用不着再逼着自己吞咽那么多人世间的苦痛，用不着成天担心这、担心那，在忧心忡忡的耻辱中，像一盏灯那样熬尽最后一滴油。

对于姐姐的自杀，她心里还是有数的。她不断朝你身后看，大概是因为她朦朦胧胧地为家里无端地少了个活人而感到疑惑。她一个人在核桃树下待着，总爱低声呼唤姐姐的名字。哼哼唧唧，喃喃低语。她大概是想通过这种口齿不清的哼哼，来减轻肝区的疼痛。因为在这个家里，只有天性纯良的姐姐，真心实意地在乎她的痛苦。

临行前的这天晚上，外面下着小雨。因惦记着宗亮叔拖拉机的声音，你一个晚上都没睡稳当。凌晨四点时，你先是听见了父亲的咳嗽声，接着，透过院中的那棵核桃树，你看见厨房里亮起了一片透裹着水雾的灯光。随后，你又昏昏沉沉地睡了过去，直到父亲轻轻的拍门声再度把你吵醒。

那时，早已天光大亮了。

你去院子的排水沟边撒尿，父亲背着手在你身后站着，使劲地吸了吸鼻子，一声不吭。你在灶下刷牙、洗脸、吃饭，他仍在一旁站着。你吃完了饭，照例去向母亲道别，他也跟了过来，站在窑洞门口抽烟。

屋子里黑乎乎的。母亲侧卧在炕上，脸贴着炕沿，僵直的两眼盯着透出亮光的窗户纸。床上的被褥早已发了黑。自从她得了疯病之后，这床被褥似乎就没再洗过。屋子里有一股什么东西在霉烂的味道。

你走到了母亲的视线中，拖过一把木椅，坐在她面前。

她伸出一只手，在空中捞啊捞的，想捞着点什么。没办法，你只好把手递给她。她抓住你的手，使劲地握了握，然后又死命地将你的手拽向她，放在自己炽热的脸上，放在她瘦骨嶙峋的胸口上。尽管窑洞中没有开灯，但你还是能够清晰地看到她眼窝里涌出的泪珠。你心头猛地一紧：莫非她知道你要出远门？

她知道。她什么都知道。

你一时不知所措，犹豫着什么时候把手抽回来。你的眼光不敢在她脸上停留。因为，时间久了，你很容易从她脱了形的脸上辨认出骷髅的大致轮廓。好在这时，你听见了手扶拖拉机的突突声。凭方位判断，它应该行驶在云峰小学与油松林之间的马路上。当它绕过西边的那座山崖，来到花楸树下时，那声音就浮在了你的头顶上方。

父亲眼巴巴地望着你，神色陡然变得有些慌乱，好像你并非去趟北京，而是要上刑场被执行枪决似的。你没搭理他。你拎起两个蓝红条纹的蛇皮袋，故意显出一副满不在乎的样子，三步两步，从斜洞子巷道蹿了出去，在细雨和浓浓的晨雾中，走向石堆旁没有熄火的拖拉机，将父亲一个人留在了身后。

拖拉机拐了一个弯，吃力地驶上了一个陡坡。你终于看见父亲从巷道中走上来了。

他仍背着手，一个人站在花楸树下。

第三章　窦宝庆

一路上，宗亮叔不时跟你说话。他说他如今上了年纪，见不得分别的场面，"你爹心疼你，宝贝你，一门心思在你身上，谁都看得出来啊"。

过了好一会儿，宗亮叔又嘱咐你，到了北京，千万得小心，"不能出一丝一毫的纰漏。你要是在外面闯了祸，出了事，你爹就没什么活路了。你爹如果活不成，你妈一个疯婆子能好得了？迟早也得跟了去……"

他说话的声音要盖过拖拉机的轰鸣声，才能让你听得见。这一来，临别的嘱托，就成了声嘶力竭的喊叫了。好在拖拉机快速穿过油松林，将家乡的一切远远地抛在身后。

2

按照据说是无所不能的表叔的预先安排，初到北京时，你被安排在一家兰州人开的拉面馆落脚。这个槐荫深处的小面馆，怎么看都有点像电影里地下党的秘密交通站——你的唯一任务，就是等待表叔派人来与你接头。

这家面馆位于永定门外的木樨园一带，也有人把这片地界笼统地称为"大红门"。拉面馆的老板是个精瘦的女人，她成天坐在收银台后面的阴暗处，算她的亏损和盈利，也算她的时光飞逝和度日如年。

她让你在店里随便搭把手，干点杂活儿，拉面馆管你免费吃住。你的住处是紧挨着厕所的一个杂物间，阴暗、潮湿，没有窗户。从地上东一撮西一撮的污秽物来判断，这房间里的老鼠不止一只。室内弥漫着一股腐烂蔬菜那令人作呕的酸臭，还夹杂着厕所消毒液刺鼻的怪味。你对自己说，来到这么个人生地不熟的城市里讨生活，能有这么一处地方安顿下来，有床睡，有饭吃，也就没什么好抱怨的了。

你对所有的人都咧嘴笑，表明你的善良与诚意。但你的笑容令人胆寒，大多数人无福消受。你眉眼间凝结着的怒气，以及老想搞出点什么事来的阴狠，与柔和、漂亮的嘴唇上漾出的笑意，形成了明显的反差。在收银台后面算账的女老板，被你脸上的笑容弄得心里发毛，又不明白自己的恐惧来之于何处。像大多数自以为见多识广的庸碌妇女一样，她们总是把事情想得过于简单。

比如说，有一次，她大概是见你一个人待着无聊，一把推开面前的计算器，站起身来，装出一副亲热的样子来跟你说话。她自恃风韵尚存，时不时拍一拍你的胳膊，向你打听这儿、打听那儿，没话找话。她这么做，倒也没啥明确的目的，无非是跟你套套近乎，好让她那老是悬着的心落到实处。

你仍旧不声不响，冷傲而漠然地望着她。

这娘儿们吃了个瘪，心有不甘，一计不成又生一计。她居然绘声绘色地说起了前年夏天她们全家的甘肃之行。无非是什么鸣沙山滑沙啦，什么月牙泉骑骆驼啦，敦煌藏经洞看壁画啦，嘉峪关城头看月亮啦，没啥新鲜玩意儿。她正说得兴起，你却突然从她身边走开，径直出了门，到外面溜达去了，让她在店员们的注视之下，一个人杵在那儿。

从那以后，女老板每次见到你，不管是在什么场合，必然主动与你打招呼，目光中满是巴结与讨好。她甚至还劝说你换个房间，搬到二楼的一间宽敞的客房去住。

你当然予以拒绝。

其实她根本用不着这样做。至少到目前为止，你毕竟还是一个完全无害的人嘛！压根儿就没想对她怎么样嘛！

许诺给你找工作的表叔，似乎彻底把你给忘了。差不多两个月过去了，他却始终没有露面。要是店里没有什么事做，你常常一个人去凉水河边晃荡。如果实在无聊，你也会走得稍远一点，在人流稠密的浙江村东游西逛，打发难挨的光阴。

有一次，你留意到温州人开的一家皮货店和萧山夫妇的窗帘铺子，在门口的墙上贴出了招工广告。两家店的老板都很热情，他们给你开出的工资也都差不多。正当你犹豫着是去卖窗帘，还是去皮货店帮工时，一个自称"胡哥"的人，开着一辆皮卡，停在了拉面馆的门口。

那时已是 7 月中旬了。早晨的一场暴雨过后，店门外的槐花落了一地。你将收拾好的行李拎到车上，女老板站在门口，虚情假意地跟你道别。她那假惺惺的祝福，听上去更像是松了一口气的暗自庆幸。你一坐上胡哥的那辆蓝色皮卡，立刻关上车门，升上车窗玻璃，不再朝窗外瞧一眼。

很快，这辆皮卡出了胡同，绕过一座新修的城门楼子，盘上了南五环。它将带着你绕过整个北京城，从城南的永定门外，来到城北的温榆河畔。

你的第二个落脚点是顺义区的一家私营驾校。胡哥说，他可没听说过什么表叔不表叔的。今天凌晨，京昌物流公司的迟总发来一条短信，让他来城南接人。

他目前所了解的，也就这么多。

据胡哥说，公司在顺义的驾校替你报了名，等你考下了B2驾照后，就跟着他走南闯北，往全国各地送货。

3

当天晚上，你在一辆火红色翻斗教练车上过夜。自从来到北京之后，你第一次感受到了久违的松快和自在。这辆车停在驾校食堂边的树林里，正对着一片开阔的人工湖。夜深时，湖上白色的雾气慢慢散去，一弯眉月挂在树梢，白杨树叶在风中哗哗作响。在布谷鸟高高低低的叫声中，你仿佛再次回到了老家那个与世隔绝的地坑院洞穴中。

你讨厌人。不论他是什么人。只要有个地方，能够把你与其他人隔开，你就感到心满意足了。

胡哥是河北沧州人，刚开大货的时候，一年到头都在青藏线上跑，练就了一身过硬的驾驶技术。你拿到驾照之后，胡哥担心你在驾校学到的那点东西不太顶用，硬拉着你，开上六米八的高栏车，在温榆河边的乡间公路上加练了两个星期。他见你转弯时，很容易将刹车直接踩死，又是摇头，又是叹气。他不厌其烦地告诫你，车子在转弯时，如果稍稍给点油，等到车身转过弯来，在公路上拉直的时候，就能瞬间起速。他教给你的这个小窍门，据说能将一千公里的行车时间，缩短两到三个小时。

他不顾你的反对，毫无必要地给你的驾驶室做了个"软包"，加装了提供热风、冷风的柴暖和风扇，还在中控台安了个茶水炉。他把你的驾驶室弄成了漂亮的安乐窝，却也花光了你从家里带出来的最后一点钱。

那年秋末，你跟着他第一次跑长途，目的地是黑龙江的塔河。你在大兴安岭的冰天雪地之中，在大雪压断树枝的咔咔声中，就着驾驶室操作台持续送出的暖风，吃着热气腾腾的泡面，可你对胡哥的怨恨和不耐烦，并未就此消散。怎么说呢，你生来就不喜欢凡事大包大揽、自以为是的人。

再说，在你看来，不相干的人硬塞给你的种种恩惠，是一笔笔无法偿还的债务。因为无法偿还，所以不可接受。人与人之间最好的关系，理当你是你、我是我，清清白白，不要发生太多的关联和纠缠。我他妈的不欠你，你他妈的也不要欠我，大家乐得彼此轻松。人与人之间的关系，最好像荒野上的两棵树那样，保持足够的距离。不交谈。不握手。不搂抱。不谈恋爱。如果说两棵树之间确实存在着什么狗屁交情的话，那大概是它们彼此都觉得有对方陪着。这就足够了。

你这样一个在乡野的荒村中长大的人，心中那些原始人的顽固执念，是没有办法向胡哥这样有见识的文明人吐露的。

有一次，你们沿着111国道去加格达奇。车过扎兰时，因为修路，你们不得不改道绕行一条河边小道。这条临时改建的土路，总共也就两三公里，路况看上去还可以，完全不像胡哥所警告的那么危险。念你是新手，他不由分说地喝令你将车停在路边，等他把自己的车开过这段路面，重新走上111国道后，再回来帮你开。你怪他多事，自然懒得搭理他。胡哥飞跑着往回赶的时候，你开着大车，早已摇摇晃晃地驶上了那条狭窄的土路。

没过多久，你的车终于陷在了一个水洼里，车身严重地向左倾斜，陷在泥坑中的前轮在空转。胡哥带着哭腔央求你熄火下车，你却充耳不闻。你赌气似的再次轰响了油门，飞起的泥浆溅了他一身。胡哥见你不听招呼，只得在你的车前充当引导。他不知从哪儿搬来一块石头，垫在车轮下，随后冲着你大喊大叫："向右打轮！""向右！""打死！""给油！""停！停！"

你的车驶过这片水洼地后，胡哥仍一边双手比画着后退，一边不断朝你喊着"慢！慢！"。你坐在高高的驾驶室里，看着浑身泥水的胡哥在挡风玻璃上露出的半截身子，不知为什么，你的脑子里猛然间冒出了一个可怕的念头来。你知道，只要使劲地踩一下油门，这个好心肠的小矮个儿，他娘的必会当场命丧轮下，进入极乐世界。你被自己脑子中出现的这个念头吓了一跳，绝不是因为这年头弄死个把人有什么了不得的，而是你根本就搞不明白，你心里的那股子邪火到底是从哪来的。换句话说，弄死一个跟你无冤无仇的人，究竟有多大的必要呢？可问题在于，你怎么都克制不住自己的念头。

还算好，在你一刻不停地想着这件事的时候，大车终于慢慢驶过了那段河边小道。胡哥已经离开了道路，蹲到沟边洗脸去了。

那天晚上，你们俩在莫力达瓦宿夜时，喝了太多的酒。胡哥借着酒劲，没完没了地跟你念叨着他家里的那摊破事。说起来，那些事，也是一堆狗屎。要不是因为差一点弄死他而心有亏欠，你才没耐心听他唠叨呢。

胡哥刚上高中那年，他父亲在村里刨树根时吐血而亡。他们家死人的事情，就此揭开了序幕。他的母亲倒是带病坚持了好些年头，但没能活过50岁。接下来是弟弟的车祸。他哥哥也是在49岁这年走的——没病没痛，睡梦中鼾声一停，即刻归西。哥哥暴亡之后，从四川嫁过来的嫂子，仍回她的大凉山去了。三个半大不大的侄子，都砸在了胡哥的手里。最小的5岁，最大的11岁，全他妈的是白眼狼。

村子里有见识的老人，都说他们家有什么"50岁魔咒"，跟袁世凯他们家一个德行。据说，要破掉这个咒，改改祖上的运道，家里怎么着也得出个一代帝王。眼看着自己年近四十，他躺在床上做梦时，有时也会幻想着，如何在鱼肚子里塞上个预示未来的字条，名正言顺地揭竿而起，打下一片江山来。

胡哥的前额顶住你的太阳穴，一只手搭在你的背上，满嘴的葱蒜味和酒气直扑你的脸。在讲完了他的家事之后，他又反反复复地问你：你和他，够不够铁？算不算得上这个世界上最好的兄弟？

考虑到他们家的亲人，除了那三个讨债鬼之外，已死得差不多了，他又问得这么诚恳，你只得支支吾吾地应付他说："你说算，那就算吧。反正我无所谓。"

你恼怒地把他的脑袋推开，提醒他在说话时，别他妈的对着你的耳朵吹气。

"不算。"胡哥使劲地摇晃了一下他那圆圆的脑袋，对你说，"至少现在还不算。"

于是，你没好气地问他，现在不算，那要到什么时候才能算？

胡哥再次把脸凑近你，仍旧朝你耳朵里喷热风儿："那得等到明年开了春，咱俩一起去把那件事办了。"

你给他往杯中斟满酒，又问他，是什么狗屁倒灶的事儿，非要等到明年开了春才能办？

胡哥就把话岔开了。

他说，他的身体里缺少一种叫作什么酶的东西，醉酒时往往让人猝不及防，有点类似于足球加时赛的"突然死亡"。你倒是很想看看，他说的"突然死亡"到底是咋回事，又灌了他几杯。嚯，这家伙，前一秒钟还在跟女服务员打情骂俏，后一秒却已两眼发直。他没什么预兆地往桌上一趴，脑袋在桌面上重重地磕了一下，当即人事不省。

第三章　窦宝庆

你望着窗外纷纷扬扬的大雪，又要了瓶啤酒，一个人喝着，独自享受着这个边陲小镇难得的清净。

过了夜半，旅店的伙计过来问，要不要帮你将醉酒的客人架到房间里去。你说了句不用，站起身来，一把薅住了胡哥的衣领子，将他从椅子上提溜了起来，又顺势将他的脑袋往腋窝下一夹，就这么倒拖着回客房去了。

4

等到第二年开了春，公司在长三角地区的业务多了起来。你和胡哥一有空就往南方跑，去的最多的几个地儿是南京、湖州和六安。有一趟去湖州，路过一个名叫新丰的江南小镇，你们来到公路边的一个旅店里吃午饭。

这个旅店，坐落在距国道不远的山坳里，门前有一块不大不小的菱塘，紧挨着一个专卖花木、盆景的苗圃。而在苗圃后面，你可以望见裸露着矿坑的山岭以及绵延起伏的茶田。

这种地方若在北方，少不了会有女人们在路边揽客抢生意。但南方人不爱咋呼，也没人在马路边吵吵嚷嚷。店家只是在公路边的香樟树上挂一块"住宿吃饭"的牌子，坐等客人上门。

你和胡哥分了一小瓶无醇啤酒，权当是象征性地染染嘴唇。你吃了太多的春笋烧肉，再加上一大碗土鸡汤，饭后就有点犯困。胡哥建议在旅店的钟点房里眯瞪一下，再接着赶路。你被人领到了池塘西边的一个客房里。窗外有一棵巨大的蓝莓盆景，蓝莓树上罩着黑网，以免飞鸟啄食刚刚结出的鹅黄色的莓果。你在床上和衣躺下。大约睡了半个小时之后，蒙眬中听见有人轻轻拨开门进来，坐在了床前的一把椅子上。

她侧身对着你，偶尔瞄你一眼，也不说话，抚弄着手上的红指甲。

"噢，"你在心里对自己说，"这大概就是人们常说的妓女了……"你躺在床上没动，眼睛半睁半闭地觑着她。

这人身穿一件豆绿色薄毛衣，浅灰色的衬衣领子翻在外面，身材不高，脸盘窄小，嘴角有一颗淡淡的乌痣——不是常见的那种肉痣，而是如褐斑一样的小圆点，看上去约莫二十四五岁。你早已练就了在沉默中让自己心安的本领。既然她不开口，你也乐得继续装睡。最后，那女的憋不过，先开了口。她说话带点方音，你虽不能听懂她说的每一个字，但连蒙带猜也能明白个大概。她着重强调了以下两点：

第一，是隔壁的胡爱民让她过来的。

第二，她按时间收钱，通常以半小时为限。胡爱民已替你付过钱了。她不能在你房里耽搁太久。

听到她说起"胡爱民"这个名字，你的嘴角浮现出一丝冷笑。假如他有朝一日真的做了皇帝，说不定倒是个明君呢！你抬腕看了看表，又瞅了瞅她，问道："既然是胡爱民让你来的，这么说，你在进我屋之前，已经让他给弄过一次了？"

大概是没有想到你说话这么粗鄙、直接，她的脸一下就红了。她没说是，也没说不是，吃惊地瞪着你。从进屋到现在，她还是第一次这么认真地审视你。

这事来得过于突然。从小到大，你还是第一次遇上这样的事。你双手叠在脑后的枕头上，一时不知道该拿她怎么办，只能听任时间白白地流过去。

你很喜欢这张下巴微微上扬、带着不易觉察的心事，又有些自命清高的脸。她离开你的房间后，你不得不借助回忆，重新捕捉她那很容易消散的面容。你觉得心里很深很黑的什么地方，有道亮光闪了一下。

你绕过池塘，走到旅店外的砾石路上。正待上车时，胡哥一条胳膊吊在车窗外，把头转过来，眉开眼笑地冲你说了句什么，你没听清，也没顾上搭理他，钻进驾驶室，迅速地打着了火。

大约半个月之后，胡哥的大侄子在学校里闯了祸，他连夜赶回沧州去了。你独自一人开车前往山东的济宁，装了一车生姜和大蒜，运往安徽的芜湖。返程时，你特地绕道一百多公里，再次来到新丰小镇，找到了山坳里的那家小旅店。

你赶到那儿的时候天已快黑了，又下着小雨，便临时决定在那儿住一晚。那女人这些天正害着眼病，可是仍答应晚上来陪你过夜。你算是定了心，要了一瓶当地产的白酒，点了几样小菜，一个人慢慢地吃喝。

那个女人腰间围着白裙，也在餐厅里帮忙上菜。

她站在备餐台的边上，跟几个女服务员在聊天。你不时偷偷地瞄一眼她那纤细的腰身，幻想着有朝一日把她从这里带走。

等到父亲箍好了窑洞，你说不定可以把她带回甘肃去。你不太在乎她的身份。然而，你就是把脑子想穿了，都无法想明白，这样一个长相不坏的女人，投胎在南方富庶之地，为何也会走到这条路上来，靠出卖色相过活。你身体里有一头按捺不住的猛兽在蠢蠢欲动，但思前想后，也为她感到不值。

按照你们之间的约定，你没问她的名字、经历和家庭情况。这倒也好，你对那些东西，本来就没有什么兴趣。不过，她对你的为人和过往，却总是有点好奇。她缠着你问东问西，从你嘴里套话，弄得你很不耐烦。比方说，她多次拐弯抹角地问你，是不是刚从"那里面"出来。你猜想，她所说的"那里面"，大概指的是监狱吧。在兴致高涨之时，你一边加快了节奏，一边问她，是不是从"那里面"出来，与她到底有什么相干。

她又显出可怜巴巴的样子来，伴着一声紧似一声的呻吟，断断续续地说：

"我长……我长这么大，从来没见过你这么……这么一个人，好像不是爹娘生的，而纯粹是个野……野人呢……"

不管怎么说，这女人的智商，比白痴胡爱民不知高出多少倍。她的猜测并不完全准确，可直觉是对的。

完事后，你舒舒服服地给自己点上一支烟，对她说，你从未进过监狱。但不等于说，你一直不会进去。指不定哪天，你就把自己弄进去了。因为你属于那种生来就应该进监狱的人。

她烧了壶热水，倒在白瓷茶杯中，用毛巾将瓷杯围成一个圆筒，只留下一个小孔散热，用蒸汽来熏她左眼的麦粒肿。在这段时间里,她歪着头、闭着眼,跟你说起了半个月前第一次见面时发生的事。

那天中午,胡爱民不知发了什么神经,提出给她三倍的价格,央求她同意换个新花样。她回答说,那要看是什么新花样。胡爱民于是直接向她挑明,能不能叫来隔壁的兄弟,两人一起,好好伺候她一回。她当然一口回绝。

你故意问她,为什么不行呢?不就是多个人嘛,横竖一样挣钱。

她说,那还是不一样。

你又问她,到底是哪儿不一样?

她扭捏了半天,嗫嚅道,我,我也是有道德底线的人哪。

你差点被她逗乐了。

她一个做皮肉生意的人,不知引诱了多少良家子弟,跌入她们深不见底的沟壑之中,竟还有脸一本正经地说什么道德不道德。你不由得侧转身,重新打量起她来。

那女人正在专心熏眼,脑袋歪向一边。你发现她的年龄并不像你此前估算的那么小。

在接下来的三四个月里,公司派下来的活,大多集中在山西、河北及内蒙古一带。奇怪的是,你始终没有忘记那个嘴角有褐斑的女人。

行车途中,胡爱民又带你去过几处新地方,找过几个新相好,奇怪的是,你完全提不起兴致来。再往后,胡哥去找人泄火时，你独自一人待在车上打盹。

有时候，在半夜被尿憋醒之后，你也会偶尔想起她来。

到了这一年的6月中，你终于接到了一个去合肥的单子。你瞒着胡爱民，天不亮就开车上了路。你赶去德州上货时，车在路上爆了胎，到了泰安又遇上了大堵车。你饥肠辘辘地赶到新丰的时候，已是第二天的中午了。

不知是不是天气炎热的原因，她多少有点心不在焉，说话老爱走神。仍像上次那样，她对你百依百顺，曲意逢迎，你仍能感觉到她藏着什么心事。经不住你的逼问，她终于长吐了一口气，让你以后不要再来找她了。

她很快要离开这里，回她的婺源老家，去过平常人的日子。

你从未听说过"婺源"这个地方，也不清楚她因何离开，但你心里明白，带着她远走高飞的那个顽固而可笑的念想，看来只能就此打住了。你见她一个人站在窗边发愣，就气急败坏地问她，是不是嫌你给的钱太少。

过了半晌，为了让你相信她说的是真话，她轻轻地撩起了床头窗帘的一角，向你招了招手。

窗外是空荡荡的停车场，地上铺着青灰色的砾石。你那辆深红色的高栏车，停在一棵高大的榆树下。她又让你往池塘的方向看。那时候，池塘的菱角早已连成了片，深绿色的叶片中缀满了白色的小碎花，将水面压得严严实实。只有靠近水码头的地方，有一小块狭窄的水面。

有一个老妪正在码头上淘米洗菜。当然，你也看到了水码头上方的旅馆餐厅。餐厅门口的空地上，一个扎着麻花小辫的女孩，正在那儿踢毽子。一个中年男人倚在门边，帮她数数。

女人轻声告诉你，那靠在门边的男人是她的丈夫，而那个踢毽子的小孩，则是她刚满5岁的女儿。他们昨天从懋源找了来，要带她回老家。你问她愿不愿意跟丈夫回家，她想了想，反过来问你："你说呢？"

过了一会儿，她又补充说："一想起他那张脸，不知为啥，我心里总是慌得不行。"

于是，你再次撩起窗帘，仔细地端详起那个男人来。这人身穿黑色圆领T恤，年近五旬，矮胖敦实，理着小平头，脖子很短，长相蠢笨，看不出有什么让人害怕的地方。

"这人瞧着很平常啊，有什么可慌的呢？"

"他只知道我在外面打工，不知道别的。"

"你要是实在怕他，也不打紧。我帮你想个办法。"

"啥办法？"

"我替你把他弄掉，你觉得怎么样？"

"你说的'弄掉'，是什么意思？"

你勉强笑了一下，向她比画了一个抹脖子的动作。

大约二十分钟之后，你穿上衣服，一个人下了楼。你脑子里昏沉沉的。她怎么也不肯收你的钱，说是好聚好散。她的一片好意，反而让你在离开时，心情变得更糟。

你手里夹着一支烟,打算绕过池塘去停车场。走过餐厅时,在门口遇见了那个短脖子男人。或许是他瞅见了你手里燃着的香烟,过来向你讨火。本来,你刚从人家老婆身上下来,心里怀着鬼胎,可一想到那个女人一旦被他领走,你们永生永世再也见不着面了,又忽然恼火起来。

你正要加快步子离开,那人紧赶了几步,还是不识相地拽了拽你的胳膊。

"老弟,借个火儿。"

他见你不吭声,就自作主张地伸出拇指和食指,要来夹你手上的烟头。

你手一松,烟头直接掉在了地上。

你抬脚将烟头踩灭,一把将他推开,头也不回地走了。

5

刚到北京的那些日子,你没有一天不是在对家乡的回忆中进入梦乡的。你躺在大红门拉面馆阴暗的杂物间里,在老鼠的撕咬声中久久无法入睡时,开始一遍遍地反问自己,在父亲的怂恿下,离开西北广袤的黄土高原,到北京来投奔见不着面的表叔,是不是一个不可饶恕的错误?

你的钱包里,藏着一枚少年时的黑白小照。照片上有一道无法抚平的折痕。父母坐在中间的椅子上,你和姐姐分列两边。

四个人中，只有母亲不笑。起初，在离散聚合的茫茫人流中，这张照片给了你唯一的稳定感。随着时间的推移，你渐渐认识到，待在这个人海茫茫的陌生城市里，其实也挺好。一个人待在车里，把车门一关，你与外面的世界即刻了无瓜葛。

半年之后，你甚至很少记起，自己还有一个远在甘肃的老家，还有眼巴巴等着你寄钱回去的父母。你在银行里办好了第一张借记卡之后，特意把那张全家福的照片翻过来，藏在银行卡的后面，免得每次打开钱包时，都会第一眼看见它。

有时候，你躺在驾驶室里，注视着窗外天上的繁星，忍不住这样想，一个人要是没有父母该多好！要是那样的话，不管遇到什么样的命运，你都能坦然接受。你想活就活着，想死就去死。你在世上活着，无非是对自身的损耗或挥霍，等到哪一天，身体里的能量被挥霍光了，随便在路边一歪就完事。

还算好，你仅仅是一个卑微的卡车司机。没有什么复杂的人际关系，没有谁会注意到你的存在，而你也无须去揣摩任何人的脸色。每天看着轰隆作响的大卡车，如同一头钢铁巨兽，将你的人生道路一段段地吃进去，又一段段地拉出来。你觉得如果就这样打发掉一生的时光，也没什么不好。

可惜好景不长。你入职一年后，公司面临重组，被一家名为神州联合的高科技物联网企业收购，总部迁到了河北的廊坊。

你之所以被留在了北京，仅仅是因为神州联合的大老板，想要一个私人司机。

这个好脾气的老头，在迟总给他提供的五人备选名单中，唯独挑中了你。据说,你在年终考评中的多项指标,完全符合人事部门对"优秀司机"的期待:你身材高大,五官端正,"给人以很强安全感";你遇事沉稳,待人谦和有礼,"很有亲和力";你作为新司机,开车一年多,却从未发生任何事故和差错,可见"业务熟练、办事牢靠";你很少说话,不喜言谈,自然称得上是"口风甚紧,为人谨慎"。

你只得暗暗苦笑。因为除了身高那一条还算符合实情之外,其他各项,差不多与事实恰好相反。

对于公司重组搬迁一事,胡爱民似乎也乐观其成。至少,总部搬到廊坊之后,离沧州更近,便于他照料哥哥留下的三个孩子。胡哥临走前,特地请你去祥云小镇吃鱼头泡饼。饭后,又拉你去歌厅唱卡拉 OK。你翻遍了屏幕上的歌单,愣是没找出一个会唱的歌来。最后,胡爱民出钱,叫来了两个描眉画眼的女孩,四个人挤在沙发上玩掷骰子的游戏。你觉得没劲透了。

从那之后,你和胡爱民再也没有见过面。

他逢年过节给你发来表示问候的短信,你从来都不回。两年后,他得了癌症,躺在医院的病床上奄奄待毙,为五十来万的巨额手术费,跟你开口借钱。

这么说,他快要完蛋了。这个整天乐呵呵,喜欢管闲事,在梦中幻想着自己能当皇帝的家伙,看来已走投无路,山穷水尽了。你倒也不是不想帮他。他的这条求救短信,来得真不是时候。

你刚刚给父亲汇出了手头几乎所有的存款，指望他把钱交到医院的大夫手里，能让母亲在这世上多喘口气。

胡爱民怨不得别人。要怨，只能怨他命不好。

至于说他最终有没有筹到动手术的钱，能不能活下来，这已经不是你能操心的事儿了。

问题是那笔钱汇出去不久，你就接到了母亲的死讯。

6

董事长周振遐是天津人。看得出，他对你很客气。他在跟你交代事情时，通常语速很慢，严肃而专注。可你要想主动跟他说些什么，情况会稍有不同。他在听你说话时，眼睛总望着别的地方，脸上没有什么表情。脑子里仿佛同时在想着好几件事。你有些吃不准，他到底是不是真的在听。你慢慢发现，他待人接物的礼貌和周到，所要传达的，仅仅是一种"你别来打搅我"的暗示。

他的话甚至比你还要少。他最喜欢说的话，时常就一个字，"嗯"。你要是向他请示点什么事儿，他往往喜欢用这个"嗯"来打发你。那么，这个"嗯"字，到底是表示"我知道了"，还是"我同意"、"等等再说"或者是"让我想想"，那恐怕只有天晓得了。

他对你是个怎样的人，有过怎样的生活经历，一概漠不关心。他从来不会像某些上司一样，假仁假义地对你嘘寒问暖、问这问那，从而迅速和你拉近关系，将两个人之间的陌生感和距离感全都消融掉，让你成为"他的人"，便于他对你进行全面的拿捏和控制。

不过，话又说回来，你对董事长本人，也没有什么好奇心。你对他的行踪、私生活以及公司的业务，更没有心思去细细探究。比方说，他为何定期要去涿州的丹佛尔湾过夜，为何几乎每个月都要去一次颐和园，为何儿子特地从天津赶了来，他却躲着不见，所有这些事情，你一概不管不问。

刚入职的那一年，你平时接送最多的地方，还是首都机场。

在前往机场的一个多小时的车程中，你必须要问的问题只有两个："您去哪个航站楼？""国际还是国内？"如果他回答是国内，那他多半是去上海和广州。因为神州联合在这两个城市设有分公司。要是他去国外呢，那就说不准了。

这一年的年底，董事长去瑞典的沃尔沃公司访问，然后转道莱比锡和布鲁塞尔，实地考察欧洲的车联网技术，行程长达三个多月。他从你手中接过行李车，打算过安检。你问了他这样一个问题：

在接下来的三个多月中，你该怎么办？也不能一直闲着吧？要不要找点什么事情来做？

董事长"嗯"了一声，皱了皱眉头，随后漫不经心对你道："你看着办。"

在那一刻，你发现自己真的有点喜欢这个不苟言笑的老头了。应当说，他是你来到北京后遇见的第一个不爱管闲事的人。还别说，除了周振遐之外，你所接触的公司里其他一些人，还真没有一个脑筋正常的。

就说董事长的行政助理乔伯年吧。他开口闭口，除了喜欢自称"兄弟我"之外，还总爱把 L-S-E 这三个英文字母放在嘴边。至于说，这三个英文字母，分别代表着什么意思，为何让他念念不忘，你就搞不清是咋回事了。

有一次，你把烟头随手丢在了公司门口的草坪上，他立即当众教育了你一番，居然还异想天开，喝令你去把烟头捡起来。你压着心头到处乱窜的火苗，客客气气地对他说："您要是真的很想尝尝我吸剩下的烟屁股，'兄弟我'很乐意为您效劳。"

他被气得直翻白眼，嘴里的英文单词一个个地往外冒。

除了他娘的爱教训人，乔伯年还喜欢上上下下、贼眉鼠眼地打量你，仿佛你不是董事长的专职司机，而是一个身份不明的叫花子似的。有时候，你在电梯里遇见他，他不跟你打招呼倒也罢了，脸上那种不加掩饰的嫌恶表情，实在有点过分。他拼命地屏住呼吸，小脸憋得通红，就像你身上有什么不洁的气味熏到了他似的。

至于人力资源部的汪剑虹，也不是什么善茬。一天下午，她带你去上地东里租房子。她说话老爱带个"姐"字，听着就让人冒火。你没法不时时想起老家松树林里那座孤零零的坟茔。你强忍着心头的不快，巴望着尽快办好租房手续，早点摆脱掉这个讨厌的娘儿们。没想到，好不容易熬到事情办完，你跟她挥手告别，准备过马路了，这个自称是你姐的人，在身后喊了你一声，又原路走了回来，用她那肿眼泡的死鱼眼盯着你，上上下下瞅了你半天，一本正经地对你说：

"这话，姐忍了半天了，本来不想说的。你别见外啊，姐这是为你好。你这身西装是新买的吧，不能这么穿！"

你只得没好气地去向她请教，西装怎么了，为什么不能这么穿。

汪剑虹走到你跟前，揪了揪你的西装领子，在你胸口的羊毛衫上指指戳戳，又叹了口气，这才说：

"如今你好歹也是公司的正式员工了，平常也要注意一下自己的形象。既然穿西装，打领带，衬衫外面就不能再穿羊毛衫。实在要穿，最好选颜色素净点儿的，不能太花，尤其不能像你现在这样，同时穿两件。你要是怕冷，不妨在衬衫里面加一件保暖内衣什么的。退一万步说，你非要两件同时穿，也应该把V字领的羊毛衫藏里面，半高圆领的穿外面。你现在倒好，红色的V字领羊毛衫穿在外面，领口露出里面绿色的圆领，谁见了都会觉得不舒服。俗话说，红配绿，赛狗屁……"

她在说这番话的时候，嘴唇冻得发紫，浑身筛糠似的哆嗦个不停。虽然北风呼啸，天寒地冻，可汪剑虹仍然穿着黑色的丝袜，身上稍厚的衣服，仅有一件米色的长风衣，简直是活受罪。看来，城市生活的所谓时尚，也不是你这个乡巴佬想融入就能融入的。你在老家觉得理所当然、天经地义的事情，到了北京,一下子全都成了问题。那天下午,你真该好好问问她,世界上到底有哪条法律规定,红色V字领羊毛衫不能穿在绿色圆领毛衣的外面?

从那以后,你再也没有穿过那身西装。

在董事长去欧洲的那三个月中,因见你一个人趴在工位上无所事事,公司的一位管事的副总,偶尔也会给你派点活干。这人是个高个子,阴阳怪气的,一看就不是什么好鸟。瞄了一眼他递给你的名片,"第五绩伟"四个字,让你心里直犯嘀咕。难道说,他们家五个孩子都叫同一个名字?你叫了他一声"第总",他很不高兴。原来"第五"是个他娘的复姓,像"欧阳"和"西门"一样,不能拆开。你随口说了句"世上还有这个姓啊",他立即举出他们祖上的什么著名人物来,并问你听没听说过历史上有个赫赫有名的"第五伦"。你摇了摇头,他显得很吃惊。好像没听说过第五伦,是天大的罪过似的。接着,他又问你,知不知道做过郑玄老师的"第五元"。这一次,你望见跟在他身后的乔伯年一迭声地说"当然当然",你也赶紧点了点头,省得他再啰里啰唆。

第五副总自己用着司机小陶,如果他想去哪个私人会所洗个脚什么的,不用你代劳。他给你派的活儿通常比较琐碎。给他母亲去医院取个药啦,去北京站或机场接个人啦,送他儿子去大钟寺补习奥数并陪他吃顿羊蝎子火锅啦,诸如此类。有时,他妻子也会直接给你打电话,让你送她去三里屯购物。

这年元旦前夕,第五副总让你去一趟顺义的中央别墅区,给一个名叫郑元春的人,送两箱进口葡萄酒。

你开车在温榆河边绕了半天,才找到那个名叫嘉晟国际的别墅小区。你把车停在一幢独门独院的小楼前,按了半天的门铃,还是没人应门。你给第五副总发了个短信,问他咋办,第五副总立刻给出了答复:

"她在。你等着。"

在门口抽了两三根香烟之后,你先是看见三楼的窗帘拉开了一角,似有人影晃动。过不多久,一个裹着翻毛大衣的中年女人,在冷风中抖抖颤颤地朝门口走来。你的脑子里仍在盘旋着这样一个疑问:大白天的,窗帘却拉得死死的,室内响了两遍的门铃声,你在院门外都能听得清清楚楚,她为何迟迟不开门呢?

你一时找不到答案,忍不住又瞥了她几眼。

你好心好意地提醒她,装酒的木箱很沉,你可以帮她把箱子搬进屋去。她把你浑身上下扫了个遍,还是拒绝了。她眼神中的警惕,对你而言是个难以忍受的侮辱。她连院门都没有打开,只让你把两箱酒搁在门口,她待会儿再找人来搬。

你开车驶上京承高速返回公司时,不知怎么就想起了遥远南方的山坳、竹林和菱塘,想起了那个嘴角有褐斑的女人,尽管初一看,她们俩并无明显的相像之处。

春节临近时,你正准备回甘肃老家过年,第五副总再次让你去顺义给郑元春送年货。武威的小羊羔、西藏的牦牛肉、大连的鲍鱼海参和舟山的野生黄鱼，差不多把后备箱都塞满了。还有一条爱马仕围巾，一个春联礼盒，你担心弄脏，将它们搁在了后排的座椅上。听第五副总说，那副春联，是专门托人请南京栖霞寺的方丈写的，据说能够消灾避邪。

这一次，你的车刚到大门口，黑色的金属栅栏门就自动打开了。郑元春站在门口的台阶上，朝你招手，示意你将车直接开到院子里去。

你帮她把年货搬到门厅里，正要往外走，郑元春在身后叫住了你。她看着地上大坨的牦牛肉和整片的小羊羔，面有难色，问你能不能"索性好事做到底"，帮她一个"小忙"，把牛羊肉分割成小块装袋，放入冷柜里储藏。她说，她家的阿姨回安徽过年去了。

于是，你又帮她将牛羊肉挪到了厨房里。

郑元春不知从哪里找出一把剁肉的斧子来，递给了你。你把斧子还给她，对她说："用不着这玩意儿，你给我一把削水果用的小刀就成。"

她随手拉开了一个抽屉，里面装满了各色精致的刀具。你一把一把地褪下刀具的皮套，凑在水斗上方的窗前，用拇指试着刀锋，最后挑了一把称手的七寸剔骨刀。你把刀在郑元春眼前晃了一下，对她说：

"从小就在村子里帮人家宰羊。别的不敢吹牛，用起刀来，还算是得心应手。"

你在水斗里剔肉时，郑元春坐在一张高高的吧凳上，远远地看着。也许是那张高凳让她不舒服，她那穿着淡蓝色运动裤的大长腿，一会儿并拢，一会儿他妈的分开，弄得你两眼发晕。

正在这时，你听到了身后什么地方传来的窸窸声。你转过身来，看见一个十八九岁的女孩，从楼梯上一步步地走下来。她穿着一件桃花图案的粉白睡衣，本来是要下楼的，走到一半时，忽然停了下来。她弯腰往厨房里探了探脑袋，打了个呵欠，又转身回楼上去了。

郑元春没话找话地与你搭讪。其实，你在剔肉时，生怕不小心割着手，不太希望有人在你身边说三道四，更何况，她说的那些个话，没着没落，没边没沿，让人根本没法接茬。尤其是当她问出"你在老家杀羊时，羊疼不疼啊?"这样的蠢话之后，你不可能对这样一个女人的智商，抱有任何的期待。你实在想不明白，第五副总费尽心机结交这样的生意伙伴，到底图个啥呢?

接下来，她的话越说越离谱，弄得你心烦意乱，肝火上升。你干脆将手里的牦牛肉丢在一边，洗了洗手上的血水，从裤兜里摸出一支烟来，叼在嘴上点着了火，对郑元春说：

"您要是实在担心牛放屁、牛打嗝啥的，担心它们排出什么丁烷气体来污染环境，那倒也简单。不吃肉、不喝牛奶不就得了?否则的话，这个难题根本没法解决。是个牛，它就会放屁打嗝的。"

郑元春这才收住了话头。

可没过多久，她居然又和你讨论起什么善待动物，无痛宰杀来。用她的话来说，"不管怎么说，用冰冷的刀子割人家的喉管，还是太过残忍"。

你飞快地切着肉，很不客气地纠正她，宰羊时一般不割喉管，而是将刀直接送入它颈部的大动脉。你告诉她，在杀羊时，你总是将羊搂在怀里，一边爱抚地摸它的头，一边寻找它颈部的大动脉。为了让它少受点痛苦，那一刀又深又准，有时候会连刀柄一起送进去。

"你把刀子捅进人家脖子时，人家心里是怎么想的呢？"

在她问了这样一个问题之后，你一下怔住了。

既然她能说出这么脑残的话，你不得不承认，这个女人还是很有些魅力的。你想了想，老老实实地对她说，你敢断定，自从盘古开天地，三皇五帝到如今，还没人问过这样的问题呢！如果你试着回答一下的话，大概是这样的：

你把刀塞进去的一刹那，羊的周身随之微微战栗，就像人被冷风一吹，打了个激灵似的。因为刀很锋利，它或许只是感到被什么东西冰了一下，但不会持续太久。因为你把刀抽出来的时候，热血的喷泉，被刀上的凹槽带出。血流高高地飙出来，砸在铜盆里，咚咚作响。如果在冬天，还会腾起一片热气。这个时候，羊是怎么想的呢？它通常很安静，比熟睡的婴儿还要安静。刀子进去的感觉，让它很舒服。它仍然无条件地信任你，一动不动地依偎在你怀里，听任自己的热血往外喷涌，有如拧开的自来水龙头。到了这时候，它感觉不到什么痛苦，相反，它有一种一了百了的畅快感。正是这种畅快感，让它一时忘记了疼痛。因为它这一辈子，没准还从来没这么畅快过呢。临了，血快要流尽时，它的小心脏眼看着跳不动了，羊儿才会出现剧烈的挣扎。到了这时候，一切都晚了。它的四条腿胡乱地蹬两下，很快就咽了气……

郑元春听得很专心，但你没有接着往下说。因为那个女孩儿，这会儿又从楼上下来了。这一次，她穿上了厚厚的羽绒服，戴着绒帽，把自己包裹得像个粽子。郑元春把头扭过去，问她去哪儿，女孩没有搭话。她不慌不忙地在玄关的鞋柜边穿上高筒靴，拉开门，一声不响地走了。

你帮她把牦牛肉和羊羔肉切割成小块，堆在大砧板上。郑元春戴着橡胶手套，将它们捡入食品包装袋。为了炫耀自己的刀工，你对郑元春说了个俏皮话：若是将分割的肉块放在天平上去称，每块肉的重量应该大致不差。

你将水池和台面收拾干净之后，郑元春请你去客厅里喝茶。你瞅了一眼墙上的钟，那时已经是十二点零五分了。如果她真的要对你表示感谢的话，这时候应当请你吃午饭才对。这说明，这个不食人间烟火的阔太太，既不懂待客之道，也根本没有什么时间观念。

你们坐在客厅的北窗边，一小杯一小杯地喝着普洱茶，吃了一两块咖啡味的小饼干。郑元春笑着对你说："听绩伟说，你平常不爱开口，跟庙上的菩萨一样。可我看你挺能说的啊。"

你的脸上微微有些燥热。你知道她说的是事实。你猛然意识到，在刚刚过去的这两个小时里，你实在是说了太多的话。

在一个不太熟的女人面前夸夸其谈，说个没完，回过头来想想，确实有点不可思议。在和这个女人聊天时，她带给你一种"无论你说什么，她都不会生气"的轻松感。你第一次有了和什么人说说话的冲动，就跟羊在哗哗放血时彻底解放自己的冲动一样。

见你红着脸没吱声，郑元春又小声地问你，第五绩伟每个月给你多少工资。接着，她又委婉地提示你，她这儿也缺个司机。她丈夫去了纽约之后，留下的那辆路虎，常年停在了地下车库里。她得隔三岔五地央求邻居家的小伙子帮着开出去遛一圈，以防止电瓶亏电。

听她这么说，你只得纠正她，你不是第五副总的专职司机。你给大老板周振遐开车。万一她遇上什么急事需要用车，而你又正好有空，你倒也很乐意过来帮忙。

临走时，女人递给你一个纸袋。里面装着一瓶泸州老窖、一条南京烟。

你把那条高档的南京烟，拿到上地东里的烟杂店，换成了三条兰州，连同那瓶酒，一起带给了老家的父亲。

7

这是你到北京后第一次回老家。

在你小时候，一说起北京这个地方，你会觉得它仿佛是天尽头一个难以到达的地方。可是现在呢，你随便叫个出租车，来到六里桥下，登上一辆卧铺大巴，安安稳稳地睡个两三天的觉，醒来后，就能闻到崔庄汽车站泡馍店熟悉的羊膻气了。

你记得大巴车曾在途中停过六七次，你还能记得乘客们在覆盖着薄雪的玉米地里撒尿，在简陋服务区狼吞虎咽地吃着方便面。这次旅程，多少给你带来了一些幻觉，好像你的老家并不是在千里之外的西北的陇原上，而是在六里桥附近的某个城郊。

两年的时间不算太长，但地理位置的来回切换，足以帮你纠正一些记忆中的错误。在高等级的新路修通之后，你对崔庄镇和老家之间的直线距离，有了更为清晰的概念。原先三个小时的车程缩短为四十分钟，道路两旁的风景也随之变得陌生。云峰镇已完全不是记忆中那个热闹繁华的样子了——街道显得陈旧而冷清，超市、邮局、电影院、网吧和餐馆，一个比一个促狭、寒碜。就连你们家边上的那棵楸树，似乎也不像原先那么高大。

父亲背着手，远远地站在那棵花楸树下。

为了给你接风，父亲张罗了一桌菜，请了村里的几个邻居来作陪。宗亮叔也在。你所在的村庄不大，只有二十几户人家，而且东一家、西一家，住得很分散。父亲要凑起这一桌人来，想必动过一番脑筋。刚开始的时候还好，大伙儿轮番向你敬酒，你也很有礼貌地一一回敬。不止一个人关心你现在的工资。有个邻居直截了当地问你，你父亲成天在村子里吹嘘，说你在公司给董事长开车，一个月能挣到一万二，是不是真的？

你回答说,在北京,一万二根本算不了什么,那口气,颇有几分得意。

坐在你对面的,是一个穿黑色皮夹克的高个子。他很少说话,一直在暗暗观察你。这人虽然也很客气,但他与其他邻居的不同,是很容易看出来的。但如果就此断定此人对你不怀好意,或许也有些神经过敏。很有可能,人家只是不善言辞罢了。宗亮叔在一旁向你介绍说,这个人是刑警大队的一名警员。你再次起身向他敬酒,他一把抓住了你的手,问你记不记得,在小学二年级时,他在你们班当过两个月的插班生。

因时间过去太久,你早已想不起这个人来了。他在跟你说话时,两眼直勾勾地盯着你的脸。握手时,原本也不需要用那么大的劲。你的心情一下子就坏了。直到酒席散了之后,父亲和宗亮叔说起母亲的最后时光,你一句也没听进去。那个人似笑非笑的样子,一刻不停地在你的脑子里打转。

那天下午,你跟在父亲的身后,去西边的崖边院转了转。在你两年前放下第一块石头的地方,多出了宽宽的地基和一小段石头垒成的矮墙。墙边有一把瓦刀,一只拌水泥的铅桶。铅桶里的积水结了一层薄冰。院里的荒草丛中,积雪尚未化净,北风从崖山顶上刮过,轰隆隆地响。父亲轻轻地拍打着厚厚的石墙,眼巴巴地望着你。你的心里也很不是滋味。就算父亲围好了场院,箍好了窑洞,你怎么都无法想象自己有朝一日会在这个荒凉的风口安家。

这时，郑元春给你打来了一个电话。因信号不好，你不得不在风中大声喊叫。你耐着性子问她有什么事。当她听说你已回到甘肃老家过年时，焦躁地说了句"再说再说"，就把电话挂了。

长途车上断断续续的酣睡，弄得你晨昏颠倒，终夜难眠。地坑院里那种沉黑的安谧，你已经不太能适应了。它不仅不能让你心安，反而把你的听觉磨得十分敏感。你发现，洞穴的静寂，并非绝对无声。相反，在你耳畔持续低鸣的，是无数玻璃纤维在摩擦时发出的窸窸窣窣，似乎有什么人在你耳边掐着嗓子低声说话。另外，窑洞里呛鼻的尘土味、枕头上的酸馊味，也让你不敢畅快地呼吸。

第二天早上，你将羊群赶到了深沟的崖畔之后，从院子里找了两个荆条筐，推上独轮车，帮父亲将羊圈的粪出到地里。随后你又铲了几车新鲜的干土，运回去垫羊圈。到了冬天，陇原上哪儿哪儿都见不到青草，羊根本吃不饱。你找来夏秋积存下来的豆秸、豆叶和干草，用筛子筛去土屑，以便晚上羊回圈时，再给它们喂一顿。那些出生不久的小羊羔嘴很刁，豆叶和干草，它们碰都不碰。你又去给它们准备豆饼、棉籽粒和玉米糁。

你在做这些事的时候，眼睛一直盯着羊圈外的那片空地。除了不远处的一小丛刺蓬，那儿什么也没有。微风卷起墙根的碎叶和草屑，打着旋儿。那儿什么也没有。可你仍然死死地盯着那儿看。有时候，你索性走到外面的阳光下，一会儿蹲在地上，一会儿沿着苜蓿地的沟垄，来来回回地走，直到你一抬头，瞥见了不远处的父亲。

父亲嘴里叼着烟,就站在花楸树下乱石堆旁。一想到自己刚才的怪异举动,你不知不觉就出了一身虚汗。

父亲说不定还以为你在那儿寻找什么丢失的东西呢。

到了傍晚,你们父子二人回到了地坑院里,面对面地坐在小板凳上,互相递着烟,半天不说一句话。与其这么跟他耗下去,还不如回到炕上躺下。你原以为干了一天的活,累得骨头散了架,晚上一定能睡个好觉。可在炕上挨到凌晨三点,你仍然毫无睡意。你抱怨父亲把炕烧得太热了。盖上被子直冒汗,不盖被子又太冷。

你本打算过了初六再回北京,现在,你悄悄地将返程时间提前到了正月初三。

大年三十这天傍晚,你独自一人来到了南边的松林里,给母亲和姐姐烧纸。你给母亲磕了三个头,又来到姐姐的坟前,给她鞠了个躬。

自从姐姐把自己吊死在了院中的那棵核桃树上,她的年龄就永远停在了18岁。算起来,你现在至少比她高出了一个头,年龄也比她大了好几岁,但她仍是那个胆小怕事却习惯于处处护着你的姐姐。

坟上的土是新培的,坟帽也刚刚换过,坟前有一个穿了底的搪瓷盆,里面残剩的纸灰在风中微微翕动。你在烧纸时,一个佩戴红袖章的人,在东边的树林里不住地朝这边打探。你没有顾上搭理他。你分明听见他远远地喊了你一声,接着又说了句什么。等你烧完纸，那人早已不见了踪影。

也许只是一个林地防火监督员。

距离坟包大约二三十米的地方，林间有一块空阔地。地上有块断碑，四周铺着厚厚的松针。以前你每次来给姐姐上坟，都会在那个石碑上坐上好半天，抽根烟，让自己静一静，今天也是如此。

由稀疏的松林朝南望去，可以看到一片落光了叶子的苹果园。苹果园的背后是一条乡村公路，公路两边栽着高大的白毛杨。这时节，白毛杨还是光秃秃的。越过马路再往南，就是云峰小学的操场了。操场边有一幢五层楼的建筑，那是学校的教学楼。现在，夕阳反照的光晕，投射在教学楼的深蓝色的玻璃幕墙上。那片圆圆的光斑，初一看，很像是一个人的脸。

这当然是你的幻觉。

现在是冬天，果园里的树木掉光了叶子。如果真的有个什么人，站在教学楼顶层的窗户边，朝松林里窥探，那么，树林里的一举一动，毫无疑问都将被他尽收眼底。

但是，别急，到了八九月间，情况就完全不一样了。

那时，苹果树枝叶繁茂，正在挂果，乡村公路两侧的白毛杨砌起了绿墙，肥硕的叶片打了一层蜡，在风中沙沙作响。到了那个季节，松林间的一切，都被遮掩得密不透风。哪怕是有人存心拿着高倍望远镜向林子里搜索，想必也会一无所获。

这天晚上，你在心中反复默念着下午的新发现，带着一种难得的轻松，十分平静地进入了梦乡。

8

　　初一这天中午，郑元春再次给你打来了电话，并追问你到底什么时候回北京，听她那口气，就好像你对她负有某种责任似的。她一连两天给你打来电话，而且心浮气躁，吞吞吐吐，不太可能仅仅为了约你正月初六送她去三里屯的私人诊所看牙。你猜测，在春节期间，她一定是遇到了什么不同寻常的事。

　　第二天凌晨一点左右，她一口气给你发来了十几条短信。这个女人，即便是歇斯底里地发作，也显得十分滑稽和幼稚。比如这条：

　　要是手边有根绳子的话，你猜我会怎么着？

　　你心里说，你他妈爱怎么着怎么着，不就是上吊吗？既然想上吊，不会笨到连根结实的绳子都找不到吧？她在情绪低落时向你大倒苦水，根本是找错了对象。每当你遇见别人倒霉或碰上难事的时候，你内心总是漫过一阵欢快的潮水。仿佛唯有别人的不幸，才能帮你稍稍宽解一下心头的压力和重负。你知道这种情绪很不正常，可别人是否也这样，你无法肯定。

　　你顺手把手机关了，翻了个身，把头埋在被子里，接着睡觉。

正月初六这天，你开着她丈夫的那辆路虎越野车，送她去口腔医院看牙。她憋了半天，还是没能管住自己的嘴。车快下高速时，她终于涎着脸问你，想不想听听最近发生的离奇事？你立刻瞪了她一眼，呵斥她说：

"您想说什么事，只管说好了。但千万别在高速转弯的时候拽我胳臂。我的手在方向盘上，您一拽，翻了车，不是闹着玩的……"

其实也没什么大不了的事。

春节前的一天，她应约去万国城的朋友家喝下午茶，顺便听听元妙道长的养生说法。在小区的入口处，她的出租车被一辆黑色的宾利挡住了去路。磨蹭了半天，从车上下来一个"看上去很俗气"的女人，而挽着她胳膊的，正是据称此刻正在纽约"游学"的她的丈夫。

她坐在出租车里，被眼前的一幕惊得目瞪口呆。她眼睁睁地目送这两个人提着年货，进入小区的大门之后，消失在了万国城某个幽暗的门洞里。她随即拨通了丈夫的"越洋电话"，嗲声嗲气地问他此刻在做什么。丈夫回答说，他正在曼哈顿的上城区请一位精算师喝咖啡。尽管她气得脸色煞白，还是用尽量平和的语气提醒他别聊得太晚，早点休息，并劝他少抽点烟。她说，她不能直接戳穿丈夫的谎言，得帮他圆个谎，以顾全他的脸面。因为她的丈夫"不是一个普通人"。她顺便提到，你们公司的第五副总，就是他一手带出来的。

郑元春讲完了这个故事，见你没有任何反应，便问你对这件事怎么看。你说，什么怎么看？这事跟你压根儿就没啥关系嘛。她又问你，要是换作你，遇到这样的事，你会怎么想？你很不耐烦地对她说，无论如何，你都碰不上这样的事情。

"这么说吧，假如你在大街上撞见有人搂着你的老婆，你会怎么做？"

"问题是我没老婆……"

"万一呢？"

"不好说。"你连续并过两条车道之后，不是很确定地对她说，"怎么做，要看我当时的心情而定。也许我马上冲上去，在他们俩的腰眼里胡乱捅上几刀。也许，我他妈的根本就无所谓。真的说不好。这世上的事，从来都不是按照你想的那样，先有原因，后有结果，跟下棋似的，你下一步，我下一步。不是这么回事。事情如果应该发生，它自己就会发生。我们用不着预先替它操心。"

郑元春短促地笑了一下。她说她很喜欢你说话时的样子。你身上有太多迷人的野蛮，还没有来得及进化掉。听她这么说，你有心让她领略一下什么是真正的野蛮，就把方向盘换到了左手，腾出来的右手用力按在了她的大腿上。

她的身体立刻僵挺起来，嘴里像打嗝一样，发出"呃"的一声。

"你这会儿倒不怕翻车了？"过了好长一阵子，她才转过脸来，脸红气喘地瞪了你一眼。

你的车停在了一座白色建筑的门前。你们坐电梯直接来到了大厦的十七层。郑元春被大夫带去诊室看牙,你在整洁、宽敞的候诊区待着。小护士朝你走过来,客气地问你想喝点什么,咖啡,还是茶。尽管你什么都不想喝,还是要了杯茶。

那杯袋泡柠檬茶刚刚端来,还没来得及喝,郑元春就已完成了所有治疗,在主治大夫的陪同下,一路说笑,从诊室的长廊里走了出来。

你今天特地起了个大早。坐地铁,换公交,赶到顺义的中央别墅区,接上郑元春,又开车两个多小时,送她到三里屯口腔诊所来治牙,耗费了整整一个上午的时间。可她在里面待了不到十分钟就出来了。你们又得接着往回赶。这他娘的叫什么事儿呢?

在返回顺义的路上,郑元春向你解释说,为了把牙齿弄得更整齐、亮白一些,她定期来这里正畸修复,前前后后用了差不多两年时间,花了她三十多万。她说,她现在的牙齿,漂亮得可以去做广告。今天到诊所来,就为了取个牙模,让大夫做个树脂牙套,以便她晚上睡觉时戴着。"不瞒你说,我睡眠不太好,有时爱磨牙。"

郑元春的一席话,让你不由得想起了好几年前,你和父亲带母亲去大医院看病时的经历。

为了给母亲治病,通过拐弯抹角的人情关系,你和父亲终于在门诊部二楼的一个卫生间门口,截住了肝胆外科的一位首席专家。你心里很清楚,这或许是母亲最后的机会了。父亲低声下气地报出了关系人的名字,恳求他行个方便,"随便从哪里腾出一张病床来",安排母亲住院手术。那个对父亲来说如雷贯耳的名字,对这位首席专家根本不起作用。他从头到脚地扫视着父亲,随后柔声细气地向父亲反问道:

"住院?您认为这事归我管吗?"

父亲不知如何回答,杵在那儿,有点张皇失措。

"您随便托个人情,找个关系,走个后门,我们就让您插队,其他的病人怎么办呢?您认为这样做合适吗?"大夫耐心地开导他。

父亲本能地往旁边挪了一步。他的身体抵靠在走廊的墙上,可怜巴巴地望着专家。既然父亲让开了道,那位专家就双手插在白大褂的衣兜里,从那儿快步离开了。

你和父亲从医院大楼里出来,在附近一个背风的小胡同里,找到了脸色蜡黄的母亲。

她头上裹着旧方巾,脚上穿着父亲的解放鞋,身上披着父亲的那件老棉袄,蹲在墙根下。在她头顶上方,有一根铁皮管子往外冒着黑烟,熏得她不住地咳嗽。可她还是贪图那儿暖和。她双手拢在袖管里,眼巴巴地瞅着你们。见父亲耷拉着脑袋,她又将目光投向你。无论是父亲,还是你,都不敢正眼瞧她。父亲默默地走到她身边,想把她从地上拉起来。你听见母亲短促而坚决地对父亲说了句:

"别再瞎折腾了。让我去死。"

当越野车驶上了京承高速之后，郑元春在车里张着嘴睡着了。可你脑子里的画面，依旧在现实和记忆之间来回切换。如果这两个画面有什么共同之处，那就是，它们都夸张到了扭曲的程度，不是你这样的人能够轻松理解的。这个始终沉默着的世界，已经把你扔下太久了。

你的车越开越快，耳朵里灌满了引擎的轰鸣和呼呼的风声。

9

董事长周振遐是2月底回国的。

他去天津处理了一些家事，3月中旬才回到公司办公。那时，你已是嘉晟别墅的常客了。

你在洗完澡后，顺理成章地穿上了郑元春丈夫的绯红色睡衣。你抽着她丈夫藏在恒温柜中的粗雪茄，并无任何歉疚之感。董事长回国之后，你根本做不到她所要求的那样，每个双休日都去陪她。有一次，在你驱车送董事长去承德的途中，你注意到，她频频打来的电话，让喜欢闭目养神的董事长露出了不悦之色。

在那段日子里，郑元春早已醒悟过来，她所谓天生的性冷淡，是一个多么可怕的误会。事情已经完了，不知为什么，她仍然要在你怀里打摆子似的抖上一阵，而在你离开之后，她还一刻不停地发来露骨的调情短信。她既然在短信中自称为

"奴",你自然就成了"医奴的良药"。这些话显然过于肉麻了,你很不习惯。再说,你不过是做了一个男人应做的事情而已。

郑元春偶尔也带你去参加朋友间的聚会,前提是,你们必须装着彼此不认识——她总担心丈夫突然从哪个角落里蹦出来。你因为留起了小胡子,被很多人误认为是"艺术家",你也犯不着专门去澄清。在女人们有事没事往你身边凑的时候,郑元春居然表现出了明显的妒忌。

她甚至亲自去银泰为你挑选内衣、鞋袜、衬衣和外套。你有一次去汪剑虹的办公室找她问点事,她差一点没吓得叫出声来:"姐以前跟你说什么来着!人靠衣装嘛!现在看着多精神,多棒的帅小伙儿啊!你这条刺绣版的围巾,不太可能是真货吧?"

其实,郑元春并非如你想象的那样,只是一个被人供养、无所事事的中年妇女。事实上,她相当地忙碌。每天光是花在健身上的时间就很吓人。她为自己定下的一个个身体指数或减脂目标,都极为严苛。你很难想象一个智力正常的人,会坚持每天在游泳池里孤独游上十二个来回,枯燥舞剑一个小时,毫无乐趣地在瑜伽垫上翻滚好半天,还要让自己每天的快走步数达到一万以上。这不是在存心折磨自己,又是什么呢?

她的身影时常出现在拍卖行奢侈品的品鉴会上。旁听各种艺术和公益讲座。赶往今日美术馆、宋庄、798艺术区、酒厂艺术区参加画展开幕式和酒会。她有时也会央求远在纽约(现在被证明仍在朝阳区)的丈夫,掏钱资助美术学院那些前途无量的年轻艺术家。有一阵子,她用自己的私房钱,悄悄地赞助了一位优雅英俊的珠宝设计师。她后来发现这人是一名同性恋,就把他介绍给了女儿——她至少不用担心尚未成年的女儿和他搞出什么事来。在第五副总的引荐下,她去颐和园旁听过几次明夷社的讨论会。她不得不私下承认,哲学这种东西,对她而言确实"稍稍难了一点"。

后来,她在一个养生与修行并重的道教团体内找到了自己的位置,且感觉良好。至少,周口太清宫一位道长推荐的断食疗法,使她的气色看上去更为红润,身材看上去更为轻盈。最近这些年,她成了"乐行天下"全球爱乐之旅精英圈子的一员。这个爱乐组织,每年定期去维也纳的某个教堂、萨尔茨堡的某个音乐厅、琉森的某个山谷、苏州的某个园林、杭州的某个民宿举行小型音乐会。因受邀人数被限制在十二人以内,她每次都担心自己报不上名,但每次差不多都能"勉强挤进去"。

她们家沙发边的茶几上,摞着一大摞时尚杂志、纪念画册、美术年鉴之类的东西。你闲着没事时,随手拿起一本来翻一翻,总可以在某本杂志的一个很不起眼的角落里,找到她的照片。

她把自己的日程安排得满满的,不留缝隙,跟得了强迫症一样。她利用晚上的时间,参加小区内的烘焙训练班,用电烤箱自制什么椰丝小饼、榴莲慕斯杯、焦糖布丁和蔓越莓面包。这些照着教学视频烘烤出来的面包和点心,郑元春本人吃不下去,女儿不屑于品尝,邻居又经常不在家,她只能将它们送给家里的安徽保姆,使得本来就不瘦的卢阿姨又胖了一圈。

当然，郑元春花在美容和购物上的时间也十分惊人。在网上购物之余，她也顺手在不同的社交圈子里跟帖，并参与争论。赞成这个，反对那个。同情这个，谴责那个。有时候，她为某个社会事件独自伤神，一连几天茶饭不思，就像生了一场大病似的。

你可以想象得出，这个女人为了让自己对生活发生一点兴趣，付出了多么大的代价。临了，她还是要在睡觉前服下各种安眠药和抗抑郁的小药丸，来帮自己稳定心神；还是会在深更半夜时克制不住自己，给你发来一连串刻毒的抱怨。她向你抱怨丈夫的不忠，女儿的逆反，邻居的脑残，朋友的虚情假意，父母的歇斯底里，未来的不确定。

她曾多次对你说过，你是她伸手就能抓住的那一点稳定结实的东西。你不太明白她为什么要这么说，也无意去追根寻底。你愿意跟她搞在一块儿，倒也不是因为你对半老徐娘有什么特别的嗜好。坦率地说，她的幼稚简单，特别是她身上那股子不管不顾、到处瞎撞的劲儿，还真他妈迷人。跟这样的女人在一起，让人觉得轻松自在，至少，你用不着担心她时时算计你。

你似乎再次回到了新丰镇菱塘边的那个小旅店里，再一次有了那种跟人，跟随便什么人说说话的愿望。跟她在一起的时间久了，你慢慢也能觉察到自己身上所发生的变化。你躺在客厅的沙发上，跟郑元春像一对结婚多年的老夫妻那样打情骂俏，你吃惊地发现，你嘴里的俏皮话，根本不受控制，一句接着一句地往外冒。而当你们在床上滚在一起，没完没了地打情骂俏时，穿衣镜里的那张脸，怎么看都有点轻狂。

当然，只要一想到**那件事**，你就会从兴致高涨的云端一头栽下来，跌入无底的深谷。整个人一下子委顿下来，变得软塌塌的，神情暗淡，无精打采。

你的身上有个凶猛的活物。它是盘踞在你体内的一条虺。它没法驱除，也难以驯服。你用自己的血肉饲养它，光是它身上那凌厉的黑色斑纹，就足以叫人望而生畏。

不管你在郑元春那里待到多晚，你从来不在嘉晟别墅过夜。

你倒不是很在意她的丈夫。有一天，郑元春心事重重地告诉你，她最近一连给丈夫打了几个电话，他都没接。她真害怕下一秒丈夫会在楼下出现并按响门铃。你把烟雾喷在她脸上，满不在乎地对她说：

"没什么好怕的，有我呢！"

你坚持回到上地东里的出租屋去睡觉，有着自己的考虑。你害怕自己在睡梦中说出什么不该说的话。

到了后半夜，你沿着京承高速由北往南，以每小时140公里的速度往回赶。你喜欢放下车窗，让鼓荡的夜风吹向你的胸膛。偶尔，你也会尽情唱上两段在环县一带流行的陇东道情。

路面上见不到一辆车。只有两边黑乎乎的林带以及高悬在西天的一弯新月，听到了你的歌声。

10

星期天早上六点刚过,董事长打来的电话将你吵醒了。他先是问你有没有空,然后让你陪他去一趟北六环外的阿苏卫,为他新居的院子挑选一些花木。

这是一个晴朗无风的日子。

阿苏卫的这家苗圃,距离公司约有一个多小时的车程,位于六环外葫芦河的北侧。苗圃的经营者是一个二十来岁的姑娘。她有着好看的小虎牙,笑起来甜甜的,左手的五个指头上,缠着微微泛黄的橡皮膏。她还有一个得了老年痴呆症的父亲。她在苗圃干活的时候,总是将老人带在身边。

这一天,他坐在一个钢结构玻璃房的门口,陷在一张藤椅里,眯缝着眼睛在晒太阳。他脸上的皮肤红红的,亮亮的。眼睛看上去很小,见着谁都是一副慈眉善目的样子。

因说好了要买些花带走,姑娘特地找来了一个小伙子做帮手。这小伙子以前没见过。他穿着黑色的皮夹克,人长得很精神,脾气也好。至于说,这人究竟是姑娘的丈夫、男友、兄弟或是别的什么人,你不太清楚。在那间玻璃房里,董事长和姑娘坐在一条长桌边,一页一页地翻看花卉图册,小声商量着,仔细地挑选他想买的欧洲月季,小伙子则在一旁忙着给客人沏茶。董事长要是定下了某个月季品种,小伙子就放下手中的茶壶，侧过身，简单地瞄一眼桌上的图册，将它的名字随手记在了一张小纸片上。

不一会儿的工夫，那些被选中的月季苗，就被他从苗圃里一棵棵地挖出来，连带着底部的陶盆，搬到了门口停着的一辆农用卡车上。

董事长在选花的时候，你一个人在苗圃里溜达。

玻璃房对面有一个木质的廊架，廊下摆满了一缸一缸的月季，看上去都有七八年以上的苗龄，花枝有的竟然高达三四米。现在已到了深秋，枝上花朵稀疏，但却显得格外艳丽。一个掉光了牙齿的帮工告诉你，这些月季是母本老桩，它们被用来剪枝扦插，一般是不卖的。

玻璃房和木廊架之间，有一条笔直的水泥小路，把整个苗圃一分为二。路两边全是生长年份不一的月季苗。它们被连盆栽在土里，既能接上地气，也便于起出搬运。在苗圃尽头的西南角，有一个用于玫瑰扦插的白色塑料大棚。旁边是一间用红砖搭起来的简易厕所。

这一次，周振遐一口气买下了二十多盆月季，它们被整齐地码放在农用卡车上。小伙子装完花后，就上车打着了火。姑娘往车斗里扔了两把铁锹，一只红色的塑料桶，也钻进了驾驶室。

你的车亮着双闪，在前面带路。你们沿六环走了十来公里，进入一条没有完全修通的区间高速，过了牛坊桥之后，驶上了后厂村路。你们在鸿毛饺子馆简单吃了个午饭，然后一路往西，在毛家岭附近拐了个大弯儿,来到了西山云锦小区。

最后,两辆车在一幢三层楼的青砖别墅前停了下来。这大概就是董事长的新家了。

房子仍在装修之中,屋内电锯和电钻的声音震耳欲聋。三楼的大露台上,几个戴着黄色安全帽的人,正在安装空调压缩机。空气中有一股子呛鼻的油漆味。

董事长是一个做事极有条理的人。虽说等房子装修完工,还需要一段时间,但院子已经被他拾掇得整整齐齐。人工垒出的一个缓坡上,铺着草皮,上面有一小段装饰用的竹篱笆,周围种着一些说不出名字的花草。地上随便摆放的垫脚石,延伸到了那株高大的丁香树下。院外的树荫里搁着一条长长的石凳,旁边还有一个竖起的石碾子。老头告诉你,等到他将来住进来,说不定会时常来丁香树下坐坐,旁边的那个石碾子,正好可以放放茶杯和烟灰缸。

等到种植月季的位置大致确定下来之后,小伙子就开始挥锹挖土。那女孩蹲在地上,轻拍着花盆的边缘和底部,小心翼翼地将月季连根带土取出来。你拎着那个红色塑料桶,负责去花园一角的水龙头底下接水浇花。至于董事长本人,什么事都不用做。他背着手在院子里转悠,东瞅瞅,西看看,不时弯腰捡起地上的纸屑和烟头。

有那么一阵子,你坐在丁香树下的长凳上抽烟。周振遐不知什么时候走到了你的近前。他在那个竖起的石碾子上坐下来,向你讨了一支烟。本来,你不过是在拎水浇花的间隙,在这里略坐片刻而已。但董事长既然坐下了,你马上起身离开,似乎有点不太合适。

董事长夸你最近气色好,或许仅仅是客套。而你在尴尬之中手足无措的样子,在对方的眼中,也一定很傻。你甚至有些疑心,你与郑元春之间的交往,董事长说不定早有所耳闻。他平常不爱管别人的闲事,可凡是他想知道的事,总有办法知道。

董事长只抽了几口,就将烟头掐灭了。舍不得扔掉的半支烟,仍攥在他手心里,尽管你给他的烟,只是三块五毛钱一包的白沙。你们俩坐在丁香树荫里,偶尔也会说点什么。小伙子从你身边拿走塑料桶去接水,你也没有动。有好几次,董事长眼见得就要起身离开了,但谈话还是断断续续地延续了下来。

就这样,你们俩在树下一直待到了天黑。

事后回想起来,老人那天的话其实并不多。正因为如此,你几乎能一字不落地将它牢牢记住。比如说,你向他请教说,为什么人在遇到了高兴事的时候,反而有一种很不好的预感?为什么事情越是叫人高兴,越是容易想起那些揪心的往事?你这样说,是因为你料定了董事长马上会这样反问你:

"那你能不能先跟我说说,到底是怎样的事情让你感到揪心?"

你暗暗做出了一个决定。如果老人在听完你的这番话后,问起你的过往的经历,你就跟他说说你的事儿。把不能说出口的**那件事**,原原本本地告诉他。

没想到,董事长在"嗯""嗯"地哼了几声之后,转过头来

看了你一眼,笑道:

"那你能不能先跟我说说,最近都遇到了哪些叫人高兴的事?"

你意识到自己完全猜错了方向,脸上一阵燥热,陷入了沉默。

董事长的一只手搭在你的肩头,你没有觉得任何不自然。等到老人将剩下的那半根烟抽掉之后,这才对你说:

"我大概能猜到你想说什么。这么着吧,不管在你身上到底发生了什么事,你总该设法与自己妥协,与自己的过去和解,把心里的疙瘩解开。你不能让心在空中一直悬着。你得把它放下来。"

"要是根本没有办法和解呢?"

你感觉到了那个就要说出某事的危险临界点。因情绪过于激动,你的喉头一阵哽噎。

老人想了想,忽然问你,有没有瞧见不远处的一棵树,还有树上栖息着的那两只大鸟。

你抬起头来,在那棵国槐的虬枝顶端望见了它们。你认不出那是什么鸟。周身的羽毛泛着青铜般的金属光泽,脖子里灰褐色的斑圈上,布满了白色的小圆点。它们静静地蹲伏在树冠上,威严地望着你。

"你只要好好看看这两只鸟,就会明白,人的心里头,没什么疙瘩是不能解开的。"

"您是说,鸟比人快活,是因为它们没有记性吗?"

"也可以这么说。每个人的心里,都挂着一块幕帘。幕帘把一些东西挡住了。但人其实很清楚,幕帘后面有什么。没有任何人,在看着这块幕帘时不苦恼,不焦虑。过去的事让人揪心,没来的事令人畏惧,想象中未必发生的事,也让人惶恐,担惊受怕。鸟的心里却没有这块幕帘,它们简简单单地活着。简简单单。一切都是明亮的,清晰的。这是它们叫人羡慕的地方。"

坐在花园外的石凳上,你完全没察觉到,那个傍晚的时间是如何溜走的。你模模糊糊地记得,穿皮夹克的小伙子,手里拎着空塑料桶离开时,远远地朝你挥了挥手。姑娘扛着两把铁锹从你们身前走过时,没忘记叮嘱你们连续三天给月季花浇水。

董事长起身时,你扶了他一把。西天上大片绚烂的晚霞,正在一点点地暗下去,最后被黑暗吞食,整个小区陷入一片沉寂之中。

你们从丁香树下离开时,你很好奇地问了董事长这样一个问题。

"您这样一个人,日子过得顺顺当当,什么也不缺,也会有烦恼吗?"

"那还用说。"老人抬头白了你一眼,轻轻地叹了口气。好像你根本不该这么问。

"那是什么样的烦恼?"

"比方说,我最近常常这样想,如果我当年没来北京,没有让自己陷入到公司的日常事务中,在天津过过清闲日子,什么事情都不用操心,那该多好!这么跟你说吧,你有本事千辛万苦地创办一家企业,却没有办法让它随时关门大吉……"

"好不容易办起来的企业,为什么要关掉它呢?"

"每天早上一睁开眼,就有几件、十几件、几十件事情在那等着你,没完没了。我对它真是烦透了。"

"那你可以将它转给别人啊。"

"你想要的话,我把它作为一个礼物送给你,怎么样?"

老人一本正经地看着你,就像他真的会这么做似的。

11

郑元春刚结婚的那阵子,时常为自己的性冷淡而烦恼。在她为自己的洁癖和病态感到自卑的同时,对丈夫花样翻新的性要求也难以理解。女儿顺利降生之后,她大大地松了一口气。为了让丈夫有点念想,她将每月同房的次数限定在了两次以内。每当丈夫将她推到墙边的日历前,让她自己数一数日历上两条红杠之间的天数,提醒她"良辰吉日"已到时,她不得不强压下心头的厌烦,兑现自己的诺言。

在那段漫长而难熬的时间中,她照例从床头柜上抓过一本书来,用它挡住丈夫那张怪异且令人不快的脸。在她被书中的情节逗得哈哈大笑的同时,满头大汗的丈夫往往因突然的分心而勃然大怒。他对妻子大声呵斥,总是混杂着一丝苦涩的哀求:

"你他妈的上点心好不好?!"

经朋友介绍,他们去医院请教了一位医学权威。那个长得十分富态的老头问明了缘由之后，让郑元春在门口等着，却与丈夫在诊室内密谈，给她一种海淫海盗的不洁之感。

果然，从医院回来之后，丈夫怂恿她一起去观看据说是医生推荐的小视频。她吃惊地发现，那些所谓的"矫治"视频，不过是网上下载的令人作呕的情色电影，一连几天闷闷不乐。她有着不可逾越的做人做事的底线。那些色情视频，尽管她只是瞥了一眼，仍然觉得自己是在犯罪。后来，在医师的建议下，丈夫改变了策略。他开始变着法子巧妙地跟她讲一些并不怎么符合道德原则的小故事。奇怪的是，对这些俗套、低级的交欢故事，郑元春不仅"一点都不反感"，反而渐渐地着了迷。

那么，她既然对情色视频深恶痛绝，为何又偏偏对这类故事着迷呢？用郑元春自己的话来说，看见和想象完全不同。人有一种将自己替换成别人，又将别人变回自己的愿望和能力。在想象中，我们不仅能够深切地体会别人的悲苦，也能分享别人的快感。

在丈夫不断自嘲说他有成为一流情色作家潜质的同时，他们的夫妻生活终于回归正常。然而，在动力不足、感情枯竭和身心疲倦时，要把故事讲得绘声绘色，让人身临其境，往往也很费劲。丈夫的公司成功上市后，他的身边并不缺乏年轻貌美的女性。他觉得将妻子在肉体上重新判定为"性冷淡"或"不可接触者"，或许更为省事。

郑元春跟你详细介绍了自己的婚史后，头枕在你的臂弯里，怂恿你"讲个故事来听听"。你当然知道她到底想听什么。

你生活在西北的一个偏僻村庄里，居民们之间很少来往。在高三辍学前，你在学校里几乎不跟任何人打交道。你能讲述的这类故事，通常只与狗和羊有关。你总不至于告诉她，狗是如何交尾的吧。尽管你不想让她扫兴，可任凭你如何搜肠刮肚，还是编不出一个像样的故事来。好在你来北京之前，在邻县的一个村庄上，刚刚发生过一桩真实的事。宗亮叔的大女儿，就嫁在这个村子里。宗亮叔在与父亲喝酒时，把这件事翻来覆去地讲了好几遍。你听熟了，自然也能说出个大概。

事情是这样的：

在去马家河石窟遗址游玩的途中，一个十四五岁的女孩落了单。那天下着蒙蒙细雨。她打着一把大黑伞，穿过景区门口专卖旅游纪念品的货摊，向人打听厕所的位置。她走到货摊的尽头，看见厕所就在不远处的一片玉米地里，背靠着一段旧城墙的残垣。厕所的红砖墙外，有一个小小的水塘。那女孩进了厕所，将收拢的雨伞挂在进口处洗脸池的边沿上。她抬起头，看见一个人正默默地冲着她笑。这是一个二十出头、身体单薄的年轻人，深黑色的旧西装有些不合身，脸色白得像是擦了粉似的。大概是淋了雨，他的头发湿嗒嗒的，一绺一绺地紧贴在前额上。女孩上上下下地打量他，又朝四周望了望，担心自己是不是不小心走进了男厕所。那个人也不说话，走上前来，一把攥住了她的胳膊。女孩的拼命挣扎和喊叫，终于让他恼羞成怒。于是，他举起手里的一个锡罐，对着她的脸喷了一下，女孩当即瘫软在地上……

这仅仅是故事的开头。用郑元春的话来说，仅仅是个铺垫。接下来，这个故事将出现无数个分叉，而每一个分叉上，都会生长出一个新故事来。你发现，根本用不着怎么编，故事本身就能自动讲下去，你跟着它往前走就行。

你把这个故事跟郑元春讲了七八遍之后，吃惊地发现，尽管你没怎么花心思去瞎编，但每讲一遍，故事的内容都会自然而然地有所不同，郑元春也从未感到厌倦。

有一次，你讲完了这个故事之后，她闭上了眼睛，将头埋在你的肩窝里，在你耳边轻声地催促道：

"接着往下讲，说说后来在玉米地里发生的事……"

听她这么说，你的心不由得一紧。因为在真实发生的事件中，那个奄奄一息的女孩，后来确实是在厕所外那片茂密的玉米地里被发现的。据凶犯被捕后交代，他一般不留活口，却不知为何对这个瘦弱的女孩动了恻隐之心。郑元春既然提到了那片玉米地，这说明，她对这个案件的细枝末节，早已了然于胸。至于说她是一开始就心知肚明，还是在听了你的故事之后，特意去网上查看了与案情相关的新闻报道，你不能确定。既然郑元春了解整个事件的来龙去脉，这个被重复数遍的老故事，你是无论如何都讲不下去了。

"那咱们说点别的。你脑子里不至于只有这一个故事吧？"有一回，郑元春在枕上侧过脸来望着你。

你没有吱声，但脸一下子就红了。

郑元春又反过来安慰你："没关系，咱们慢慢来编。"随后，郑元春自己娇声俏语地讲了一个故事的开头,让你接着往下编。在这个故事中,主角是郑元春自己,她的身份是一个纺织厂女工。而你被分配的角色,则是一个喝醉了酒的游手好闲之徒。有一天,纺织女工下夜班回家,在昏暗的路灯之下,走到了城乡接合部的一处"猛恶林子"边上,与一群醉醺醺的街头小混混迎面相遇。

"现在该轮到你了。你,还有你的同伙们,是如何对待我的……"

"我不会动你一个指头。"

"我知道你不会那么做,但你身边的同伙呢?"

"我不会允许任何人动你一个指头。"

"咱们不是在编故事嘛……"

可你仍然觉得,把她和你本人放到这样一个故事中来,让人很不舒服。你开了灯,靠在床头,闷闷地抽烟。同时,你能感觉到她那火热的身体,正在逐渐冷却。长时间的静默之后,两人最终不欢而散。从那以后,你有好长一段时间没有去嘉晟别墅看她。

那年的五一前夕,郑元春给你发来了一条短信,邀请你去嘉晟别墅住几天:"上次的不愉快,让我认识到,你是一个品格高尚的人。命运注定了我们要同舟共济。"

看到这条短信,不知为什么,你心里有一种说不出来的难受。

那段日子，董事长已提前去了香港，你正为长达五天的假期不知如何打发而犯愁呢。这一次，你决定豁出去，带上换洗的衣服，在她那儿舒舒服服地待上几天。为了报答郑元春的一番好意，你决定给她讲一个新故事。这个故事，你已经在心中默默地给自己讲过许多遍了。

大致的情节将会是这样的：

临近高考的那一年，一个女孩因成绩优异，她的住校申请终于得到了批准。一天中午，女孩来到学校旁边的一家面馆吃饭，坐在一位中年大叔的对面。大叔的左脸有一个明显的胎记，由于没有长胡子，他的样子反倒有点像个大妈。大叔不时与她搭话，风趣的谈吐逗得女孩前仰后合。

大叔在结账离开时，也顺便为女孩埋了单。一个陌生人的善意，让女孩心存感激。又过了许多天，这个女孩与大叔在农贸市场附近的大街上再次相遇。大叔见她手里拎着一大兜日用品，就提出用他的微型面包车送她。其实，那个农贸市场离女孩的学校，也就两站路，但她还是答应了。

大约半个小时之后，那辆车把她带到了城郊的一个胡杨林里。那里有一个青砖小院。

此前，女孩已朦朦胧胧地察觉到，接下来会发生什么事。因为在下车时，大叔让女孩看了看手里捏着的那把三棱弹簧刀。这很容易让女孩明白，如果她选择反抗，将有什么样的后果。更何况，大叔向瑟瑟发抖的女孩发出威胁时，整个脸上的肌肉都在抖动。

这个人外地口音很重，常年在农贸市场摆摊卖羊肉。

在认识到了大叔的无耻、肮脏与残忍之后，女孩流着眼泪，浑身抽搐着顺从了大叔的要挟。每个周末，她都必须到他的青砖小院中去一次。就算没有大叔发出的"杀你全家"这样的致命恐吓，仅仅是"公布裸照"这一条，也足以让她乖乖地认命。女孩明白，她可以失去一切，但不能失去高考。她那贫寒的家庭条件，是不会允许她复读再考的。

前两次，恶魔大叔在完事后，曾试图塞给她一些钱，她没有要。两三个月后，女孩被严重的妊娠反应弄得大吐不止，这才明白过来，世界上竟然还有怀孕这样的麻烦事。更大的麻烦在于，等到高考开始的6月夏日，她隆起的腹部将无从隐藏。

把这个故事在心里默想无数遍是一回事，而要将它从嘴里一个字一个字地讲出来，就是另外一回事了。

在五一长假的第二天，你试着在黑暗中向郑元春复述这个故事。你的讲述完全变了味儿，甚至几度中断，好像这个故事本身有一种执拗而神秘的力量，在阻止你讲下去似的。故事最终停在了农贸市场门口，拒绝往前延展。郑元春被你弄得摸不着头脑，一脸疑惑地望着你。而你身上不断沁出来的汗水，早已将背心都浸透了。

一开始，郑元春并不知道发生了什么。她打开床头灯，顺手从床头柜上抽取纸巾，让你擦汗。随后她又去给你倒了一杯柠檬水。你抱歉似的对郑元春笑了笑，说出了一句让自己魂飞魄散的话：

"讲得有点乱。因为事情是真实的。那个女孩就是我姐姐。"

你这句话说得很轻。那时，郑元春正背对着你，在床上四处翻找她的内衣。你多少心存侥幸，但愿她没有听到这句话。当她终于在床下找到了那件绸质吊带衫，将它套在头上时，一脸愕然地停了下来，眼睛里满是惊骇：

"你刚才说什么？你姐姐？！"

即便到了这个时候，你仍然可以选择让故事就此打住。但你稍稍迟疑了一下，还是决定继续说下去，直到故事的结尾：

姐姐失魂落魄地回到家中，在她生日那天，把自己吊在了地坑院中的那棵核桃树上。几天后，你在整理床铺时，发现了她特意塞在你枕头底下的那封遗书。很显然，她不愿意将这件"丑事"告诉父亲，更不愿意去刺激刚刚被查出肝病的母亲。

郑元春的眼中噙满了泪水。

她不断地问你，那个大叔，那个罪犯，后来有没有被警察逮住？这个恶棍有没有受到应有的惩处？

你本来不想接话，但被她问得实在心烦，索性这样对她说：

"警察从来只管抓活人。"

她问你这话是啥意思，你咬牙切齿地对她说，大叔已经不在这世上了。他早就变成了鬼。跟宰羊一样，他被放干了血。警察对鬼没兴趣。

你在说这番话时，脸色一定很难看。因为，郑元春听了这些话，像是被窗外的冷风激着了似的，身体猛地抽搐了一下。

你答应她，等到明天白天，你会把整个事件从头到尾再跟她细说一遍。郑元春把头靠在你肩上，幽幽地问你，到了今年春节，能不能带她回一趟甘肃老家。她想去那儿看看你的家人，顺便去给你姐姐扫墓，在她坟前磕几个头。

第二天早上，伴随着一阵香风，穿戴整齐的郑元春，如一片黑云飘到了你的床头。她穿着镶有红边的黑色功夫服，拎着剑匣，要去会所舞剑。她低声嘱咐你，培根、煎鸡蛋、香肠在蒸锅里，牛奶自己热，面包自己烤。她在你脸颊上飞快地亲了一口，又如黑云一般飘走了。

她从会所舞完剑回到家中，已过了中午十一点。

她带你去小区新开的酒楼吃粤菜。这一次，她没有坚持在吃肉的时候喝红葡萄酒，吃鱼的时候喝白葡萄酒，而是要了一瓶你爱喝的五粮液。吃饭时，她接到过一个电话。她捂住手机，打哑语似的用嘴唇和牙齿向你发出无声的提示："我丈夫"，随后远远地走开了。大约二十分钟之后，她重新回到桌前坐下，给你带来了一个"好消息"——她丈夫昨晚回到了纽约，千真万确。接下来，你们想怎么来往，就怎么来往，女儿反正不愿跟她一块住，而卢阿姨也完全用不着操心，"她是我的人"。

你带着一点酒意端详她。她脸上一阵红、一阵白。你曾多次夸过她，其实根本用不着化妆，她那张如满月般的脸，仍像少女一般明艳。今天尤其如此。她含情脉脉地往你盘子里夹菜，那张脸越发显得娇羞动人。

一整个下午，你和郑元春都在客厅里喝茶。奇怪的是，家中人来人往，一直没有停歇。

先是保姆卢阿姨过来打扫房间并准备晚餐。为了不让她听到你们两个人的谈话，郑元春随便找了个理由把她打发走了。

接着是小区的楼长上门分发选票。这是一个身材瘦小的老太太，胳膊上戴着红袖章，一边嘱咐元春行使好自己的民主权利，投上庄严神圣的一票，一边不时地抻着脖子，朝你这边探头探脑。说实话，她那眼神总让你觉得哪儿不对劲。

下午三四点钟时，来了一个抄水表的。这人看上去有点莽撞，明明厨房就在大门的正对面，他偏要一个劲儿地往客厅里面闯。

最后进来的，是一个快递员，他送来了一箱苹果、一箱橙子。

那时，太阳差不多快要落山了。

你有一种不太好的感觉，但又说不清这种感觉究竟是打哪儿来的。而你的故事也讲到了要紧处：

你费了好大的劲儿，终于在农贸市场里找到了大叔的羊肉摊位，找到了那片胡杨林，那辆停在青砖房门前的面包车。你一开始并没有惊动他。你记得姐姐上吊的那阵子，你还在读高一。你差不多花了两年的时间才找到了他。

郑元春低着头，手里削着一只苹果，沉浸在自己的思绪中，

连眼皮都没有抬一下。这不太符合她的性格。当你的讲述陷入停顿的时候,郑元春将削好的苹果递给你,冲你笑了一下:

"我听着呢,你接着说!"

一天下午,你再次来到了人流涌动的农贸市场,像个真正的二道贩子似的,凑到大叔跟前,问他要不要羊,接着跟他讨价还价。谈好了价钱之后,大叔将摊位托给旁边的商贩代管,决定跟你去看羊。出了农贸市场的大门,你向正在那里揽客的一个电动三轮车司机招了招手。

你让司机把车停在了村头的旧牌坊前,带大叔抄小路进了村子。那时,天刚刚擦黑。他走到了那棵老楸树下,或许是觉察到了哪儿不对,就不肯往前走了。他站在树下,警觉地朝四周看了看,问你羊在哪儿。声音有些发颤。你朝羊圈的位置指了指。于是,你们继续往前走。

你们来到了苜蓿地头的羊圈边上。

就在他站在羊圈的窗户前,踮起脚尖,伸长了脖子朝里面张望时,你在身后箍住他的头,冲着他脖子上的大血管下了刀。他比羊羔还要温顺。你只捅了他一刀。

他趴在地上挣扎的样子,有点像是在游泳池里练习蛙泳。他的两只手拼命往前划拉,嘴里噗噗往外冒着血沫子,双腿画着弧,乱踢乱蹬。你站在苜蓿地旁,看他扑腾,等他咽气。

黑稠的血朝你漫过来。你稍稍移动了一下脚步,让血流到苜蓿地旁的沟垄里。

本来，你以为，故事讲到这一段，郑元春一定会被吓得六神无主，小脸儿发绿。可是，她比你想象的要镇定得多。她慢悠悠地泡茶，不时瞄一眼叮当作响的手机。

　　不过，要说她对你所讲的这个故事完全漠不关心，那倒也不见得。你发现，她其实也有几分慌乱。因为你看见她在往茶壶里倒水时，手一直在抖。

　　她将装有曲奇的饼干盒递给你，小声问了你一句：

　　"尸体怎么办？埋在羊圈里吗？味道怎么样？"

　　她特意向你强调了一下，在制作曲奇时，她用的是进口黄油，而非面包房常用的植物黄油，且未加任何香精。

　　你告诉她，你在农贸市场找到了大叔之后，脑子里一直在盘算尸体的事。你确实有过将尸体埋在羊圈的念头，但很快就改变了主意。

　　在你姐姐安息的那片松树林里，横放着一块断头碑。石碑的旁边，有一个废弃的草囤。母亲以前用它来沤肥，四四方方的，是一个现成的掩埋尸体的场所。

　　自从你有了这个念头之后，就再也无法摆脱它。

　　你一点点地往草囤四周堆土。你估摸着，那些从别处运来的黄土，已足够将草囤填严实了，却迟迟不愿动手。有好多次，你甚至想到过放弃。然而，你每次去松树林里看姐姐，那个草囤，连同边上的那块断头碑，就在不远的地方诱惑你，怂恿你。即便是为了彻底驱散脑子里那个念头，让自己从"做，还是不做"这样一种无休止的自我折磨中摆脱出来，你也得将那个四四方方的草函填平。

你的整个计划天衣无缝。那天早晨，你在羊圈门口杀了一头羊，故意将血弄得满地都是。唯一的意外是，你在往坑里填土时，远处云峰小学的教学楼里，忽然铃声大作。那是你早已听惯的学生下晚自习的铃声，可还是被它吓得真魂出窍，差一点叫出声来。

你跟郑元春说完了你的故事，只剩下一件事情没有说。

这倒不是因为你想刻意瞒她什么，而是这件事情的真相如何，你实在没把握。凭你的直觉，母亲对于羊圈门前究竟发生了什么，并非完全不知情。第二天中午，你来到羊圈门口转悠时，意外地发现，不知什么时候，地上的血迹已被人铲得干干净净。她在地里干活时，没忘记往苜蓿地的沟垄里填上一些新土，以遮盖那稠血的腥臭。

母亲的目光总是躲躲闪闪的，从不敢正视你的眼睛。她默默承担着自己的怀疑或确信。

郑元春问你晚上想吃什么。你因为中午喝了大半瓶的五粮液，有点口干，就问她能不能熬点小米粥喝。她在厨房里煮粥时，你从身后搂住了她的腰。这一次，她坚决地将你的手拿开了。

吃过晚饭，你们俩并排坐在沙发上看电视。你又一次搂住了她。郑元春一声尖厉的"别闹！"听上去是那么刺耳。她大概也意识到了自己的失态，抓过你的一只手，紧紧地握着。你顺势向她求欢。她温柔地跟你解释说，听了你的故事之后，脑子里很乱，今天就算了，等到下个周末你们再聚时，"怎么着都行"。

话虽如此，你还是觉得心里堵得慌。你一把拿起沙发上的外套，赌气似的打算离开。郑元春再次上前把你抱住，将脸埋在了你的胸前，止不住的泪水弄得你脖子直痒痒。她的挽留合乎情理：中午的酒没有醒透，开车不太安全，不妨再坐坐。你只好重新在沙发上坐了下来。

她在电视机前不断换台，你靠在沙发上小睡了一会儿。你被什么声音惊醒，不安地望了一眼黑漆漆的窗户，突然睁大了眼睛，对郑元春说，刚才，你瞧见窗外好像有个人影，在树后面闪了一下。

郑元春先是一愣，随即很不自然地笑了起来，露出她那整齐洁白的牙齿。她搂着你的脖子，亲你的脸，亲你的鼻子，亲你的眼睛。与此同时，她像在抚慰婴儿似的，轻轻地拍着你的心门，试图让你重入梦乡：

"亲爱的，刚才你一直在做噩梦……"

她的话音未落，你再次看见窗外有黑影躬身晃过。这一次，你看得十分真切。

你当即从沙发上弹了起来，决定马上离开。

你在手忙脚乱地系安全带时，郑元春将身子探入车窗，满含热泪，浑身颤抖着与你拥吻。她的情绪瞬间崩溃，让你明白无误地感觉到，该来的事情，现在终于来了。

你的车沿着北六环向前狂奔，并未发现任何异常。你盘桥驶上了空无一人的高速路，又往前开了三四公里。终于，通过两侧的后视镜，你清楚地注意到，在身后七八百米的路面上，出现了两道微微晃动的光柱。

一左一右。它们很有耐心，不紧不慢地跟着。

它们只能是警车，不可能是别的什么东西。他们不远不近地撵着你，也不太可能仅仅是为了查你的酒驾。

你的正前方，路面平坦而悠远，伸向黑黢黢的天边。在通往未来的某个路段上，旋转着警灯的警车，大批的警员，横亘在路面上的路障，暂时还没有在你的视线中出现。

你还有一小段路可走。

12

你在北京西北角的一处看守所待了两个多星期。紧接着，你被押解至甘肃的临皋。四个多月后，你再次被移送，来到了地理位置更为偏僻的响水洞。

在押解途中，你一刻不停地注视着窗外。山。河道。白云。树木。房屋。田地。城镇。一闪而过的陌生人的脸。你知道，等你到了目的地，这些人和风景，你就再也看不到了。

在光秃秃的黄土坡上，有人在地里忙活，他们的身影就像一个个黑色的、缓缓移动的图点。在公路边高高的电线杆上，有人穿着工装，像杂耍演员那样让自己吊在半空中。一辆蓝色的农用卡车，在黄叶飘飞的胡杨林里缓缓地往前开，车斗里坐着两个裹着头巾的老妇，她们的身体随着车身的颠簸而上下耸动。有人在垃圾堆里翻找值钱的东西。有人骑在自行车上，因遇到红灯而停在了斑马线上，偶尔跟同伴说上一两句话。有人手里捏着一沓票据，在空旷的停车场里打盹。有人拿着茶缸，蹲在自家的场院门口刷牙。有人拿着扩音喇叭，正在给在楼宇前站成一排的保安们喊话。他喊一句，保安们就大声地重复一句。在一条波光粼粼的小河的尽头，有人坐在草丛中的小马扎上钓鱼。在农业银行的拐角处，有人头戴钢盔手执枪支，一个接着一个，正从一辆运钞车上跳下来。

在遭遇到了严重的堵车时，你不得不将目光长时间地停留在学校的操场上。太阳刚刚从东边的看台顶上升起。一些人在跑步健身。有人一边跑步，一边往橙黄色的塑胶跑道上吐痰。还有一个瘸子。瘸子跑步时，身体朝一边倾斜。一脚高，一脚低。在城市广场附近的步行街上，你看见一个满头白发的老人，全身的重量都压在一个不锈钢的助行器上，正在练习走路。助行器每挪动一步，他的双腿就跟着往前拖动一步。这人老得不行了，瘦得像纸片儿一样。

你注视着这些从你眼前飘过的人影，在无聊中猜测着他们的心思，想象着他们的生活琐事。泪水不知不觉地溢出了眼眶。

你置身其中的这个无法理解的世界，开始渐渐地变得可以理解了。世上的事情，本来没有那么复杂。你既是在这世上苦熬并艰辛过活的一个人，也是所有的人。你终于愿意承认，母亲后来的发疯，多半与你有关。你也明白了父亲将你打发到北京去的真正意图——他四处托人，巴望着你从此远走高飞，从一个世界，穿越到另外一个世界，生活就此翻开新的一页。

他站在老楸树下被细雨和浓雾遮住的身影，在你眼前第一次变得清晰起来。

无数次的审讯，已足以让你建立起一个清晰的判断：那天早晨，郑元春穿着练功服，提着剑匣去会所舞剑，没准是个借口。实际上，她一大早就去派出所报了案。只有这样推论，接下来发生的事，以及她所表现出来的一连串的反常和怪异的举动，才能得到合理的解释。你现在几乎可以确信，在你和郑元春在客厅喝茶的同时，警察们已经在别墅周围完成了布控。他们没有马上采取行动，应该是正在与甘肃方面核实相关信息。最重要的是，他们得找到那片油松林，并从草函里挖出早已腐烂的尸骨。

郑元春的行为没有什么好奇怪的。你拿她那自命不凡的"道德底线"没什么办法。你常常想起郑元春来，倒不是因为你恨她。那天，你开车离开她家时，把手机忘在沙发上了。你的车驶上六环之后，你曾有过片刻的犹豫，想着要不要回去取。你时常在睡梦中想起这件事，也不是说那个破手机有多重要，而是因为折磨你的一种生活被突然打断之后的不真实感。好像一个梦没做完，就滑入了另一个梦中。你的眼前交叠着许许多多的影像。有的在阴暗的囚室中等待命运的判决；有的在洒满阳光的客厅里与郑元春两情缱绻；有的置身于新丰镇的绵绵春雨中，在小鸟撞玻璃的笃笃声中醒来。过去的世界还在继续，而新的生活已拽着你径自向前了。

你想起冰箱中没来得及吃完的蔬菜和水果。现在，它们在冷藏室里一天天霉烂，上面说不定早就结了一层白毛。你想起你在楼下的裁缝铺做了一条裤子，如果你长时间不去取的话，女裁缝最终会如何处理它？你在工资银行卡上存着的那六七万块钱，需要通过怎样复杂的手续，才能最终交到父亲的手里？还有，你每天回家时，一路跟着你、瞎了一只眼、你管它叫"花花"的小病猫，假如一直没人给它喂食，又能支撑得了多久？

你想说服自己，那些琐事已与你全然无关，看来并不容易。

你对谁都是笑嘻嘻的，温顺而有礼貌。无论是在北京、临皋，还是响水洞。警察们拿你的傻笑没有一点办法。不管他们说什么，问什么，你一概不予理会。每个来审讯你的警察，差不多总要经历从客气到疑惑，再到最终失控、暴怒的全过程。可你仍然含笑不语，且从中得到了些许恶作剧般的乐趣。

当然，你并不是完全不说话。如果心情好，你也会和警察逗逗闷子。有一次，一位警官狠狠地将帽子摔在桌子上，怒气冲冲地质问你："我能不能将你的行为理解为对法律的藐视，或者说,对审讯的变相抗拒?"

"该怎么理解,那是您个人的自由。在这方面,我不便发表什么意见。"你心平气和地对他说。

每天深夜,你在单独关押的囚室中醒来,时常搞不清楚自己在什么地方。这是你一天中最虚弱的时候。黑暗像经久不散的雾霾一样紧紧地裹着你,让你的呼吸变得困难。除了偶尔传来的下水管道的排水声,你几乎听不到其他响动。在难挨的寂静中,你无法不想到你的结局。

你想起董事长周振遐跟你说起的心幕。心幕后面藏着的不光是欲念、恐惧和恶行,还有一个"死"。你不认为自己怕死,但你就是无法想明白,"死"这件事,临了带给人的,到底是一种什么样的感觉。临终时无法呼吸的极端状况,会不会有点像溺水?你记不清在什么地方读到过,刑警在枪决犯人时,一般是从脑后开枪。子弹在你的脑袋瓜子里乱转一气,最后从面部射出。有时是从鼻梁的一侧,有时是从眼睛里。若是有亲友来为你收尸的话,那样子想必会让他们觉得十分恐怖。因此,为了让死后的面部保持完整,在刑警开枪的那一刻,囚犯最好尽可能地张大嘴巴,以便让子弹从嘴里飞出去,就跟你在吃完大枣之后,随口吐出一枚枣核一样。

想到这里,在黑暗中,你真的尝试着张大了嘴巴。

你被移送到响水洞看守所之后,他们换了一个更沉稳的警官,来负责你的案子。这人姓邱,名叫邱虚怀,老家在新疆的昌吉。邱虚怀见你动不动把"死"字挂在嘴边,在跟你谈心时，不止一次意味深长地规劝你：现在或许还不到真正绝望的时候……

这种话，不仅不会给你带来什么安慰，反而进一步激发了你的胡思乱想。现在还没到绝望的时候，那意思是不是说，绝望迟早要来？而到了"真正"绝望的时候，比方说，有一把枪在身后指着你的后脑勺的时候，你会不会像个尿包似的两腿发抖，小便失禁？

邱虚怀留着寸头，身材魁梧。他平常的话不多，喜怒不形于色。你可以说他办案很有耐心，也可以说他遇事反应比较迟缓。他并不急于说服你配合他们的工作。你每次被叫到审讯室，他跟你简单唠几句家常，什么都不问，就让人把你送回去了。在最近的一次审讯中，他曾试图说服你与父亲见一面。你不假思索地拒绝了。你不想再看见他流泪的样子。邱虚怀只得徒劳地提醒你，即便你执意不找律师，到了审判时，法院也会给你指定一位。随后，邱虚怀拉过一张凳子，坐在离你很近的地方，小声问你：

"愿不愿意帮我一个忙？"

他说，《北方法制报》的一位女记者，不知为何对这个案子感兴趣，大老远从北京赶过来，想对你做个采访。她老家在兰州，早年在英国留过学。她想为这个案子写篇报道，并预先获得了采访许可。你要是同意的话，他随时可以安排你们见面。一个小时，两个小时，都行。邱虚怀最后严肃地提醒你，按照看守所的规定，你们交谈中的每一句话，照例会被录音，见面时的每一个细节,也会受到严密的监控。

你反问邱虚怀,你连自己的亲爹都懒得见,为什么要跟一个从英国回来的女记者费口舌呢?你把话说得很难听,但邱虚怀一点也不生气。他脱下帽子,搔了搔头皮,没再说什么。

在审讯快要结束时,邱警官再次把女记者的事跟你提了一下。这一次,他从上衣口袋里摸出一支烟来,也不抽,而是横放在鼻子底下嗅闻,不时深吸一口气,夸张地露出迷醉和满足的样子。随后,他又把香烟竖过来,凑在鼻尖处,慢慢转动。尽管他假装不看你,可你完全明白他那露骨的逗弄和暗示里,藏着什么样的潜台词。

你太需要那支烟了。

你跟罗记者一个小时的谈话,是隔着铁栏杆上的小窗,通过电话进行的。邱虚怀戴着耳机,在二楼的一间玻璃房中全程监听。这位记者二十七八岁的样子,身材高挑。她那窄长的脸,剪得很短的头发,使得脸庞两侧的大耳环显得特别扎眼。她竭力要让自己显得庄重一些,却仍然掩藏不住孩子气的率性和活泼。她之所以千里迢迢从北京赶到响水洞来看你,是为了把你的事写出来发表。至于说是写成纪实性的报道,还是干脆写成新闻小说,她没有想好。她这次来,仅仅是想核实一下你的家庭背景,以及在北京的一些生活细节,至于案件本身,可以"找另外的机会慢慢再谈"。她这么说,就好像你答应过她,以后还要见面似的。

她在北京通过乔伯年的关系，认识了第五副总。后者向她介绍了郑元春。郑元春没有给她提供任何有用的信息。她告诉小罗，你只是给她送过两次货而已，你们之间并无"实质性"的交往。

　　郑元春也有自己关心的问题：你到底会不会被判死刑？

　　那么，她是希望你赶紧死掉呢，还是相反，你不好判断。

　　小罗对周振遐董事长的采访，是在西山云锦的花园里进行的。董事长得知她一周后将去甘肃，特意让她给你捎上几句话。在转述他的话之前，罗记者先给你看了看手机里的一张照片。董事长戴着个大草帽，手里拿着把花剪，正在专注地给月季修枝。

　　按照看守所的规定，罗记者只能在指定的小超市里为你购买礼物。仅有方便面、火腿肠和饼干可选。

　　在你被押回监房的路上，邱虚怀加快步子追上了你。他问你，通过记者带话给你的那个老人，是个什么来头？他说的每句话，都让人很受用。邱警官把那些话一字不落地记在了一张便笺上。他把那张巴掌大的小纸片递给你，说了句"也许你想留着它"，随即走开了。

　　几天之后，你已经将董事长的那些话默记在心里，再也不会忘记了。你半夜时分从噩梦中惊醒时，这些话犹如泉水一样，从你的心底里汩汩而出。

　　老头说，一个人，若总是习惯于从现在看向未来，自然越看越焦心，越看越恐惧。如果倒过来，你拥有一种从未来，从生命的尽头回望现在的眼光，你会立刻发现，现在的每一刻，其实都无比珍贵。

老头说，就算你被判死刑，你的时间，至少还有一年以上。一年的时间其实也不短。在面临人生中最坏的状况和运气时，仍然有必要做出积极的选择。

老头说，生命的最终完成，需要有一种觉悟。从某种意义上说，任何时候获得这种觉悟，都不算太晚。实在想不通的时候，就去想想槐树上停着的那两只鸟。

你躺在监房的角落里，一遍遍地默诵着这些话时，停在槐树树冠上的那两只黑绿色的大鸟，如神祇一般，在你眼前浮现，伴随着一种从未有过的轻快感。说轻快，也许还不太确切。应该说，那是一种很特别的清凉感。就像是你从高烧的昏睡中醒来，发现自己在退烧的那种清凉。

白天放风的时候，你的目光偶尔也会越过高高的铁丝网，看一眼东南方向的天空。棉花糖般的丝丝白云，在那里飘着。白云下是连天的碧草以及伸向远方的地平线。

坦率地说，尽管跟了董事长这么些年，你对他并不怎么了解。你在想，假如把关于他的见闻、谣传和故事，全都拼凑在一起，能不能就此勾勒出他人生经历的大致轮廓？

第四章　周振遐

1

仲春的午后，在长江北岸里下河平原的小村庄里，一个7岁的少年，依照母亲的吩咐出了家门。他手里拎着两尾草绳穿鳃的"翘嘴白"，要去竹林寺看望自己的师父永贵。

他绕过家门前的池塘，走上了通往旷野的羊肠小道。他每往前走几步，都要回过头，远远地溜一眼他的母亲。那个年轻的寡妇，站在梨树下纳着鞋底，频频让针在油黑的发丝中磨挫，眼睛紧盯着在青葱的麦田里越走越远的那个小黑点。其实，没有什么可担忧的。田野里空无一人。倒是天上偶尔滚过的几声闷雷，让她不时抬头察看天色。

少年刚刚剃过头，明晃晃的太阳光，照着他那柔嫩、光溜溜的后脖颈，暖洋洋的。他身上的薄棉袄也是新做的。生怕干活弄脏了袖子，母亲还特意给他缝了一副袖套。竹林寺耸立在三里外的一个高坡上，一处茂密的竹林和几丛稀疏的烟柳半遮着它，四周再无别的村舍和人家。少年回头看看母亲，往前看看寺庙和竹林，在野地里一蹦一跳，走走停停。他在穿过一大片油菜花地时，眼前嗡嗡飞过的蜜蜂增添了这个午后的静谧和慵懒。

他的师父永贵是竹林寺里唯一的和尚。按说僧人不该碰荤腥，但现在早已解放了，师父又还了俗，和师娘一口气生下了五个孩子，一切自当不同。父亲早逝后，母亲曾请人来替他算过一卦。算命先生认定了他"若非寄迹佛门，定然不能成人"。母亲只得央求永贵师父，在竹林寺里替他录个名籍，权且在庙中寄养。

少年在田畴间穿行。一会儿是棉花垄，一会儿是长着低矮油松的小山包；一会儿是油绿绿的菜地，一会儿是开着紫色小碎花的秧草田；一会儿是亮汪汪碧清的小水塘，一会儿是直通着长江的宽阔河道。他登上了一个种着蚕豆和豌豆的土坡，已经可以远远望见竹林寺门前空地上几个孩子嬉戏奔跑的身影了。

这时候忽然变了天。

天一变，风向也跟着变，天色陡然阴沉下来。一阵急雨越过村庄，伴随着由远而近的飒飒声，朝这边漫卷过来。少年后悔没听母亲的话，带上一把雨伞。雨越下越大，他有些心疼身上的那件新棉袄。四下里一片空阔，很难找到躲雨的地方。蹲在大栎树底下显然不行，蜷缩在河边的水车下也无济于事，最后，他的目光停在了不远处一个废弃多年的砖窑上。

他坐在窑洞口一堆乱砖瓦上避雨。从这儿往西看，可以俯瞰整个村庄，如果向东遥望，雨中静伏的竹林寺已近在眼前了。

在一条通往邻村的大道上，两个妇女各自擎着一把油纸伞，一前一后，正在赶路。河道中行驶的小船上，穿着蓑衣的渔人撑篙而行。一个身背竹篓、手执鸟铳的猎人，在不远处的山岗上踟蹰不前，似乎也在寻找躲雨的地方。

少年在废窑中听着雨声，注视着在大雨中起了烟的村庄和田野，他一时眼皮发沉，周身困倦，不一会儿就迷迷糊糊地睡着了，随后就做起梦来。

少年梦见了既来将往、旋生旋灭的一个个晨昏朝夕，梦见了云飞、花开、犬吠、人跑，也梦见了自己日后的命运。

仅仅在半年之后，他跟随着一个北方口音的老人，辞别了母亲，来到风大浪急的高港码头。他注视着水雾弥漫的江面，问老人他们将前往何处。老人说，他们坐船赶往常州孟河的一个旱烟店，在那儿作短暂停留之后，将会启程去天津，投奔他在银行做事的大伯。他牵着老人的衣角，流着泪苦苦哀求他将自己带回到母亲身边。老人苦笑了一下，安慰他说，此一去，虽说前景难测，但也没准因祸得福。

到了天津之后，他被暗示将"大伯"的称呼改为"父亲"。凭着自己对亲生父亲的一丝虚幻而顽固的记忆，他每次叫"爸爸"时，眼前都会同时出现两个人的脸。而根据后来成为他"妈妈"的伯母有意无意的透露，他终于明白过来，自己不得不去到天津的原因，是母亲的改嫁。母亲被迫在两个男人之间做出选择时，他成了被舍弃的一方。

他从此对母亲怀着难以释怀的怨恨，直到1977年的初夏。

临终前的母亲为了见他最后一面，央求时任公社书记的丈夫拍来了加急电报。因路途遥远，交通不便，再加上天气暄热，他赶回老家姜堰时，母亲已在一天前匆匆下葬。邻居们私下里宽慰他说，即便他在母亲咽气前及时赶回，她也不可能看见儿子。因为白内障和多年来的日夜啼哭，她早已双目失明。那是他一生中唯一一次重返故里。那时，他在天津顺利读完了中学，已被北京一所大学的物理系录取。

在即将就读的这个大学里，他将结识自己一生中最重要的挚友蒋承泽，并与他建立起长达数十年星辰般的友谊。

研究生毕业之后，来自福建泉州、据说有着色目人血统的蒋承泽，留在了学校教书。而喜静厌动的他，将会回到天津，在一家国营无线电厂任技术员。蒋承泽去新疆的石河子支过教、去代尔夫特留过学、访问过莱比锡和巴塞尔的物理实验室，还蹲过几天监狱，在时代风雨的惊涛骇浪中，命运多舛。而他刻意与世间的喧嚣保持距离，日子过得相对安稳，波澜不惊。

随着年龄的增长，他的养父母早已变得慈眉善目，仁厚温良。他与工厂里第一个给自己写情书的大眼睛姑娘夏鹃结了婚，生下了儿子周南。无论是养父母、妻子、孩子，还是他们家里养着的猫狗和小金鱼，都像杨柳青年画中的物事一样喜庆与祥和。

蒋承泽被短暂羁押期间，周振遐两次赶往京郊申请探访，均遭到拒绝。他担心不慎卷入某个金融案件的蒋承泽，一时想不开，会做出什么极端的举动。但他显然是多虑了。

1996年8月，恢复自由和名誉后的蒋承泽，从学校辞了职，在中关村创办了自己的公司，为客户组装电脑、编写软件，而他则刚刚与妻子夏鹃离了婚。

再后来，经不住承泽的软磨硬泡，他决定换个环境，去北京与老友重新聚首。

蒋承泽带他去打高尔夫球。
带他去三里屯和中关村泡酒吧。
带他去地下歌厅看摇滚。
带他加入各种需缴纳高昂年费的俱乐部。
带他去香港、纽约和巴黎旅行。

在蒋承泽给他推荐的许多令人眼花缭乱的消遣中，除了桥牌和哈瓦那俱乐部的一款朗姆酒让他痴迷之外，其余的一概乏善可陈。

到了2010年前后，随着智能手机的普及、芯片及流量成本的显著降低，蒋承泽敏锐地觉察到，自己多年来的"终极梦想"有可能变成现实：他想创办一家真正意义上的物联网高科技公司。

唯一的问题是年龄。那时的蒋承泽已年过六旬，且身染重病。

神州联合科技公司在后厂村春台路67号正式挂牌的那天晚上，两位好友在中关村的一家居酒屋举杯庆祝。因蒋承泽正在进行的放疗效果不佳，两个人都陷入了令人难挨的沉默。

"不过是做了一场梦。"蒋承泽把这句话重复了几遍之后，又补充道："财富积累的速度，怎么也赶不上躯体溃败的速度，赶不上细菌繁殖的速度，赶不上死亡在身后追赶的速度。"

在以后的日子里，他将很少想起自己的老家姜堰，好像他一出生就在天津一样。关于故乡长达七年的记忆，最终被压缩在了这样一个场景中：他拎着两条"翘嘴白"去竹林寺看望师父的途中，遇到了猝然而降的一场春雨。他在一座废弃的砖窑中避雨，随后做了一个梦。

而现在，他的梦就要醒了。

2

周振遐在三楼的卧室里醒了过来。

在梦境与现实之间，有一个晦暗不明的过渡地带，或者说，有一个短暂的停顿。在这个交叠着梦与实景的混沌瞬间，他仿佛还能闻到砖窑中的灰烬与尘土味，混杂着青草和豆花的香气；

还能看见太阳重新钻出了云层，使昏暗的田野重新变得色彩斑斓、生机勃勃。他甚至能清晰地记得，树叶上的水在慢慢滑落时，被一点点拉长的梨形雨滴。有那么一阵子，他的神志已完全清醒，梦中的光影和声音依然真切。

那时已是凌晨光景。侵入室内的微光，在仿纸窗帘上投下了一片柔和的斑痕。床头没有钟表，手机也没开，他并不知道具体的时辰。

如果说他梦见了自己的梦，那多半是源于昨晚偶然读到的一则故事——临睡前，他为《列子》中所记载的"蕉叶覆鹿"的典故，耗费了太多的脑筋；如果说，他在童年时在废窑中做过的一个梦，醒在了另外的时空中，那么，出梦就无异于转世了。不管怎么说，他为自己的再次醒转，感到了一丝欣悦。

周振遐穿着睡衣从床上起来，趿拉着一双软底拖鞋，轻手轻脚地下到二楼，走进了南边的一间茶室，在茶桌前坐了下来。

他随手拿过一把小铁壶，揭开盖子，下意识地凑在鼻前闻了闻。为了防锈而抹上的一层橄榄油，使这把铁壶的气味多少有点怪。他在卫生间的水斗下，用细细的水流一遍遍冲洗铁壶的内壁，动作轻柔，尽量不发出太大的声音。他如此小心实在没什么必要。这个上下三层，且有一个大花园的建筑，目前只有他一人居住。

在等待铁壶的水烧开的那段时间里，在将明未明的晨曦中，他透过朝南的窗户，悠闲地打量着楼下的花园。

这个三四百平方米的花园呈L形。东边的院墙是石头垒成的，西南两面则是碳化木的栅栏。四五年前他沿着石墙和木栅栏栽下的月季，如今已长得很高了，四处攀爬的枝条织出了长长的花篱。进出花园的小门楼，正对着邻居家的北花园，中间隔着一条狭长的通道。那里有一棵高大的丁香树，树下有一个石碾，一条石凳。在石凳边的空地上，周振遐在那儿新栽了两株贝拉安娜绣球。

通往北院的花园西侧，开发商留下的树木、草坪和青石板都是原来的样子。他在垂柳和四季桂的边上，移栽了一棵山楂，一株海棠，指望着夏天时，果树的浓荫可以稍稍挡着点儿西晒。另外，出于安全考虑，他还沿着围栏栽种了一排带刺的花椒树。

唯一让他后悔的事，是当初听信了乔伯年的建议，在窗下种了一株凌霄花。现在，那株凌霄顺着排水管爬到了三楼的大露台上。喇叭状的橙色花朵中，藏着数不清的蚂蚁窝。每到夏秋时节，成群结队的蚂蚁，沿着墙根堆成一根黑线，在他的书桌、茶几和饼干桶上，欢快地爬上爬下。凌霄藤上的钩刺，在墙缝中粘得很牢，要想将它连根斫除而不损坏墙体，显然是不可能的。

小铁壶里的水已在滋滋作响，窗外树林间的鸟鸣开始稠密起来。听着小铁壶中煮沸的水顶开铁盖发出的噗噗声，他点上一支烟，慢慢地吸着，并不急于起身泡茶。多年来，他对安宁和自在的要求过于苛刻，有时甚至到了病态的程度。仿佛他降生在喧腾纷攘的人世间，其目的不过是为了寻觅不被打扰的片刻独处。

每当周振遐回顾自己差强人意的一生时,他发现,自己这辈子的主要不幸,绝大部分都是由邻居们带来的。

他刚去无线电厂上班的时候,住在一个阴暗、嘈杂、脏乱的筒子楼中。那个14平米的小房间,犹如在风暴中颠簸的小船,在他的印象中,从未有过风平浪静的时刻。与五六家人同时挤在公共厨房里一起炒菜做饭,似乎还可以用"热闹"来自我安慰,但早晨起来排队上厕所,则无论如何让人难以忍受。后来,单位给他分了一套两室一厅的新工房,楼上住的正好是副厂长游手好闲的儿子。他在倒卖外汇之余,经常邀集好友来家中聚会。日复一日的通宵麻将,终于让周振遐脆弱的心脏,出现了不可逆的房颤和早搏。

等到他本人有能力在闹中取静的高尚社区购置商品房时,上天在他隔壁安排了一个膀大腰圆的癔病患者。这人喜好于午夜或凌晨时分发出持续低沉的怒吼,且有节奏地拍打墙壁。他那寡居而矮小的母亲,每次遇见周振遐,总会一迭声地向他道歉。周振遐在试图安慰对方时,心里堆积着难言的苦涩。望着这对艰辛度日的母子,他只能坚称自己耳背,"什么声音都听不见"。

1996年后,他来到北京工作,先后换过好几个住处。他遇到的邻居依次为:因闹离婚陷入混战,女方惯于哭诉,男方动辄咆哮的年轻夫妇;瘫痪在床每晚被人搀扶起夜三次,且通过大声呻吟以博取儿女同情的老人;嗓音高亢、响遏行云且不时跑调的京剧票友；上午弹琴，下午弹筝，晚上还要吹吹葫芦丝的音乐爱好者。

因房子完全不隔音，那些擅长制造各种声音的邻居，并不是门一关即可屏蔽在外的他人，实际上就是与他朝夕相处的"家庭成员"。他时常激愤地向好友蒋承泽抱怨邻居们的"声音入侵"，进而感慨私人空间的脆弱和匮乏，已经到了让人生无可恋的地步，而蒋承泽在不知如何安慰他时，总是冲他莞尔一笑。

蒋承泽深知老友的神经系统一向过于敏感，但还是对他的处境深感同情。考虑到周振遐那时的收入暂时够不着城郊的独栋别墅，他私下说服了房产界的一位大佬，将西山云锦小区的一套"内控房"，平价让给了周振遐。

周振遐第一次来这里看房，一眼就发现了它设计上的奥妙之处，并立刻理解了开发商秘而不宣的良苦用心。由于限墅令的实施，这套住房被冠以联排别墅的名目销售，不过，它的东墙与邻居的西墙之间，有个将近两米宽的"消防通道"。有了这个竹木掩映的通道的区隔，邻居家里发出的声音，从理论上说，他是不可能听到的。而西院的木栅栏，则紧挨着小区的铸铁围栏。围栏外是街边公园的一方幽僻荷塘。越过荷塘对面的石舫和垂柳再往西看，就是近在咫尺的百望山了。

这个上下三层的住宅，实际上具有独栋别墅的一切优点。除了鸟鸣和风雨声之外，他几乎听不到任何噪声。

自从周振遐搬入这个小区之后，几乎每天都会在凌晨醒来，时间大约在三点至五点之间。他起床后总是来到二楼的茶室，泡上一壶普洱或肉桂，在那里坐到天光大亮。他不知从哪本书上读到过，中国古代的文人有喝"卯酒"的习惯，白居易就曾写过"卯饮一杯眠一觉，世间何事不悠悠"的诗句。后来，这种风尚据说也传到了日本。周振遐不太喜欢饮酒，但若在天色未明之际，一个人独坐窗前，饮茶静坐，在万籁俱寂中，等待着初阳将整个花园一点点地照亮，等待着跑步和遛狗的人影渐次出现在院外公园的坡道上，也是一种难得的乐趣。要是累了，饿了，或是又困了，那不妨去厨房热杯牛奶、煮个鸡蛋，吃完后再去松软的被窝中睡个回笼觉。

今天是周振遐办完退休手续后的第一天。下午两点，神州联合科技公司北京和华北区的负责人陈克明，将专门为他举办一个"荣休仪式"。

他吃过早饭后去花园里转了转，又回到了二楼的茶室，为下午的仪式准备一个简短的答谢词。十点时，陈克明给他发来了微信，告知他下午将要出席仪式的官员及嘉宾名单。在这份长长的名单的末尾，陈克明特地附上了这样一句话：

姚芩今天也会来。

看到这句话，周振遐不由得笑了。

姚芩是公司网络与信息办公室的副主任，她来参加退休仪式，本属理所当然，为什么要特别地加以强调呢？他不得不暗自佩服陈克明这个机灵鬼的体贴与聪明。在公司的管理层中，大概也只有陈克明能够体察到自己隐藏得很深的那些小心思。他将陈克明从一名司机一步步地提拔到大区总裁的位置上，似乎并没有看错人。

到了下午，周振遐站在公司会议室的门外，与各路宾客握手致意时，左顾右盼，却没有见到姚芩的身影。到了发言环节，主持仪式的陈克明提议"请姚主任说两句"，周振遐这才从房间的一个角落里找到了她。她今天穿着一件普通的藏青色外套，搭配一条紫色的围巾，一个人缩在墙角，看上去仍有几分忧悒与矜持。

在姚芩发言的时候，周振遐一直在犹豫不决，假如仪式结束后再次见到她，要不要顺便请她一起参加今天的晚宴。

他的这番思虑，其实完全没有必要。

傍晚时分，陈克明和公司的头头脑脑簇拥着他，迈进宁波菜馆的大门时，姚芩走在他的左手边。由于进入大堂后就是一段很陡的阶梯，姚芩还顺势扶了他一把。

3

1986年夏天，周振遐与师兄蒋承泽在上海举办的"拓扑学与现代物理"研讨会上再度重逢。会后，蒋承泽力邀师弟"顺道"去厦门游玩。对于旅游一类的事，周振遐从来都提不起什么兴致。离开天津前，他的妻子夏鹊因胎动异常住进了医院。师兄的邀请让他面有难色。但他知道，一旦蒋承泽的脑子里出现了什么执念，是不会轻易放弃的。

他们乘坐的"展新号"客轮，在福建近海遭遇台风，紧急驶入一个不知名的渔港躲避，并在那儿停留了三十多个小时。

船舱里又闷又热，而电影厅里循环放映的《月亮湾的笑声》和《街上流行红裙子》，他们也已看了好几遍了。百无聊赖之中，两人抱了一堆听装啤酒，来到甲板上吹风。

蒋承泽兴趣广泛，博闻强记且能言善辩。连日来剧烈的呕吐和肠胃不适丝毫没有减损他的谈兴。他从"集异璧"联想起了"齐物论"，从艾舍尔谈及哥德尔，从狄拉克说到爱因斯坦，吐佳言如锯木屑，霏霏不绝。周振遐不时张开手掌摩挲着自己的上腹部，两眼无神地望着精力过于旺盛的师兄。出于礼貌，他的嘴里不时冒出"嗯、嗯、嗯"的嘟囔声——那声音既不表示赞成，也不表示反对，仅仅意味着他在听。

说着说着，蒋承泽明显地偏离了自己的专业领域，由尼采述及他的同乡李卓吾，并开始大段地引用时下正在流行的弗洛伊德，对所谓文明的目标与计划，发表了一通冗长的高论。

周振遐沉浸在自己的世界中。他眼前浮现出妻子那张苍白而浮肿的脸。把她一个人丢在医院里待产，而自己却莫名其妙地跑到千里之外的渔港里吹海风，怎么说都有点荒唐。也许真的不该接受师兄的邀请，坐船到厦门来，在这个酷热无风的港湾里活受罪。另外，即将成为父亲的兴奋，也夹杂着一些隐隐的担忧。当蒋承泽提醒他"注意听,这里很关键"时,周振遐很不客气地打断了师兄的话。

"你答应过的,要帮孩子取个名字。"

"名字?什么名字?"蒋承泽一脸茫然地看着他的师弟,半天回不过神来。

"我老婆快要生了……"周振遐不得不再次提示他。

蒋承泽一时拿不定主意,是接着往下说呢,还是将弗洛伊德的"死亡诱惑"搁在一边,先来考虑一下孩子的出生问题。

"我记得你也是南方人,你觉得'周南'怎么样?"蒋承泽不假思索地道,"这个名字男孩可以用,如果是女孩呢,或许更好一些。"

在这个世界上,大概没有什么事情会难住他。

周振遐本想问问他,为什么"周南"这个名字,用在女孩身上会更好。但蒋承泽又开始接着刚才的话题往下说了。

周振遐在甲板上喝了两听啤酒,让凉爽的海风一吹,腹部的不适感渐渐消失,身上开始有了点力气。可是,在蒋承泽终于结束了一段长篇大论之后,他的头又开始剧烈地涨痛起来,嘴里有节奏地发出逆呃之声,脸色也更难看了。

蒋承泽执意请师弟对他那番言论谈谈自己的看法,而不要老是用"嗯、嗯、嗯"来敷衍了事。

周振遐盘腿坐在甲板上,眼睛紧盯着不远处的一个不知名的渔村。这个村庄被群山环绕,仅仅在通往渔船码头的方向,留下了一个豁口。在那些青灰的砖墙与深黑色的屋顶之上,耸立着高大的榕树。几个孩子在开阔的沙滩上奔跑,停泊在海边的渔船在风浪中颠簸。

见师兄催促他"随便说几句",周振遐这才将目光转向蒋承泽,在甲板上坐直了身体,对师兄道:

"你身上带人丹了没有?我怎么觉得还是想吐……"

蒋承泽抬头看了他一眼,斜靠在船舷的横栏上,将腿在甲板上伸直,脸色阴沉地从裤兜里摸出了一盒清凉油,递给了他。

"这么说,我跟你讲了那么多,你是一个字都没听进去?"师兄声音不高,心中的不快和愠怒一听即知。

但周振遐也是一个有脾气的人。他往太阳穴上胡乱抹了一些清凉油,把眼镜往鼻梁上端推了推,一本正经地对师兄道:

"你所说的什么文明不文明,计划不计划的,我所知不多。我只知道,在远古时代,人类的生存像动物一样简单明了。饿了,就找东西吃。吃饱了,就坐在门前晒太阳。受到攻击,要么逃跑,要么以命相搏。在过去,人服从于自然、神明和代代相传的礼俗,也服从命运。而到了今天,人不会服从任何事物。用你刚才的话来说,个体反对全体、全体反对全体、全体反对个体、个体反对个体。到了最后,个人甚至也在反对他自己……"

"我们之间的观点并没有多大不同啊?"蒋承泽手指间夹着一根因受潮而稍有弯曲的香烟,一脸不解地望着他。

周振遐从来不喜欢辩论。既然开了头,他只能硬着头皮往下说。从他嘴里冒出来的每个字,都显得既迂阔、愚蠢,又不着边际。本来,他对师兄的那些高论,倒也不怎么反感。可说着说着,他真的成了师兄的对立面,进而大动肝火地生气起来。

正因为心绪恶劣,蒋承泽接下来所说的每句话,什么"理想的冲突"啦,什么"第三次浪潮"啦,什么"永恒的GEB金带"啦,什么"亚马逊河的一只蝴蝶扇动翅膀"啦,周振遐都煞有介事地进行反驳,仿佛故意跟他抬杠,一心要激怒对方似的。就连蒋承泽为了缓和气氛,明显是在用讨好的语调引述周振遐本人的观点时,他也一律给予无差别的反击。

平常一向温文尔雅、沉默少言的周振遐,突然表现出的咄咄逼人的攻击性,让蒋承泽十分意外。但他转念一想,又觉得师弟的反常举动,恰恰证明了弗洛伊德论断的正确性。

蒋承泽有意结束两人间的争论。他拍了拍师弟的肩膀,最后这样问道:

"那么,正如洛伦兹所说的那样,世界上那些看似没有什么瓜葛的事物,实际上总是存在着这样那样的关联。这个结论,你总不至于反对吧?"

周振遐似乎意犹未尽。他指了指对面山坳中那个渔村,余怒未消地对蒋承泽嚷嚷道:

"那你能不能跟我说说,这个村庄与你我有什么瓜葛?这个村庄里的人、狗、猫,与我们的命运有什么关联?我们偶然打这儿路过,一旦离开,即刻就会把它抛到九霄云外,再也不会想起它来,哪来的什么关联呢?"

蒋承泽没再接话。

他一动不动地注视着那在海湾中被夕阳染红的渔村，陷入了沉思。很快，那个村庄随着群山一起，开始慢慢地向右侧转动，而且速度在渐渐加快。

这个时候，两个人都意识到，船已经开了。

当天晚上，蒋承泽从驾驶室值班大副的口中，获知了那个村庄的名字。大副还在航海地图上指给他河流和村庄的位置。

在灯光昏暗的舱室里，服用了藿香正气丸的周振遐早已鼾声大作。蒋承泽吞了一把人丹，在"嗡嗡"摇头的电风扇下写日记。他记下了这天下午争论的一些细节，顺便也记下了那个村庄的名字：

茯西村。

二十年后的一个极其普通的夏日，蒋承泽端坐在会议室里，亲自主持了公司的招聘面试。一个计算机专业毕业的求职者引起了他的注意。蒋承泽先是从报名表的"出生地"一栏里，看到了跳入眼帘的"茯西村"三个字，然后再翻到报名表第一页，仔细端详她的照片。

五六分钟之后，一个穿着牛仔裤、白色短袖T恤，头戴棒球帽的女子，从门外走了进来。她向面试席微微鞠了一躬之后，坐在了对面的一张圈椅上。

接下来，蒋董事长所有的问题，都是围绕着茯西村的地理方位展开的。当蒋承泽终于能够确定，这个女孩的老家，正是他们当年在展新号客轮的甲板上望见过的那个海港渔村时，就打断她背书般的陈述，告诉她已被录取，可以离开了。

这个名叫"姚芩"的面试者，以为自己听错了董事长的话，坐在椅子上迟迟没有起身。

"可您，您还没有问我专业问题呢……"她怯生生地对蒋承泽说道。而后者再次打断了她的话。

"再说一遍，你已经被录取了。"

这天晚上，在一家私人会所的雪茄屋里，蒋承泽眉飞色舞地将下午的这场"奇遇"，向老友复述了一遍。接着，他举起啤酒杯，得意地跟师弟碰了一下，朝他眨了眨眼睛，神秘兮兮地说：

"无限性泛起了泡沫……"

周振遐并不像他想象的那么兴奋。

"就算是这样，你想证明什么呢？"周振遐抬起头来，纳闷地白了师兄一眼。

二十年前在海上遭遇的那场台风，他倒还模模糊糊地记得。可那艘名为展新号的客轮究竟是在哪里停泊的，他和师兄之间到底为何事发生了长时间的争论，周振遐早已忘得一干二净。

将一件平常之事极力渲染为神奇命运的微妙暗示，这倒很符合蒋承泽一贯的浪漫性格。在他们合作打桥牌时，他的这种异想天开的性格常常让周振遐叫苦不迭。明明应该在3NT上停住的合约，蒋承泽非要去试探一下小满贯。最后，对方给了惩罚性的"加倍"，蒋承泽不依不饶，还得来个"再加倍"。

仿佛是为了证明自己与这个女孩之间有一种"命中注定"的联系似的，蒋承泽和姚芩开始了频密的接触与交往。由于地位和年龄的悬殊，他们之间的关系极易遭人议论，并成为培植谣言与艳闻的理想温床。为了反击越来越炽烈的流言蜚语，他们干脆决定公开同居。

在这件事闹得满城风雨之际，周振遐给了老友一番言辞恳切的忠告："人有了最好的，就不应该再想得到更好的。这样下去，除了始乱终弃，不会有什么好结果。"

蒋承泽笑而不答。

半年后，他那端庄、贤惠的结发妻子主动提出离婚，去莱比锡陪儿子了。蒋承泽就堂而皇之地让姚芩住进了他的家中。可是，他们始终没有结婚，两人之间的关系，也不像蒋承泽本人所吹嘘的那么亲密。无论是在公司里、饭桌上，还是在蒋承泽的家中，周振遐每次见到姚芩，总能觉察到她脸上隐藏不住的倦怠和落寞。

周振遐对姚芩从来没什么好印象，很少正眼看她。有时，姚芩拿着报告去办公室找他签字，周振遐照例用他那标志性的"嗯、嗯"来应付她，尽量避免与她直接交谈。

四五年后的一个秋末，蒋承泽的生命不可逆转地走向了它的尽头。在医生"最乐观的估计也很不乐观"的暗示之下，周振遐只要有空，就会去医院探视。姚芩辞退了医院安排的护工，在病床旁支起了一张行军床，日夜在病房陪伴他。姚芩每向他的嘴里喂一口粥，都要伸出舌尖尝尝冷热，周振遐不得不对这个瘦弱、文静的女人刮目相看。她自作主张地挡掉了大部分令人厌烦的来宾和访客，给了蒋承泽生命中最重要的一段闲暇。她对蒋承泽的精心照料，使得他在临近死亡时仍然保持了幽默、乐观和尊严，这让蒋承泽有足够的理由将弥留视为真正意义上的蜜月。

有一次，趁着杜冷丁的药效尚未退去、姚芩去超市购物的那段空隙，蒋承泽尽可能简短地向师弟交代了公司的事务，然后长松了一口气，微笑着正式向老友告别。

该说的话说完了，蒋承泽仍然目光炯炯地凝望着他："送人千里，终须一别。差不多已经到了最后的时刻，以后你就别来了。但有一件最要紧的事，我恐怕还得向你交代几句。"

"什么事，你说。"

"你能猜得到……"蒋承泽眉毛往上一挑，朝好友使了个眼色。

"真的猜不着。"周振遐认真想了一下，对师兄道。

"那就让我们拥抱一下吧。"蒋承泽在病床上向师弟缓缓张开双臂。

周振遐俯下身去，轻轻拥抱老友，蒋承泽则在他背上轻轻地拍了两下，用虚弱、沙哑但十分清晰的声音，在他耳边说道：

"茯西村与你我的关系还远未结束。"

周振遐愣了一下，马上明白过来，这句话，不过是承泽将姚芩托付给自己照顾的一种委婉说法。周振遐不禁百感交集，满眼是泪。蒋承泽则紧紧握住师弟的手，用卢克莱修的名言宽慰他：

> 死亡所至，我不在彼；
> 我之所在，死亡不至。

一周后，蒋承泽溘然长逝。

在稍后举行的葬礼上，姚芩手执一枝白玫瑰在蒋承泽的遗体前鞠躬。走在她后面的周振遐想起老友的托付，一种想要尽力保护她的愿望，从心底油然而生。但周振遐除了悄悄地给她涨过两回工资之外，一时还想不好该如何去帮助她。他不止一次发现，姚芩打量自己的目光不仅阴冷，而且带着毫无缘由的恨意。第二年的清明节，周振遐去香山为蒋承泽扫墓，远远看见姚芩从山上下来，正想上前跟她打个招呼，姚芩显然也认出了他，特意绕道走开了。

不久之后，忽然传出了姚芩结婚的消息。

她闪电般地嫁给了一位上市公司的老总。婚礼是在男方的老家福清举行的，婚后不久，她就陪着丈夫到欧洲游学去了。汪剑虹专程来办公室请示，是不是应该将姚芩的工位清空，让新入职的一位车辆工程师使用，周振遐的回复只有两个字：

"留着。"

不久之后，姚芩出人意料地回到了北京，并向他发来短信询问，是否可以重回公司上班，周振遐的回复还是两个字："当然。"

她和丈夫在短暂的婚姻中到底发生了什么事，公司里没人知道。她一个人住在五彩城的橡树湾，平时深居简出，淡然自处。不久之后，她被提拔为网络与信息办公室的副主任，但在公司里仍然独来独往。周振遐事情一忙，就慢慢地把她忘在了脑后。再后来，被公司的迅速扩张折腾得神经衰弱、身心俱疲的周振遐，即便是迎面遇见她，都不一定能马上认出她来。

退休前，周振遐在办公室里翻阅最近更新的花名册，再次看见了姚芩的名字。她的职位仍是办公室副主任。为了对死去多年的老友有个交代，他立刻叫来陈克明，让他在不惊动姚芩的前提下，去侧面了解一下她目前的所有情况。

对于董事长离任前最后交办的这件事，善于察言观色的陈克明，显然产生了某种误会。他的过分殷勤特别是脸上那种自作聪明的会心一笑，让周振遐十分别扭，好像自己对姚芩有什么见不得人的企图似的。

4

在退休仪式后的餐叙中，周振遐与姚芩第一次开始了交谈。她向坐在自己右侧的陈克明打听，能不能提前办理退休，这让周振遐很容易大致推算出她的真实年龄，尽管她看上去仍显得十分年轻。

无论周振遐跟她说什么，她都很有耐心地有问必答，且落落大方，与他记忆中那个横眉蹙目、冷言冷语的福建女子判若两人。周振遐问她喜不喜欢京戏，姚芩知道他酷爱戏曲，便违心地回答说："还行。"没想到，周振遐便马上约她周六去梅兰芳大剧院看新排的《凤还巢》，姚芩一时左顾右盼，支吾难决。陈克明见状，有心替她解围，便向两人建议说，周六那天下午，他们明夷社举办文化沙龙，有位"顶尖哲学家"将会出席，不如一起去颐和园听讲座。望着眉飞色舞的陈克明，姚芩连连摆手：

"那还是去听戏的好。"

星期六的晚上，他们真的一起去了梅兰芳大剧院。

两个人坐在前排中间的位置上，显得有点局促不安。因为总是要说点什么来缓解两人之间的生分，周振遐盼着演出早点开场。姚芩心里也是这么想的。《凤还巢》这出戏，周振遐已记不清看过多少遍了，很多唱段都耳熟能详。只是空气中似有若无的香水味，让他不时走神，难以入戏。倒是姚芩始终在旁若无人地大笑，从开场一直笑到谢幕。他们挤在人流中走出剧院时，姚芩仍沉浸在令人捧腹的剧情中，意犹未尽地对他说：

"没想到京剧这么好玩儿！"

姚芩开车将他送到西山云锦。两人在小区门口告别。姚芩答应过些天再过来，参观一下他种的欧月。

5

若要说起北京最早开花的植物,除腊梅外,毫无疑问当推迎春。差不多到了2月末,憋了一整个漫长冬天的迎春花枝,缀满了数不清的花苞。北京的园林工喜欢将迎春花修剪成一个个巨大的圆球,一丛丛堆成小山。花开时固然热烈艳丽,但略显单调呆板。终不如在南方的沟渠边、山石旁那么散朗妩媚、摇曳生姿。

紧跟着迎春花信而悄然盛开的是玉兰。周振遐一直没弄清楚,望春花、玉兰和辛夷是不是同一种植物。当那些紫色和白色的花朵密密麻麻地挤满了枝头的时候,他有时会觉得,世间的芜杂与苟且,已经配不上它那孤傲的纯洁了。

再往后,柳枝在风雨中抽出了嫩芽,丁香花也吐出一簇簇的花序,枝叶扶疏,暗香浮动,像是笼着一层轻烟。

不过,在周振遐经营有年的花园里,最早让他感觉到春天临近的,却是矮麦冬、绣球和紫花地丁。

矮麦冬大多种在汀步石的缝隙之间——在深冬的大雪和冰霜中,显得了无生气,一派枯索。它在春风中苏醒时,首先返青的是根芯。绿意从根部一点点漫向叶尖,在不经意中,就会呈现出一派葱郁。绣球在过冬时,通常被贴地剪去枯枝,然后覆上一层薄土以护根。到了初春,甚至连积雪还没有来得及化掉,裸露的根茎中早已蹿出一枝枝挺拔的笋芽,其色泽由鹅黄渐渐转为青翠。大概是因为新笋与枯枝形成了强烈的视角反差，绣球虽未着花，倒也显得生机勃发，惹人怜爱。

说到满院里随处可见的紫花地丁，周振遐对它怀有一份特殊的感情。

他搞不清这些花是从哪里来的。往往风一刮，紫花地丁的种子不知从哪个角落飞进了他的花园。不论秋风把它们带到什么地方，这种据说命贱的野花，都能随处安身，毫无怨言地开花结籽。他记得在一本书里读到过，它的种子即便是被吹到了树洞里，照样能在那儿生根发芽，托出一片幽幽的深紫。

当然，矮麦冬、绣球和满院的紫花地丁，包括那些他在乔迁新居时，朋友和同事们赠送的牡丹、芍药、南天竹、风信子和德国鸢尾，都还称不上这个花园的主角。

早在八九年前，周振遐在决定买下这处房产的时候，已经在为它三四百平米的大花园发愁了。对打理花园颇有心得的第五副总曾向他郑重进言，无论种什么，花也好，树也好，得量力而行。他的腰椎就是在碧水庄园莳花弄草时被搞残的。

"那么，种点什么好呢？有没有什么植物适合我这种懒人，种下去任它自由生长，一年四季都能瞧得见花的？"周振遐问道。

第五副总不假思索地给他推荐了欧洲月季，并如数家珍地向他介绍了十多个"皮实好养"的名贵品种。他还提到了一个名叫大卫·奥斯汀的英国园艺师。周振遐虽说频频点头，心里却有几分不以为然。在院子里种点花，还要挑选什么外国的珍稀品种，难怪公司上下都说这人矫情。

直到有一年初夏,他去大阪出差,在公园里亲眼见到奥斯汀培植的几款月季之后,才深深地迷上了这些四季开花、芳香袭人的异域花卉。回国后,他在网上四处搜罗、打探欧月的讯息。他周末时带着汪剑虹,把海淀、朝阳、丰台和石景山的花卉市场和苗圃转了个遍,最后竟一无所获。

有一天在公司里开会,乔伯年神秘兮兮地凑过来对他说,他周末带孩子去百望山游玩,在山脚下的苗圃里看到了一种"美得让人想哭"的月季,红的黄的紫的粉的,让人目不暇接,极有可能就是董事长正在寻找的欧洲品种。

会议一结束,周振遐就让乔伯年带路,直奔百望山而去。他们很快在苗圃的一角找到了它们。那时,周振遐已在网络上查阅了大量的图片资料,因此很容易判断出,乔伯年提到的这几款月季,实际上是属于国产月季"星光一号"的几个亚型——枝干笔直、造型俗艳,俗称"棒棒糖"。它们的优点是花朵硕大,花香浓烈,花期很长,缺点是花蕾很容易爆裂而失控,无论是香味还是花形,都过于直接,让人一览无余。至于气质和风韵,更是无从谈起。

周振遐不得不回过头来向"矫情"的第五绩伟求助。

第五副总通过经营欧美进口花木的朋友,将一个网名为"慷慨的园丁"的女孩,介绍给了周振遐。

在等待对方回复他的手机短信时,周振遐心里微微有些激动。因为他知道,慷慨的园丁,正是大卫·奥斯汀培育的最著名的月季品种之一。第二天下午,在北六环外的阿苏卫,周振遐与这个名叫刘琪的女孩见了面。多年来，她与男友移栽、培植的欧洲月季，已多达一百种以上，却很少有人问津。因此，两个人颇有相见恨晚之感。

那时正值7月盛夏，按说不是移栽植物的理想季节，他仍然带着司机窦宝庆，频频造访阿苏卫的花圃。就连女孩患有老年痴呆症的父亲，每次见到他，都会一眼认出他来。

第二年的11月，周振遐在西山云锦的住房被装饰一新。他和刘琪精心挑选的第一批二十种月季大苗，终于被移栽到了花园中。每一株月季根部，都绑着一个白色的塑料花签。他担心，那些临时写在花签上的铅笔字迹，会在日晒雨淋中褪色，就找来了纸和笔，特意画了一张草图，并为每一种月季的具体位置，做了简单的记录和标注。

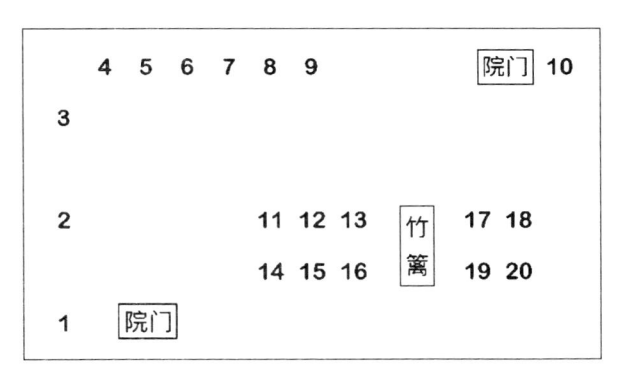

```
        4 5 6 7 8 9        院门 10
    3

    2           11 12 13   竹   17 18
                14 15 16   篱   19 20

    1   院门
```

1 海格瑞　　　2 粉色达芬奇　　3 欢笑格鲁吉亚　　4 无名的裴德
5 莎士比亚　　6 皇家胭脂　　　7 莫里斯　　　　　8 慷慨的园丁
9 汉密尔顿　　10 托马斯　　　　11 夏奈尔　　　　 12 高威
13 伊芙酒窖　 14 玛丽安　　　　15 古斯塔夫　　　 16 威基·伍德
17 自由精神　 18 天方夜谭　　　19 龙沙宝石　　　 20 亚伯拉罕

第四章　周振遐

照料和养护这些娇贵的舶来品，远不像他想象的那么简单。先不说除草、松土、施肥、剪枝这些日常工作，单是防治病虫一项，就让周振遐伤透了脑筋。白粉病、灰霉病、锈病、黑斑病、炭疽病，一茬接着一茬，从初春到秋末，几乎没有停息的时候。而要杀灭那些生命力旺盛的红蜘蛛、蚜虫、蚧壳虫、白粉虱，绝非易事。每年的七八月间，在潮湿闷热的雨季，月季极易染病。往往在一夜之间，油光锃亮的青枝绿叶，不是蒙上了一层灰扑扑的粉尘，就是爬满了铁锈般的斑纹，原先傲然挺立的花蕊，忽然变得无精打采，甚至出现垂头和烂芯。

在尝试了各种被标识为"无公害"的有机农药均告无效之后，周振遐将花卉市场的药摊老板拉到一边，悄悄地向他咨询能迅速消除各种病虫害的"灵丹妙药"。老板心领神会地带他来到药架子边上，从某个角落找出一瓶早已被禁用多年的剧毒农药，让他兑水一千倍，戴上口罩，"小心使用，注意安全"。

到了干旱少雨的季节，白粉病和灰霉病固然有所减少，但一种名为"西花蓟马"的昆虫开始大量繁殖。这种昆虫喜欢把卵产在月季的叶片上，昼伏夜出，让人难以察觉。它依靠植物的汁液为生，常常造成叶片卷曲、发黑，使月季刚刚萌生出来的花苞，尚未开放就迅速地凋萎。

周振遐试过吡虫啉、啶虫脒、辛硫磷和氯氰菊酯，效果都不太理想。最后，他从农科院的一位朋友那里了解到，西花蓟马有趋向于蓝黄二色的特性，便在花园里的花枝间，随处挂上蓝色和黄色的诱虫板，才算解决了问题。

在所有为害月季花的昆虫中，最令人厌烦的莫过于切叶蜂和洋辣子了。切叶蜂嗡嗡地闹着，成群结队地从木栅栏上方飞进飞出，来去自由。它们通过高频率的振翅，悬停于月季的花蕊之上，通常不是为了采花酿蜜，而是切下一块圆圆的叶片，带回它的巢穴。那样子，既可笑，又令人费解。周振遐怎么也想不明白，它们鬼鬼祟祟地切下叶片带走，究竟想拿它派什么用场。

洋辣子则喜欢趴在月季叶片的背面，它们身体的颜色与翠绿的枝叶极难区分。在修剪花枝时，周振遐常常受到它们无意的伤害，且让他在接下来的数天里心有余悸。周振遐不得不戴上长长的胶皮手套，小心翼翼地在叶片间搜寻它们的踪迹，用筷子将它们夹到酱菜瓶中。有时，半天就能装满一瓶。他通常将玻璃瓶放在日光下暴晒，听任这些昆虫在烈日下慢慢死去。倘若他在夹取洋辣子的过程中被它们伤及裸露在外的肌肤，周振遐不免"恶向胆边生"，索性去厨房烧上一壶开水，将它们即刻烫杀解恨。

事后，回想起自己非理性的行为，周振遐也觉得有些过分。看来，人在恐惧和愤怒中，确实会做出一些原本并无必要的残忍之举。

6

那次去阿苏卫的苗圃买花时，周振遐偶然在木廊下见到了一株名为海格瑞的母本月季。它丛生的枝干挺拔俏丽、密被硬刺，在无花无叶的状态下微微泛红，乍一看，像耸立的珊瑚一样。他围着这株月季左看右看，转来转去，可无论他怎样央求，刘琪因指望着用它剪枝扦插，死活不肯出售。无奈之中，周振遐决定进行最后的试探。他半开玩笑地让刘琪自己出价，并明确告诉对方，无论她开出多高的价格，他都会将这株海格瑞带走。

这可把两个本分憨厚的年轻人难住了。

刘琪和男友你看我一眼，我看你一眼，商量来，商量去，大着胆子报出了500元的价格。他们红着脸，一脸惶然地望着他。周振遐在深感愧疚的同时，也为难得一见的人性的纯良而暗自嗟叹——他原本以为对方会将价格抬高至数千元甚至更多。

他执意要多给他们200元，两人怎么也不肯收。

据说海格瑞是查尔斯王子最喜爱的品种，不过，这株珍贵的母本月季，自从被移植到他的院子里之后，一直长势不良。在开头的一两年中，周振遐始终没有见到花的踪影。仿佛每年的四五月间，能看见它长出几根新枝，舒展开几片蝶翅般的叶片，他就应该心满意足了。

海格瑞本属于抗病性较强的大型藤本月季，对水、土、肥，没有什么特别的要求，相对比较容易养护。周振遐颇有几分疑心，他的海格瑞萎靡不振，或许是由于邻居家的两棵香椿树遮住早晨的阳光所致。一天下午，周振遐特意拎着一盒春茶，客气地敲开了邻居家的门。邻居是个脾气温和、好说话的老头。

他弄明白周振遐的来意之后，随即找来一把锯子，架起木梯，将院中两棵香椿树拦腰锯断。望着墙边那两根光秃秃的树干，周振遐有点过意不去。老头却反过来安慰他说，这样一来，以后他采香椿芽，也用不着那么费力了。

从那以后，尽管海格瑞全天都沐浴在明亮的阳光下，它仍然显得病恹恹的，枝条干瘦、缺乏光泽，渐渐有了枯槁之相。情急之下，周振遐只得打电话向阿苏卫的刘琪求援。

一听说那株心爱的海格瑞行将枯死，她和男友第二天一早就赶来了。两人蹲在墙边嘀咕了半天，问他能不能将海格瑞根部的泥土刨开来看看，周振遐自然表示同意。等到他们移走墙根的鹅卵石和火红的矾根之后，周振遐被眼前的一幕惊呆了。

原来，在矾根和卵石下阴凉潮湿的土壤中，藏着一个巨大的蜗牛巢穴。琥珀色的蜗牛和积年的碎壳，被一点点地掏拣了出来，装了满满一簸箕。为了彻底清除蜗牛的危害，刘琪帮他把根部四周的土壤全部更换——在新鲜的黄土中掺以高温灭菌的腐殖肥和羊粪，再拌入杀灭蜗牛的四聚乙醛颗粒，最后又在卵石间撒了一层生石灰。

到了第二年春天，海格瑞终于开启了枝繁叶茂的爆花时间。

都说它的花开出来，有一种石榴红的冷艳，其实，它的颜色要比石榴深得多。花朵致密紧实，沉稳端丽，有着天鹅绒般的绵柔质地。坚挺的花枝从不垂头，花瓣也不会轻易掉落，更不会在阳光的直射下焦边爆裂。周振遐尤其喜欢它那含蓄而略带甜味的清香。在无风而光照充足的中午，他在二楼的茶室里就能闻得到。

　　一天早上，他正在院子里给新栽的一株铁线莲浇水，看见前楼的女邻居，手里拿着一把小铲子，站在丁香树下的石凳旁朝院子里踅探。这人六十来岁，说话时口水的声音很重。她在自家院落的拐角处开出了一畦菜地，种上了韭菜、莴笋、葱蒜和茴香。周振遐几乎每天都能看见她在院子里忙活。她戴着红袖章的威严身影，也时常出现在布告栏下的垃圾筒边上。她尽心尽职地监视着居民们的一举一动，观察他们的垃圾投放，是否符合社区的规范。

　　两个人隔着木栅栏，不冷不热地说了几句话。她喜欢问这问那、东拉西扯的天性，很容易让周振遐心生反感。再说，她竟然对花盛期满院子的姹紫嫣红视若无睹、不置一词，也让周振遐十分诧异。她提出要加他微信。周振遐立刻推脱说，他的手机正在楼上充电，心里却在暗暗担忧，裤兜里的手机，会不会在这个节骨眼儿上响起铃声。

　　后来，女邻居每次见到他，都客气地称他为"周先生"，周振遐却早已忘了对方叫什么了。他模模糊糊地记得，对方的名字里似乎有"狐狸"二字，但无论如何，人是不可能给自己取这么一个名字的。

　　他的院落紧挨着公园的围栏，位置本来就很偏僻。除了周振遐本人之外，很少有人注意到他满院子的花瀑。偶尔有遛狗的人在不远处出现，然而他们总是紧盯着手机的屏幕，身体往后仰着,被狗绳拽着一走而过。而在喷水池边玩耍的小男孩,有时追着踢飞的足球,一路狂奔到他的院门前。如果他们从丁香树下抱起足球的同时,抬头看一眼木栅栏上垂挂着的一丛丛花枝,就会轻声感叹一句:"嚯,这么多花!"

这句无谓的感叹,大概就是他种花几年来听到的唯一赞美了。他心头的失落恰好证明,他并非如自己想象的那样不虚荣。

世界上大概没有什么事是无缘无故的。周振遐常常这样想:这些缤纷俏丽的解语之花,无声开落,或许正是为了宽解他晚年的寂寞。每一朵花都像是一个神祇,只会向他一个人吐露衷曲、绽出芬芳。想到这一层,他的心底总是悄然掠过一丝目遇神迷的怜惜之感。

7

陈克明从苏州出差回京,给周振遐带回了两盆名为"黄山雪"的建兰。他去离家不远的金地花卉市场买花肥时,在一个鲜花摊位上遇见了姚芩。

因见她正在跟摊主砍价,周振遐就在她身边静静地站着,等待与她打招呼的合适时机。没想到姚芩直接将手里的一束俗称"洋牡丹"的毛茛,朝他递了过来,问他好不好看。

周振遐明显地愣了一下,随后恭维她说,这花很好看,形状很别致,酷似 UFO 的圆盘形发光体,也很容易让人联想起在云贵高原一带流行的缠头。姚芩笑了笑，道："我怎么觉得它有点像肉包子呢？"

话虽这么说，姚芩还是买下了这束花。他们约好半个小时后在停车场碰面，就在人头攒动的花市里分开了。周振遐来到兰花区，挑了两小袋花肥，又买了几绺用于牵引月季花枝的细麻绳，便早早地出了市场，朝门外的停车场走去。

姚芩已经在那儿了。

她的一只胳膊支在打开的车窗上，手指夹着细细的卷烟。在阳光下，她的成熟、丰腴以及吞云吐雾时的老练，都让他暗暗吃惊。他怎么也没法将她与记忆中那个瘦弱、害羞的福建姑娘联系在一起。金地花卉市场距西山云锦只有两公里的路程，他本想自己慢慢走回家，但还是一声不响地上了她的车。她开车时戴上了茶色的墨镜，即便周振遐不时偷偷打量她，也看不清她脸上的表情。车里太安静了，他有点坐立不安。可当姚芩打开收音机之后，里面播放的音乐，又有些闹心。在路口等绿灯时，周振遐再次问姚芩，愿不愿意顺便去看看他种的花。姚芩扭过脸来，瞪了他好半天，这才说：

"不去看花，我特意绕了这么大一个圈子，为啥呢？"

周振遐知道她的家在五彩城的橡树湾。那是一个四室两厅的大平层。蒋承泽在世的时候，周振遐曾陪他去过一次。

姚芩对露出凋萎之相的海格瑞没有什么特别的感觉。和任何一个刚刚接触欧洲月季的人一样，明艳的色泽和浓烈的花香，似乎更容易吸引他们的注意力。

刚进院子,一缕水果味的强香,以及在风中摇曳的橙黄色花枝,将她带到了无名的裴德那高大的植株之下。它那浓郁的甜香,尽管很远就可以闻到,但姚芩还是把它的硬枝扳过来,凑向鼻前。那样子,已经不是嗅闻,而简直是在贪婪地吮吸了。因怕花枝过于弯曲而折断,周振遐的心一直悬着。

好在姚芩终于放开了花枝,对他道:"我怎么觉得,这花比毛茛更像大肉包子呢?"

周振遐向她介绍说,这花刚开的时候,花苞呈现出一片朦胧的橙红,而在盛开之时,多达七十余片的厚实花瓣,由橙红慢慢转为杏黄和浅黄,最后变成粉白。每一片花瓣的色泽,从里到外,都是均匀的,晶莹剔透,几乎没有色差。

姚芩向他打听这款月季的名字,周振遐先是问她读没读过托马斯·哈代,接着又说起了它的两种中文译名。无名的裴德和朦胧的朱迪。可姚芩似乎早已忘记了自己的问题,她从地上随手捡起一片被风吹落的花瓣,对周振遐道:

"像不像一块油炸龙虾片?"

周振遐"嗯、嗯"地哼唧了两声。

见他不说话,姚芩就用胳膊拱他:"到底像不像?快说!"

周振遐只得苦笑着回答说:"嗯,让你这么一说,还真有点像。"

当姚芩被另一缕奇异的花香吸引,来到日式竹篱边,端详大卫·奥斯汀的著名品种自由精神时，天上纷纷扬扬落下了一些雨丝。不过，这丝毫没有减少姚芩的兴致。

自由精神被月季爱好者誉为"开花机器"。几年下来，它的植株长到了两米多高，淡粉色的花朵没完没了地开着。它的外形与花朵之美，任何人一眼就能看出，然而，要向姚芩介绍它那奇异的香味，却不知从何说起。花迷们通常用"没药香"来形容它的香型。但问题是，什么是"没药香"呢？如果你告诉她，所谓的"没药"，是一种名为地丁的树木干燥后的树脂，听者也许会更加迷惘。因此，周振遐略一思考，便向姚芩解释说，那是一种类似于杏仁的香气，既有艾草的苦味，也混合了薄荷的寒凉。

其实，周振遐并不喜欢这种花的香气。它过于浓烈、滞重，常让他没来由地联想起殡仪馆中大量摆放的百合。每次站在这种花前，它的气味似乎总在提示他来日无多。

他没法把这种过于"重口味"的想法告诉姚芩。

雨很快就下大了。他们来到二楼的书房喝茶。

要是在平常，他一个人在茶室独坐的时候，窗外飒飒的雨声，想必会让他沉入到那种令人出神的阒寂之中，可是今天不一样。铁壶里的水还没有烧开，他得和姚芩说点什么。周振遐与异性独处的时候，时常有一种伴随着羞涩的紧张和不知所措，仿佛他对于两人之间的冷场和尴尬，负有全部的责任。每次遇到这样的窘境，周振遐通常会一刻不停地说话，尽管那些话在他本人听来是那么的无趣、勉强乃至愚蠢。

他提起童年时期去竹林寺探望师父永贵的那个下午，姚芹表现出了很有兴味的样子——她在用干毛巾小心掠去头发和脖子上的雨水时，眼睛始终看着他。他还提到了在废窑里做过的那个梦，说及春天空旷的田野里呼呼的风声，以及狭窄河道两边镶嵌着的菜花，她听得很专注。当周振遐在强调那个童年的梦，是他的记忆"无数次折返往复的枢纽"，而"人的一生，很像是可以醒在不同时空中的梦的万花筒"时，姚芹基本上就不明白他在说什么了。

她先是捂住嘴，悄悄地打了个呵欠，然后抓过茶几上的一本《修篱筑道》，随便翻了几页，又放回了原处。这个时候，周振遐很希望姚芹能主动说些什么，容他稍作喘息。但姚芹仍是用那种半是期待半是怂恿的眼神仰望着他，仿佛决定他命运的口试尚未结束。

于是他说起了他和蒋承泽的交往，并顺便提到了1986年的那次厦门之行——他们乘坐的茂新号客轮在海上遭遇到了台风，在一个渔港里耽搁了很久。没想到，姚芹突然打断了他的陈述。

"茂新号吗？我怎么听说是展新号？"

"噢，没错，是展新号。时间毕竟隔得太久了，我的记性也越来越坏……"

她问卫生间在哪儿。周振遐将她领到书架后的洗手间门口，替她开了灯，仍回到茶桌前坐下。

窗外的雨声，以及铁壶在电磁炉上发出的滋滋的响水声，都没能盖住卫生间里传来的令人难堪的声音。

好在姚芩从卫生间出来之后,开始全面接管接下来的交谈。

"一个人住在这么大的房子里,您不觉着闷吗?"姚芩跷起腿,嗑着瓜子,问他道。

"平常在家里翻翻书,弄弄花,去公园散散步,不知不觉,时间就一天天过去了。一个人待着,其实也挺好。"

"我也没说不好。这么大房子,收拾起来挺费事的。现在还行,将来年纪再大点怎么办呢?想过没有呢?总得请个保姆吧?"

"我这人比较挑剔。不相干的陌生人,成天在眼前晃来晃去,有点不太习惯。"

"慢慢就会习惯的。什么事都会慢慢习惯的。"

"这倒也是。"

"再说了,您也不一定非找陌生人不可啊。"

"你是说……"

"比方说,您可以雇我啊。"

周振遐知道对方在拿他寻开心。

姚芩话里话外,不冷不热,明显藏着某种讥讽。她看着自己的目光,似乎仍和过去一样,满含着警觉和诘问,冷冰冰的。

第二天凌晨两点,周振遐在三楼的卧室里醒了过来。他一睁开眼,黑暗中就浮现出姚芩那张阴沉着的脸。她怎么突然就不高兴了呢?昨晚临走时,等到他终于从鞋柜上方的壁橱里找出雨伞追出去,院外已经传来了姚芩关车门的声音。此前她不是一直都有说有笑的吗？到底是哪句话说错了，导致了她的情绪急转直下？周振遐一遍遍地想着这些问题，直到他再次滑入梦乡。

然而，出乎他意料的是，从那以后，姚芩隔三岔五地来西山云锦看他。

她给周振遐带来他喜欢吃的蚵仔煎和油爆花蛤，有时候，她也会从网上帮他订购一些打理花园的工具——防花刺的手套、可以轻松铰断粗枝的压力剪、"嘉丁拿"农药喷雾器。到了春夏之交，院子里的月季花眼看要凋落了，她小心翼翼地将花瓣收集起来，放在竹匾里阴干后，浸泡在橄榄油里，说是要提取精油制作肥皂。然而她一转眼就把这事忘得干干净净。那些盛满花瓣的橄榄油瓶子，整齐地码放在厨房的窗台上，在雨季到来时迅速发霉，并长出了一层厚厚的白毛。

趁着姚芩不在，他只得将瓶子里酸臭难闻的油污埋入土里，权作肥料。

8

退休前，每当周振遐走进公司的大门，大厅柜台后两名身穿制服的女职员即会同时起立。她们微露笑容，双手交叠放在腹部，身体前倾（但也未倾斜至鞠躬的程度），向董事长表达敬意。大多数时候，他从那儿一走而过。一旦周振遐在柜台对面的幕墙前停下脚步，抬头朝墙上的电子屏幕凝神观望，女职员中的一位，就会手托一个圆盘，悄悄走到他的身后。托盘中通常有香草拿铁一杯、熊猫香烟一盒、一次性打火机一枚、烟灰缸一只。按照以往的经验，董事长喝了咖啡之后，由于味蕾受到了刺激以及咖啡因带来的兴奋，总要抽上一两支烟。反之，若是先抽烟的话，咖啡的存在，他往往视而不见。

幕墙上是一幅电子中国地图，包括了台湾、钓鱼岛和赤尾屿。灰黑色的背景衬出一片蔚蓝。每一个纯蓝的光点，都标示出一辆正在路上行进的重型运输卡车。在卡车数量比较密集的地方，纯蓝的闪光点自然连缀在一起，形成一条浅绿的光带。而在经济较为发达的北京、上海、广州、深圳一带，那些层层叠叠垒集的光带，则向淡黄过渡，最后汇聚成一片晶莹耀眼的亮白。这些纯蓝、浅绿、淡黄或亮白色的光晕，宛若布满星斗的银河，又像是一堆散乱摆放在玻璃橱柜中的宝石项链，熠熠发光，璀璨夺目。

这张电子地图，是神州联合科技公司数字化运营系统的一个缩影。通常在短短一支烟的工夫，系统就已实时监控到重型卡车运输途中出现的 3700 项高风险事件，并优先干预了其中的 1600 项。这些有可能导致险情的事件包括：司机因疲劳驾驶，出现三秒钟以上的闭眼个案 480 余例，违规打电话者超过 530 人，因超速或急刹车、变道造成的潜在碰撞危险 300 多个，侧翻风险则维持在 110 至 170 例之间。

自从神州联合科技公司以全新的理念和管理模式介入公

路货运行业以来，公司市场估值即已超过 600 亿元，且在上海和广州成立了分公司，连接起了全国各地的 280 万辆卡车、43000 个运输车队，以及 2400 个矿区、港口和工业园区，每日跟踪超过 1.2 亿公里的卡车运行轨迹，日均上传平台数据超过 9.6 TB……

在这个电子幕墙的上方，公司 Logo 的右侧，有一句英文标语。它是公司创始人蒋承泽平常最爱引用的一句格言，来自科学巨人牛顿：

上帝是关联的声音。

周振遐不知道，蒋承泽是如何理解牛顿的这句话的。他同样不知道，如今公司的规模和业绩，是否符合蒋承泽原先的构想和预期。但他心里很清楚，从某种意义上说，蒋承泽其实并不是一个人。蒋承泽不可动摇的信念，代表了某种生生不息的宇宙的运动以及人类的生命意志，换句话说，它代表了"上帝"的声音。这个声音暗示了文明发展的既定轨迹，它隐含着一种将世间万物联系在一起的绝对性逻辑。而所谓文明和历史目的，不过是这个逻辑的一个附庸罢了。

因此，周振遐站在电子幕墙前，在想象和揣摩亡友的所思所想、欲望和意志的同时，他实际上也是在揣摩千千万万个人瞬息万变的内心世界。从理论上说，每个人都是"所有人"或"其他人"，周振遐本人也不例外。

令周振遐感到震惊的是，日新月异的现代科技，使这种关联性变得更为直观和玄幻，有时甚至让人匪夷所思。

举例来说，某市某小区的一户居民家中自来水的用水量，突然出现了15倍以上的猛增。对自来水公司而言，这一异常本来不值得大惊小怪——只要用户按时缴纳水费，自来水公司一般不会对这种异常过分关注或进行任何干预。问题是，如果自来水公司与其他的社会管理系统（比如公安局或派出所的类似终端）联网并共享数据的话，不需要什么特别的算法，公安系统的警员们即可据此得出如下几个猜测性的结论：

用水量偶然的急速上涨，或许是自来水管漏水所致，也有可能是源于居民用自来水洗车或灌溉庭院里的花草。假如每天的用水量一直居高不下，那只能说明，居民洗澡的次数正在显著增加。这自然是极不正常的。会不会，该户居民已将自己的住房，悄悄改造成了卖淫嫖娼的隐秘窝点，且生意兴隆？于是，公安干警抱着不妨一试的态度，连夜出动，将正在洗浴的失足妇女及嫖客逮个正着……

蒋承泽在三十年前曾经展望过的信息、控制与系统性远景，在今天已成为理所当然之事，生活正在日益蜕变为映入他人瞳孔的一缕缥缈之光，而通过技术、大数据、算法、监测，将世界上的人和物瞬时关联在一起的那个幽灵，更是无处不在。

周振遐发现，如今的世界，早已不能用简单的"好"或"坏"来加以评价了。因为两者之间，渐渐模糊了明确的边界。当他不无痛苦地认识到，蒋承泽留给他的这个人人称羡的企业，实际上已成为他难以挣脱的囚笼时，他甚至也可以这样说，"好"就是"坏"，"越好"也就意味着"越坏"。

在过去的生活中，存在着真正意义上的、赤裸裸的、让人难以承受的"坏"，也存在着不容辩驳、完满如期待的"好"。而在今天，我们既没有什么不可接受的"坏"，也谈不上什么确凿无疑的"好"。如果你非要说一件事情"好"，那也只是看上去如此罢了。在过去，如同时序周而复始的变化一样，世界的大钟摆，通过兴盛和衰败的治乱循环，来调整自己的呼吸和节奏，到了今天，这种循环让位给了共时性的简单叠加，"好"也悄悄地让位给了"多"。旧的尚未逝去，就来了个新的。一件事被宣布完结，仅仅是为了让另一件事发生。然而，新生事物层出不穷，你却很难在一件事情与另一件事情的轮替中，提取出哪怕是最微小的差异性。除了一刻不停的永续变化之外，世界本身没有了任何可以理解的静态特征。它实际上处在一种失重状态，给人带来犹如电梯急速下坠般的眩晕感。无论是人还是宇宙，都成了浮泛无根之物。

不幸的是，周振遐走在了一条与时趋完全相反的道路上。在一片空旷的荒野中，他注定了只能与自己相遇。

周振遐从好友手中接过公司的全部业务之后，它的业绩一直在逐年攀升。但他内心的迷惘、苦闷和挣扎，多年来鲜为人知。唯有在涿州定期举行的公司例会，能够给他带来短暂的轻松。在公司的老总和高管们下场打高尔夫球时，他照例找来几位老员工，安安静静喝杯茶，聊会儿天，打几局桥牌。

9

多年来，周振遐一直在为将公司交到谁的手里而发愁。

体弱多病、无欲无求的汤总；笑容可掬、行事深藏不露的田总；说话细声细气、举止轻佻，大家在背地里唤他作"丫头"的殷总；待人过于严苛，常常将女员工训哭，大伙叫他"鬼子姜"的姜总；为人正直、性情温和，却嗜酒如命、每喝必醉的任总；迂阔幼稚，办起事来总喜欢想当然的第五副总……所有这些人，周振遐一个都瞧不上。乔伯年、郑怀红、游纪惠诸人，也都不是理想的人选。而只有在找到足可信赖的继任者之后，他才能将公司交出去，从而摆脱掉一个沉重的负担。

终于，在一个偶然的机会，他结识了一个名叫陈克明的出租车司机。

他的家似乎就在离毛家岭不远的一个村庄里，具体是哪个村庄，周振遐没能记住。这个人长相喜兴，浑身上下透着机灵劲儿，但举手投足之间，仍能看出几分坦诚与质朴。他大学学的是数控机床，恐怕有名无实——那一类招收高考落榜考生的自费民办学院，其成色如何，可想而知。据说，他倒也经手过一家企业，做过几档子生意。然而他那时心浮气躁，血气未定，不免功败垂成。

在陈克明刚来公司上班的那些日子里，周振遐每次见到他，不知怎么就会想起意气风发的蒋承泽。陈克明在待人接物时，常爱沾沾自喜。不过，他身上也有着时下年轻人较为缺乏的罕见品质：比如说精力旺盛，做事极有分寸，还有特别重要的，他有一种百分之百投入生活的巨大热情。

他在暗中观察陈克明的同时，顺便也解开了心中存在多年的一个谜团：自己与蒋承泽在气质、性格以及生活目标上处处相反，两个人缘何会走到一起，成为形影不离的挚友？他不得不承认，正是蒋承泽身上的那种炽烈如火的热情，在持续地温暖着自己寒冷而贫弱的生命。

周振遐想到这一层的时候，他的眼睛再次湿润了。

在公司里，他对陈克明的偏爱和袒护是公开的、不加掩饰的。陈克明在很短的时间内，从一个普通的合同制司机，成为总裁办公室主任，周振遐感受到了谣诼风起、蜚短流长的无形压力。但他置若罔闻，不为所动。姜总多次提醒过他，让他留意一下陈克明身上"明眼人一看便知"的野心，周振遐"嗯、嗯"地敷衍了两声，根本不把副手的规劝当回事。有一次，在涿州，醉话连篇的任总，缠着乔伯年喝了一杯交杯酒之后，拽住周振遐的胳膊，很不得体地向他打听，陈克明到底是不是他"养在外面"的亲儿子。

他以为自己的声音很小，却连邻桌的汪剑虹都听得一清二楚。

"我希望他是。很可惜，他不是。"周振遐平静地回答说。

也许只有在家中发烧卧床的陈克明，能够准确地理解董事长这句话的言外之意。

那天午夜，汪剑虹给他打去电话，向他报告老头子在酒宴上"耐人寻味的表态"，提前祝愿他"步步高升，前程似锦"。

"你说咱俩铁不铁？"汪剑虹在电话中问他。

"你把手里事情先放一放，帮我侧面打听一下周南在天津的近况。"陈克明齉着鼻子对她说，"我差不多有半年多没有听到他的消息了。"

经过周密的考虑，周振遐还是让已快到退休年龄的汤时雨，接任了名义上的公司总裁一职。在七位副总之中，陈克明虽然排名最末，但至少北京总部与华北区的日常管理和运营，已在他的有效掌控之下。

退休前，周振遐将陈克明叫到他的办公室，对自己一手提拔起来的下属做最后的交代。他告诫陈克明，神州联合的创始人蒋承泽，曾为公司定下一个不成文的规矩：领导者必须像对待自己的亲人那样，公平地对待每一位员工。除非出现极端情况——比如刑事犯罪或员工本人自愿从公司离职，否则，他不得开除任何一位职员。

"你也许会说，蒋承泽这么考虑，或许过于理想主义，"周振遐补充道，"然而，这些年来，公司的成长和业绩表明，蒋承泽的这一决定，还是很有远见的。不管怎么说，让每个员工都能清楚地看到自己的前程和利益所在，是把所有人联结成一个整体的最有效方法。"

接着，周振遐再次叮嘱陈克明，既然他已经卸任，神州联合科技公司未来的一切，已与自己无关。他不希望退休后的清净受到太多的打扰。另外，如果"天津方面"再有人来公司胡搅蛮缠，不必通知他本人，可以直接交给派出所来处理。

关于后面一条，陈克明只是呵呵地干笑了两声，没有直接表态。

陈克明心里明白，周振遐所谓的"天津方面"，主要针对的，是他与前妻夏鹃所生的儿子周南。

周振遐与夏鹃离婚后，儿子被判归女方抚养。在后来十多年的时间里，周振遐始终没有办法见到儿子。他寄给儿子的钱物，被原封不动地退了回来。周南上小学时，周振遐曾收到过儿子寄来的唯一一封来信，写在被撕下来的一张方格纸上。这封责令他"以后滚远点"的来信，通篇是母亲怨毒的语气。他明确地觉察到，年幼的儿子已被当作人质，强拉进了他们夫妻之间的恩怨中。在愤懑之余，他也会为人生的可怜和乏味潸然泪下。他一直保存着这封信，并时常透过那些歪歪扭扭的字迹，来想象儿子稚嫩的面容。

等到周南第一次出现在他的办公室门口，周振遐将他误认作了应约上门换纱窗的勤杂工。儿子手里拎着一袋国光苹果，怯生生地站在门外。他那蜡黄的脸色、邋遢的衣着、说话时躲躲闪闪的神色都让周振遐感到寒心。

周振遐给他的钱越多,他来公司公然要钱的频率就越高。在忧心忡忡地揣测那些钱的流向和用处时,周振遐想到了两种"最坏的"可能:

赌博和嫖娼。

但他没想到儿子竟然两者都沾。他不得不单方面宣布与天津方面断绝一切关系。

多年后的一个雨夜,夏鹃离婚后第一次拨通了周振遐的手机,向他报告儿子失踪的消息。

因突发心绞痛而坐卧不宁的周振遐,无奈之下试着给陈克明打了个电话,让他帮着想想办法。陈克明通过海淀刑警大队的一位朋友的关系,五分钟之后查到了周南的下落:他目前被关押在丰台的一家看守所,十四天的拘留期,只剩下两天了。大概是怕周振遐生气,陈克明没有告诉他儿子被拘留的原因,周振遐也没再追问。

犹豫再三,周振遐干脆交代陈克明,两天后帮他去看守所门前接儿子,然后直接将他送回天津。

从那以后,周南就缠上了陈克明。再到后来,夏鹃本人要是遇到什么难办的事,再也用不着去麻烦她的前夫了。

周振遐知道陈克明瞒着自己给儿子塞钱,屡屡用"以雪填井何时了"一类的古训来劝止,但陈克明听了总是一笑了之:

"这是我和小南之间的事。您就别管了。"

10

差不多天刚亮，草尖上露水未干时，周振遐就在花园里忙活了。数不清的小飞虫，粉末般地聚集着，一路跟着他，弄得他头皮发痒。有时，这些小飞虫，稍不留神也会钻到他的眼睛里去。

到了初夏，特别是芒种节气过后，花园里的杂草开始疯长。在那些四处蔓延的野草中，有一种名为"葎草"的藤蔓最为烦人。这种北方人称之为"拉拉藤"的植物，有着惊人的生命力。它的茎枝和叶柄密布倒钩刺，无论你多么小心，在清除它时，都会在脸、手、胳膊和腿上留下一道道血印。在仔细地观察葎草的生长习性之后，周振遐悲哀地发现，他过去认为植物之间是一种各安其分、互不干涉的生命形态，现在被证明完全是错误的。幼小的葎草刚刚从土里钻出来，就开始向空中伸出它那柔嫩的触须。它东撩一下、西扯一下，与各类花木勾肩搭背、到处攀爬。如果任其生长，半个月之后，它甚至有能力给整个花园罩上一个密不透风的绿色帐篷。

除了杂草之外，他还有干不完的活。刚开完花的月季需要一次重剪——除去残苞和果实，剪去弱枝、蘖生枝、平行枝和老枝，并完成花枝的延引。此外，他要给所有的月季追加有机肥和复合肥各一次。随着气温升高，他不得不增加灌园和浇水的次数。

偶尔飞来一些鸟，诸如喜鹊、斑鸠、乌鸦、雨燕和戴胜，或者在木栅栏上站成一排，或者栖息在不远处的国槐和玉兰树上。唯有乌鸦在空中盘旋，呀呀地叫个不停。周振遐用往年吃不完的积米、黄小米和玉米糁去喂它们。他还没有来得及把米粒撒在院中的青石板上，那些平常胆子很小的喜鹊和急性子的乌鸦，早已俯冲下来，围在他的脚边翘首以待。

累了的时候，周振遐一边捶打着酸痛的腰背，一边缓步走到木栅栏院外，坐在丁香树下的石凳上，抽上一两支烟，漫不经心地朝公园方向看上一两眼。

池塘中的睡莲和芰荷，花开花谢。四周的梭鱼草、菖蒲和芦苇，荣枯有时。这种心不在焉的寻视，给他的时间记忆造成了某种淆乱。比如说，他明明记得公园里荷叶高举，莲藕挺立，红色的蜻蜓伴着蛱蝶翩然而飞，可一转眼之间，寒霜凛冽、荷尽草枯，白雪覆盖着的池塘一派萧瑟。

仿佛他只是在树荫下不经意地朝那处池塘眺望了两次，一年的时间就这样匆匆过去了，什么痕迹都没有留下。

当然，也有这样的时刻。

连日的绵绵春雨悄然停歇，天空开始放晴。莫里斯从木栅栏上垂下粉红色的花瀑，柔嫩的花朵累累纷披，在风中摇曳；汉密尔顿妩媚娇羞的花枝，与托马斯那大大咧咧的金黄色苞蕾在院门的拱顶上连成了一片；龙沙宝石躲在竹篱背后悄然盛开，而古斯塔夫织出的红色花墙，几乎完全挡住了厨房的窗户。周振遐戴着一顶草帽，蹲在山楂树下拔草。当他站起身来，将目光投向院墙外的那处寂静的池塘时，一只绿头野鸭扑棱棱蹿出，飞向对岸茂密的苇丛，在明镜似的水面上留下了一道锥形的波纹。在鲜花醉人的香气中，他忽然觉得尘虑顿消，大脑有了片刻的出神，一时不知今夕何世。

这是一个被无数哲人称为"吉瞬"的美妙停顿，一次令人神驰的例外，一个跃入觉醒的时刻。

在这一刻，他不再为未来担忧，不再为过去所受到的伤害和屈辱而痛苦，不再为啃噬他良心的道德上的种种过失感到后悔和内疚。他愿意原谅任何人，愿意忘记一切事情。有那么一阵子，他的心幕被打开了，藏在后面的东西也不再让他害怕，他觉得自己像一只鸟那样自在。无所用心的光阴，绵延在所有事物之上。

明亮而清澈的"现在"，允许他在场。

在周振遐刻板地重复着的一天中，上午的时间，通常是最令人愉快的。心甘情愿地投入其中的繁杂劳动，差不多占据了他的整个身心。到了中午，他一身大汗地从花园里收工，心里有一种说不出的满足感。而当他换上干净的衣服，拖着疲惫的步子，走在去餐馆的路上，那种真切的饥渴感，勾起了他畅饮冰镇啤酒的强烈欲望。每当他经过北平精酿门口，就会把医生的严厉警告暂时丢到一边，径直走到吧台前，痛痛快快地喝上一瓶百花深处或淡色艾尔。

周振遐对小区附近经营石锅鱼并有山歌表演的湘西菜，总是望而却步。而对于年轻人趋之若鹜的烧烤店，以及吃香锅的路边餐厅，他更是避之不及。他常去的那家宁波菜馆，位于商贸中心的五楼，与他居住的小区隔着两条马路。不紧不慢地走，需要花上二十分钟。如果店里人不太多，心直口快、待人豪爽的老板娘，照例将他安排在靠窗的一个独立的隔间里。那里相对安静一些，可以望见窗外的广场和整条步行街。

周振遐的菜谱基本是固定的。红薯粉条烧黄鱼几乎雷打不动，蔬菜则随时令而变，有时是酒香草头，有时是蒜瓣苋菜，外加一客餐馆奉送的冬瓜老鸭例汤。

在等待上菜的那段时间里，喝着店家特制的茅根竹蔗水，俯瞰着广场上来来往往的人流，对他而言，是一个很好的消遣。这些人从广场对面的居民楼群里，从街心公园的南北出口，从蓝色的公共汽车上，从后厂村路附近的地铁站里，从橙黄色、直通未来科学城的专用塑胶自行车道上，从科技园区一座座玻璃写字楼里吐出来，会聚在广场上，最后被步行街周边的大楼和商店吞没。

周振遐自认为自己已来到了人生的尽头，因而对这些麇集在广场周边的人群具有某种心理优势——这是一种到达过山顶的下山者，对正在奋力爬坡的人所拥有的优势。任意挑选人流中的某一个，观察他的仪态和神色，猜测他的过往、未来以及最终的命运，渐渐成了他的一种习惯和癖好。

他经常看到一个衣衫褴褛的老妪，把广场上的金属垃圾筒挨个儿翻遍，寻找值钱的东西。每次瞥见她，周振遐总是即刻把目光移开。他不愿意猜测她的未来。因为他心里很清楚，这个老妪已不会有什么像样的未来。

望着她佝偻着腰缓缓移行的身影，深深的负疚感不时涌上心头。仿佛原本属于她的那份好运气，那些好日子，全都被自己攫取或偷走了一样。

最近一段时间，他留意到，一个手扶无轮助行器的老人，每天都会在广场上练习走路。天气尽管很热了，这人还穿着很厚的羽绒背心，头顶上戴着一顶瘪塌塌的绒线帽，沿着广场边的人行道，一步一顿地往前走。往往一顿饭吃完了，这人才往前移动了百十来米。这个老人少说也有七八十岁了。或许是脑部动过手术后肢体丧失了部分功能，虽说有着钢架助行器的支撑，仍然步履不稳、跌跌撞撞。尤其是在下坡时，挪动钢架导致身体前倾，似乎随时都会跌倒。

长时间地注视着这个残灯将尽的老人，周振遐不免联想到自己悄然临近的那个终场。

世事皆如此，还能怎么样呢？

短暂的午睡过后，他的一整个下午通常在书房兼茶室度过。这个房间本来是二楼的大卧室，光是所谓的衣帽间，就接近20个平方。周振遐将三合板的衣橱拆除后，在那儿打了两排书架。墙角立着一架取书用的小梯子，还有一个搁咖啡机的小边柜。书架和边柜都是橡木的，因他厌恶油漆的气味，只让木匠在上面涂了一层木蜡油。

在外面的大房间里，原先准备放床的位置，有一张红酸枝的茶桌，一把圈椅，一个多宝格搁架，桌上泡茶用具一应俱全。在房间东边的墙边，摆着一张胡桃木的大书桌，一把靠背椅。书桌上有一盏台灯，一副老花镜，一柄放大镜，两支削好的铅笔。桌边靠近窗户的一侧，另有一个白松木的四层小书架，摆放着周振遐最近在读的书籍。其中有几本书，已被他专门地挑了出来，整齐地码放在书桌的左侧。

只要稍稍检视一下书名，即可看出他的阅读趣味相当博杂：侯世达的《哥德尔、艾舍尔、巴赫——集异璧之大成》、S. 温伯格的《引力和宇宙学——广义相对论的原理和应用》、刘侗和于奕正的《帝京景物略》、圆悟克勤的《碧岩录》、陈淏子的《花镜》，富兰克林·H. 金的《四千年农夫》、王水照选编的《苏轼选集》。

摆在所有这些书籍最上面的一本书，则是维尔纳·海森堡的《物理学与哲学》。周振遐在读研究生时，曾经翻阅过它的英文版。1992 年，协志工业出版社排出了繁体字版。蒋承泽托人购入后，多年来视若珍宝，手不释卷。蒋承泽去世前，没忘记将这本早已翻烂的旧书带入病房，并在最后时刻转赠给老友。这本黄色封面的书籍，因年代久远和印刷粗劣，铅印的字迹已经出现了缺损。扉页上留有一个蓝色的椭圆形藏书章。印章右侧，是蒋承泽的亲笔签名和一行字迹歪斜的留言：

一切都不会为我们稍作停留

若说起周振遐近来最喜欢读的书，那还要算在三楼卧室的床头柜上摆着的那一函小丛书。那是《海棠谱》《扬州芍药谱》《缸荷谱》《学圃杂疏》《北墅抱瓮录》一类的小册子，很薄，也很轻。这或许表明，晚年闲居在家的周振遐，已将自己的兴趣点转向了园艺与花草。这些书籍一律用宣纸精工印制，拿在手里很轻，可任意卷曲，且没有很重的油墨味，不像如今流行的书籍装帧那样，通常有着坚硬挺括的封面和封套以及令人讨厌的腰封。

除此之外，这套书还有另外一个好处：它没有引人入胜、疑窦丛生的情节，没有悲欢离合、跌宕起伏的情感纠葛，更没有微信朋友圈里"惊爆""重磅""突发"一类令人生厌的故弄玄虚。无论你在何时阅读，都不会让人因情绪激动，或者因肝火上升而辗转难眠。一册在手，斗室之中即可有山川风雨之思。而在临睡前翻阅这些闲书来助眠，有时读不了几页，眼皮随即耷拉下来，不知不觉就睡过去了。书从手中滑脱时，即便是落在脸上，也不会有伤及鼻梁之虞。

尽管周振遐的整个下午，差不多都在书房里度过，但他真正用于读书的时间其实很少。随着他的视力衰退，老花、黄斑和飞蚊症接踵而至。他不得不尽量克制自己的阅读欲望，以节省目力。

在清寂的午后，他端坐在茶桌旁，一边喝茶，一边望着楼下的花园发呆。什么心思也不想，什么事都不做。从某种意义上说，他只是这个世界的观察者，而非局中人。他觉得这样就很好。

黄色的蝴蝶、黑色的蛱蝶、蜻蜓和大黄蜂，从花丛中飞进飞出，追逐嬉戏；花枝上豁亮的阳光，从木栅栏边的粉色达芬奇、莎士比亚和皇家胭脂上慢慢移走，越过花园西侧的红枫和山楂树，落在威基·伍德和亚伯拉罕那雍容华贵的淡粉色花蕊之上……

当他觉得身上有些冷了，起身披上一件夹克时，才会意识到，一整个下午的时间，就这样无声无息地从他眼前溜走了。

等到太阳落山，他的花园，将重新被斑驳的阴影所笼罩。此时的周振遐，心情渐渐转向阴郁和黯淡。

若是不想两顿饭都在外面吃，他就得为自己做一顿晚餐。而每天都要在厨房里重复一遍的劳作，渐渐让他感到厌倦。考虑到一天的能量所需和营养均衡，兼顾烹调的简便，他晚餐的食谱差不多一成不变。焖上一小锅饭，在由排骨、牛肉丸熬制的肉汤中，加入圆白菜、胡萝卜、土豆、西红柿。通常每做一次，他差不多要吃上两天。如果姚芩来看他，周振遐则会特意为她煎上几块三文鱼排。

晚上的时间最难打发。

那时，他的花园早已一片漆黑。勉强看会儿电视的话，得忍受节目的无聊。手机上那些糟糕的视频，则让他联想到生命不过是一帮灵魂空虚的人所表演的烂俗戏剧。而去书房喝茶，势必严重影响到深夜的睡眠。那么，去外面的公园走走又如何呢？

晚上六七点钟，是广场舞的时间。而到了八九点钟，去公园健身的人流将达到高峰。有好几次，他差点被从土坡上飞速冲下的滑板撞倒。若是改在十点以后去，也别想安生。人倒是少了，狗却多了起来。养狗人士通常选择在这个时间，将社区明令禁止豢养的大型犬带入公园，并解开绳索，让它们随处便溺，尽情撒欢。

临睡前的那段时间，周振遐更加心神不定。他心情烦躁地在楼上楼下的房内漫无目的地来回游走，就好像在寻找什么东西。到了凌晨两三点钟，他从床上醒来，想着无论人的一生怎样度过，最终还是要与死亡相乘而归零，有时会沉入一片黏稠的泥沼之中难以挣脱。白天被调适得很好的心境，到了晚上即被证明为不堪一击。到了必要的时候，是不是应当对自己采取断然措施呢？类似的念头，从他脑子里一晃而过。

不定期发作的牙周病，年复一年地测试着他对痛感的耐受力。一想到随着年龄的逐渐增加，所有的牙齿一颗接着一颗地掉落，他的心情简直坏到了极点。锥心的痛楚，让他禁不住呲呲地吸着凉气，时而哼哼唧唧地呻吟，时而气急败坏地高声哀号。在这个空旷的住宅内，无论他如何叫唤，都不会有人听到。

11

在周振遐年轻的时候——那时他还在天津的无线电厂上班，

他成天在做梦，想着能从哪里继承一笔任他挥霍、用之不竭的遗产，然后找个清净的地方待下来，在一种诚实无畏的孤寂之中度过余生。等到他后来有了钱，周振遐便开始认真地挑选自己息影林泉的理想地点。

随着他旅行的脚步，这些地点也在不断变换之中。其中包括长白山中常年为积雪覆盖的某个边陲小镇；处于江浙皖交界处人烟稀少的宜南山区；锡林郭勒草原深处的某个不为人知的水泡子村庄；还没有变成"香格里拉"、在初夏时遍地是土豆花、一抬头就能望见梅里雪山的德钦；瑞士的英特拉肯的峡谷；法国南部浮在半山腰云端中的修道院……

他在想入非非的同时，也在为自己那些不切实际的计划辩解：他所要逃避的，不是劳作，而是如今越来越稠密的人际关系；他所要追求的，也不是什么低级的肉体享受，而是重新融入自然的心灵平静。至少在一点上，他与瓦尔登湖畔的梭罗以及那些有出尘之想的隐逸之士心意相通。

也可以这样说，周振遐所厌恶的，并不是某个特定的社交圈子，而是抽象的、无差别的"人群"。他试图躲开的，也不是哪一个具体的人，而是所有的人。

如果他在街上走路，冷不防地遇到一个熟人的身影，出现在前方百十来米的距离内，正朝他迎面而来，为了避免与这个人相遇、寒暄、打招呼，他通常的做法，是赶紧钻入一家本不想去的街边超市，或者拐入一条离家更远的岔路。他因工作关系不得不参加各种会议，与各种不同的人应酬——握手、鞠躬、恭维、谈笑、闲聊、谈判，虽说从表面上看，他显得沉稳严谨，彬彬有礼，实际上早就处于六神崩坏、勉力支撑的痛苦之中。而当终于回到家中的书房，在幽暗的台灯下，泡上一壶茶，不断地提醒并安慰自己："老兄，你现在可是一个人了呀……"他的神经系统总算慢慢复原，并最终静下心来。

前楼的女邻居，近来让他越来越烦心。他总也记不住她的名字。这个身材圆胖、在社区担任某种职务的女人，如同院中葎草藤蔓那样，随意伸出它那柔软触尖，到处牵惹攀绕，让他吃了不少苦头。

她有着永不餍足的好奇心。他每回答对方的一个问题，都会深深地陷入追悔之中。比如，"既然离了婚，为什么不再找一个？"，或者，"一个人住这么大的房子，您真的不觉得浪费么？"，诸如此类。

女邻居有时慷慨地送他一些园子里的果蔬——什么樱桃啦，李子啦，黄杏啦，圆白菜啦，四季豆啦，并借机不请自来地进入他的院子，对他引以为傲的花园评头论足。什么玫瑰和月季刺多，主家庭不睦啦；花椒和垂柳有伤风水啦；院子里栽四季桂，一年到头小鬼缠身啦，弄得周振遐每次见到她，心头就一阵阵发毛。

女邻居送给他的那些蔬果，周振遐通常随手将它们往厨房的角落里一扔，等到它们开始腐烂时，再心安理得地放入垃圾筒。她锲而不舍地试图与他加上微信，周振遐要么充耳不闻，要么找各种理由加以婉拒。他担心一旦开了这个头，他终将如她所愿地成为社区的老年合唱团的一员，或者去她家包什么茴香馅儿的饺子……

在盘根错节的社会关系网络中，"同学"或许是最令周振遐头痛的分支之一。经过几十年的自然疏隔和聚散离合，他的那些小学、初中、高中和大学同学中，只有极少数的人仍然保持着来往。不管你喜欢还是不喜欢，湮灭和遗忘，本来就是人的自然命运。可是，随着微信的出现和普及，那些既熟悉又陌生的名字，再次从手机的屏幕上浮现出来，不时搅动你尘封的记忆。于是，旧闻被一次次重提，中断的记忆得到赓续，沉入遗忘之河的往事被打捞出水，戏剧性的情节被反复追述，早已风化的情感从冷灰中复炽。令人厌腻的老一套的幻觉，再度将他围困。

那些自称是同学的陌生人，不断邀请他对其随手发出的言论或图片点赞；恳请他对自创的口水诗歌、配乐散文或拙劣书法发表意见；为儿子找工作，替女儿找对象，帮侄女介绍研究生导师，给舅妈联系主刀医生，在微信群里发红包，为不知真假的匿名病人捐助"水滴筹"……

他渐渐学会了对这些要求漠然置之、不予理睬，但常常深陷在道德上的自我谴责之中。

他曾独自一人寻访周边的寺庙，希望能重新找回记忆中的竹林寺曾经给予他的那份清凉。然而，那些满面红光的网红和尚的现身说法，总让人疑虑重重——怎么看，他们都不像僧人，倒更像职业经理人。

当然，平心静气地回顾一下过往经历的人和事，他的所作所为绝非无可指责。比方说，他与夏鹃的婚姻之所以失败，自己一味追求清净孤独的避世心态，也要承担很大的责任。

甚至在结婚的第二天，他就不近人情地提出来和她分床，理由仅仅是忍受不了她熟睡后的憋气与轻微磨牙。当夏鹃将她盘根错节的亲戚关系带入这个家庭时，他愈加烦躁不安，如临大敌，将亲戚们的热情造访，视为无礼的冒犯。

正是从那时起，他养成了在办公室过夜的习惯。

离婚时，夏鹃早已懒得跟他说话了，仍不忘给他留下恶毒的诅咒：

"你这种人只配生活在坟场里，与那些死人、鬼魂、幽灵待在一起。它们来无影去无踪，既没有亲戚朋友，也不会发出任何声音。"

12

周六或周日，姚芩照例到西山云锦来看他，给他带点吃的，帮他照料院子里的那些花。在适应了这样的固定节奏之后，只要姚芩某个周末没有露面，他就会一连几天如坐针毡。

有一天，他们去五彩城超市购物，姚芩顺便带他去自己居住的橡树湾公寓小坐。姚芩给他倒了一小杯酒，给自己随便冲了杯袋泡茶。周振遐接过酒来，闻了闻杯中的香气，抿了一小口，喜出望外地问她："你怎么知道我爱喝这个牌子的朗姆酒？"

姚芩双手托着脸颊，胳膊支在桌面上，一脸哀矜地望着他苦笑，不知如何作答。

周振遐的目光越过她的头顶，看到酒柜上搁着的蒋承泽的黑白遗照时，才终于明白过来，自己刚才的那个问题，有多么的自恋。

这瓶蒋承泽留下来的古巴朗姆酒，还剩下了大半瓶，就放在相片木框的边上。

房间里拉着窗帘，光线黯淡。天花板上筒灯的圆形光晕，正好照亮了姚芩身上穿着的藕色尖领衬衣，照亮了她那细致而白皙的脸。在接下来的闲谈中，周振遐语无伦次，颠三倒四，显得心神不定。

他发现，照片上的亡友，似笑非笑地紧盯着自己，始终牵扯并妨碍着他说话的思路。

奇怪的是，这一年的春节，周振遐再次被邀请去橡树湾一起过年守岁，与姚芩共迎新春时，他意外地发现，酒柜上的照片不见了。

那天晚上，周振遐有些贪杯，话也多了起来。几种酒混着喝，他很快把自己搞醉了。2018年的新春，在禁放鞭炮的岑寂中如期而至，周振遐躺在沙发上沉沉睡去。姚芩几次想将他弄到床上去睡，都没能成功，只得在他的身上盖了一条厚厚的毛毯。

他们之间越来越频密的交谈，多半是在西山云锦的茶室里进行的。

通常是周振遐一个人在说，姚芩手里捻动着小纸团、发丝或其他什么东西，默默在听。有一次，他正说到兴头上，她笑着插话说："真该找个录音笔，把你说的话，一字不落地录下来。"周振遐立刻注意到，她第一次用了更加亲切的"你"，而不再是让人觉着隔着点什么的"您"。但他仍有点不确定，对方刚才的那句话，究竟是真心夸奖呢，还是在嘲讽他的语言乏味。在姚芩面前，他发现自己变得越来越敏感而多疑。

他一瞅见姚芩微微皱起了眉头，心下就暗自检点，是不是哪句话说得不合适？他在说"越愚蠢，就越是快乐"或者"每个人都是自己的囚徒"这些话的时候，是不是过于偏激了？梅兰芳、孟小冬和杜月笙之间的恋情故事，姚芩是不是真的喜欢听？另外，他在向对方介绍什么是"量子场"的时候，是不是没有必要扯到什么"黑洞"和"信息熵"？

而当她在聊天的间隙，从包里拿出一个小铁盒，从中取出一块龙角散硬糖递给他的时候，周振遐立刻起了疑心：对方这么做，是不是在委婉地提醒自己嘴里有味？他借故去了趟卫生间，用舌尖顶出一小块假牙，放在水龙头下反复冲洗，并在刷牙后朝嘴里喷了一些口腔清新剂。

姚芩每次从西山云锦离开，周振遐都要将她送到停车场边上，站在路边的白桦树下，目送她离开。等到越野车的尾灯在小区外的弯道上消失不见了，他才独自往回走。脚步的矫捷轻快，说明他还不算太老。如果用力一跳，他甚至能摸到从自家花园拱门上垂下的月季花枝。

不过，两人在聊天时，也有意见不一致的时候。

一天傍晚，周振遐给院里的花浇完水，来到餐厅里，姚芩已经将两盘热气腾腾的水饺端上了餐桌。两人吃着饺子，不知怎么就聊起了友谊与爱情的区别。在周振遐看来，爱情与友谊中的许多内容，其实是高度重合的。比如说相知相得啦，彼此之间的包容理解啦，精神与灵魂的契合啦。这些说法没有什么新鲜的，姚芩倒也没有什么不同看法。

但周振遐进而认为，与友谊相比，爱情实际上只多出了一样东西——那就是肉体的欢愉。而那多出来的东西，大概是上帝为了人类能够繁衍下去而附带恩赐的某种"甜头"或"赠品"。照他说，种群的繁衍是一项极其艰辛的工作，若是没有这点快感的刺激，无论对于动物还是人来说，交配都将是一件可笑而痛苦不堪的事。因此，对于"自由"的人来说，"性欲和快感"恰恰是需要逐步摆脱乃至舍弃的东西。

最后，周振遐得出了他的简单结论：严格来说，友谊高于爱情。在两性关系中，柏拉图式的爱情理念，或许是最纯洁的，也是最值得赞许的。而所谓的婚姻，按照马克思的说法，仅仅是变了味的"交配权"在被重新分配时的一种制度性安排。

对于周振遐的这些说法，姚芩颇有些不以为然。

"友谊就是友谊，爱情就是爱情。"姚芩道，"两者原本就不是一回事，你不能把它们混为一谈。"

她言辞激烈地反驳说，爱情带给人欢愉，并不能证明它就比友谊更"低级"。至于"性"，你说它是甜头也好，赠品也罢，没有上帝赐予的这个"神秘礼物"，人类早已灭绝，一切都无从谈起。而所谓的"柏拉图式的爱情"，不过是胆小怕事的男人们自欺欺人的心理安慰罢了……

姚芩腰间系着一条白围裙，手里抓着一块抹布，一度忘记了要去厨房里收拾碗筷，站在餐桌边说个没完。

周振遐则笑眯眯地望着她，体验到了一种从未有过的奇妙情感：对方对自己观点不留情面的反驳，不仅不会给他带来任何不快，反而让他感到十分惊喜和愉悦。她的反驳越严厉，对自己的观点否定得越彻底，他的愉快感就越是强烈。

他们也曾说及过去的经历。

周振遐耿耿于怀的，其实不光是夏鹃所谓的背叛，也不是因为她所委身的那个人，既无学历，亦无长相，只是一个倒卖烟票、外汇券以及大件商品购买证的街头混混。而是夏鹃第一次和此人在宾馆偷情时，竟然带着5岁的儿子周南。她给儿子买了一包甜菇茑，让他一个人在套房的外间待了两个多小时。周振遐高度怀疑儿子后来出现的人格和情感障碍，与他幼年的这段记忆不无关联。

而说起自己过去在福建老家的生活，姚芩用"表面光鲜，实际上惨不忍睹"这句话草草做了概括。从她含混飘忽的话里话外，周振遐不难猜测到，她幼年的生活中到底发生了什么。

然而，让他深感震惊的，却是以下两个事实：

第一，在她与蒋承泽让人议论纷纷的交往中，她其实一直是相对主动的一方。蒋承泽将她带到一家五星级宾馆，在暧昧的灯光下，试着给她讲一个"生死契阔、地老天荒"的爱情故事。他刚刚说了个开头，姚芩就毫不客气地打断了他。她眼里闪着泪花，一字一顿地对蒋承泽说："别跟我说什么爱情。如果您约我到这里来另有目的，这个过渡不妨省掉，我们现在就可以开始。"

第二，蒋承泽去世之后，她曾结过两次婚，一次比一次短暂。这两次失败的婚姻让她彻底明白了一个道理：想通过把自己交出去而获得心灵上的平静是根本不可能的。

13

炎炎夏日在一阵阵惊雷之中再次来到。

在炽烈阳光的直射下，院中的大部分植物停止了生长。月季在剪完枝后，大都进入了休眠期。只有东墙上的粉色达芬奇和竹篱边的伊芙酒窖，仍然一茬接着一茬，不知疲倦地开着。木栅栏外的那两株贝拉安娜绣球，只要给它们浇足了水，也会在骄阳下强打起精神，在树冠之上绽放出一簇簇伞状的紫粉花穗。

养在丁香树荫下的一缸睡莲，长势旺盛。三四个银红色的花骨朵，高高地挺出了水面。两片野生的菱角，挤在肥壮的莲叶中，竟然也开出了不易觉察的米粒似的小白花。

凌晨五点到早上七点之间，是一天中最凉爽的时候。日出之后，蚊虫自动隐匿，周振遐用不着把头和脸裹得严严实实。那时的阳光还不算暴烈。它穿过东边的香椿树丛照进来，投射在生机勃勃的凌霄花枝上。火焰般的光影微微颤动着，舔着窗下的白墙。

不下雨的话，他每天都在这个时候，给院中的植物浇水。

一大一小两只刺猬，慢腾腾地扭着屁股，在玉簪花下钻进钻出，这里嗅嗅，那里闻闻；而前来索要香肠的邻居家的一只老花猫，则不停地向他献媚。它一会儿在青石板上摊开它那肥胖的身体，搔首弄姿，一会儿又绕着他的裤脚打滚，仿佛故意在向他挑衅：怎么样，你敢踩我吗？

花猫的主人，也就是前院的女邻居，近来不太愿意理睬他。她邀请他去参加由社区组织的父亲节桥牌比赛，周振遐明确地回绝了。

他当然不会去。对他来说，没有什么节日比父亲节更无聊的了。他一想起在天津无所事事的周南，就感到心脏隐隐作痛。

在盛夏最热的那半个多月中，姚芩很少来看他。公开的理由似乎是，在酷暑中穿得规规矩矩地出门，远不如在自己家的空调底下待着舒服。本来，这也没什么。但她的托词中隐含着的另一种可能，不免让周振遐心生疑虑，妄加揣测。

上一次见面时，姚芩偶然提起，远在广州的嫂子替她相中了一个对象，有意为她牵线搭桥。

姚芩随口提及的这个消息，给周振遐临睡前辗转反侧的胡思乱想，提供了足够多的养料。他不安地想到，那个被她嫂子相中的对象，或许已经悄悄地来到了北京，此刻说不定就置身于橡树湾的公寓里。想想吧，孤男寡女同处一室，成天在一起谈笑厮混，会发生什么事情？他不断给姚芩发信，并试图从她的回信中寻找支持他猜忌的可疑线索。如果对方的回复迟迟不来，他在苦苦等待的煎熬中，一度对姚芩充满了怨恨。他后来还想出了一个"并非不可行"的荒唐主意：编造一个说得过去的理由，突然登门拜访，去橡树湾一探究竟……

只有通过不停地抽烟，周振遐才能稍稍稳下心神。像他这样一个坚称"友谊高于爱情"的老人，竟然还有如此炽烈的嫉妒心，他在终于冷静下来之后，为此羞愧不已。

但羞愧也好，理性和意志也罢，都不能让他心里好受一点。

这年的8月底，姚芩终于在西山云锦再次露面。节令过了处暑，北方的天气在早晚时已变得相当凉快了。周振遐如释重负地获悉，姚芩这么长时间没来看他的真正原因，不过是因为皮肤过敏，脸上长了疹子。她不想让他瞧见自己那张涂满了药膏的脸。

当天晚上，他们在茶室里喝茶，不约而同地注意到了天上飘飞的流云。

那不是暴风雨来临前翻滚的乌云，而是在晴空下快速掠过的雪白云絮。在高空气流的驱赶下,一团团的云朵,从东南方向疾驰而来,仿佛正要赶到什么地方去集结。在很长一段时间中,两个人凝望着窗外的天空,约好了似的,谁都不吭声。房间里没有开灯,姚芩不用像平常那样正襟危坐。她舒舒服服地斜靠在沙发上,怀里抱着一个松软的垫枕。

等到风停了,天空重新变得湛蓝而静谧。月亮升到了院外那棵高大的国槐之上,整个院落亮如白昼。花枝、树木和篱笆,在院中平缓的草坡上投下长长的阴影。人行步道的青石板上,仿佛蒙上了一层白霜。

房间里的那张茶桌,有一半被月光照亮。桌上的茶海、杯盘和香炉,特别是插在净瓶中的一朵夏奈尔,都浸沐在皎洁的月色里。

遥望着窗外的那轮圆月,周振遐的眼前,忽然闪现出耸立在高高丘陵之上的竹林寺。回忆中的月华清辉,照亮了师父永贵家门前的那块池塘,也照亮了故乡姜堰那个遥远的村庄。一时间,他仿佛听见母亲正站在村头的夜色中,一声长,一声短,呼喊着他的名字。

这时,姚芩在黑暗中低声叹了口气,幽幽地说:"今天我才算明白过来,为什么古人会有'月是故乡明'这样的说法……"

听她这么说,周振遐马上意识到,此刻,姚芩或许和他一样,正沉静在对故乡的回忆之中。

两个人之间的心意相契,让周振遐暗暗鼓起了勇气。

他决定说出在心里憋了很久的那句话。他担心现在不说,以后恐怕再也没有这样的机会了。但他一开口，那句话还是立刻就变了味。

"真希望就这么坐着。什么话都不用说，就我们两个人，就这么一直坐着……"

听上去，它似乎比自己原先想说的那句话，还要矫情和做作一些。最重要的是，这个表白含混不清，而且不够坚定。他心下忐忑，也有点后悔和自责。好在对方很快有了清晰的回应。

"我也是。"姚芹说。

时间不知不觉过了午夜。周振遐问她愿不愿意在他家对付一晚，姚芹迟疑了片刻，反问道：

"那我睡哪儿？"

他家一楼的厨房隔壁，有个朝北的小房间，原先是给保姆准备的，有一个独立的卫生间。现在正是不冷不热的初秋，周振遐仅需给她换一张新床单，给她一个枕头和一条薄薄的毛巾被就可以了。

这是一个注定会在他们回忆中留下深刻印记的夜晚。美中不足的是，时值有"鬼节"之称的中元节，怎么说都不是一个好日子。小区的居民在自家门口的空地上烧纸发送亡灵，空气中弥漫着浓浓的纸灰味。

周振遐自然不在乎这些。他告诉姚芹，按照佛教的说法，中元节被称作盂兰盆节，也叫佛欢喜日，没什么不吉利的。"再说了，到了我这个年纪，连鬼都变得亲切起来了……"

姚芩见他越说越离谱，赶紧跟他道了晚安，关上了房门。

在西山云锦住过了几次之后，姚芩渐渐喜欢上了这里的清静。风从树梢刮过的声音使人安心，而在更远一点的百望山，从村子传来的猞猁狗叫，让她仿佛回到了幼年时代的茯西村。至少，她用不着再去忍受楼下邻居在院子里烧烤的烟熏火燎，楼上清晰传来的撒尿声、冲水声以及每每在午夜时分才会突然响起的洗衣机的轰鸣。

她从西山云锦去单位上班，也用不着开车，只要步行穿过三四条马路即可到达。时间一长，她在称呼对方时，已把别别扭扭的"董事长"，改成更加亲切自然的"老周"了。

有一天，她在花园除草时，这样问老周，要是她想一直在这里住下去，是不是应该适当向他交些房租。

正在剪枝的老周愣了半晌，答非所问地对她说："你有空，帮我把二楼的大卧室收拾出来，再在网上订几件像样的家具。一楼的那个保姆房，毕竟有点太简陋了。"

14

一年过去了。

他们的日子平静而缓慢。在陈克明的反复劝说和安排下，周振遐终于同意去三里屯的一家私人诊所治牙。医生在给他做了CT后，建议他将那些被牙周病严重损毁的牙齿，分两次全部拔除，换上瑞士产的牙根和德国产的牙冠。手术并不像他原先想象的那样痛苦和可怕。在麻醉剂和镇静剂的双重作用下，在护士温柔地提醒他张嘴的呼唤中，他竟然在手术台上美美地睡了一觉。短短的三个月后，他安上了一口锆钛合金的新牙，咯嘣咯嘣地吃着花生米，不啻是重获新生。

他再也不用向姚芩重复"牙齿即墓碑"一类的牢骚了。

因对陈克明心存感激，周振遐连续两次去颐和园的听鹂馆，参加他主持的读书会。会议的主题，一次关于列维纳斯，一次关于柏格森，虽说相对专业，周振遐却听得津津有味。

晚宴上，他与陈克明新近聘用的助手沈辛夷坐在了一起——陈克明似乎有意让她来主持日后明夷社的读书会。沈辛夷夸他的牙齿保养得好，周振遐则饶有兴致地向她请教，辛夷、玉兰和望春花，究竟是不是同一种植物。他所不知道的是，他在跟人聊天时随便说过的一句话，被沈辛夷悄悄地记在手机上：

行不得则反求诸己。

在西山云锦的住处，姚芩已经不再向他抱怨新家具上的油漆味儿了。她口渴了，就一把抓过老周的茶杯来，咕嘟咕嘟喝个精光。去公园散步的时候，她自然地挽住周振遐的胳膊，以防止他在下坡时摔倒；而在遇到不拴绳的黑贝和拉布拉多时，周振遐本能地挡在姚芩的身前，弯下腰来抚摸它们脑袋，让过于兴奋的狗安静下来。

他时常有一种恍惚之感，仿佛姚芩就是与自己生活多年的伴侣或家人。

在这一年的 8 月底，姚芩从公司提前办理了退休手续之后，他的这种感觉愈加强烈。

她在浴室洗澡而将毛巾忘在了院子里的晒衣杆上时，只能喊他去帮忙。周振遐忙不迭地取了毛巾，一路小跑给她送去。他不敢看门缝里伸出的光裸手臂，更不敢正视毛玻璃门后隐约可见的胴体。他像年轻小伙子那样红着脸，心怦怦乱跳。而同样的事发生了第二次，周振遐不得不去认真地去思考这样一个问题：忘了毛巾这样的事情，在多大程度上，意味着某种非同一般的暗示……

9 月初的一个周六，周振遐和姚芩与往常一样来到宁波餐馆吃午饭。

姚芩在翻看菜单时，周振遐仍在注视着窗外广场上那个扶着钢制助行器练习走路的老人。

这一次，他穿着一件皱巴巴的白色圆领汗衫，在烈日下十分艰难地一步步往前挪动。看到他的脚步越来越缓慢滞重，情况似乎每况愈下，周振遐不免为他捏着把汗。这个老头仍然保持着以往的习惯——他走到广场的健身器材边，让身体倚靠在刷着绿漆的铁栏杆上，从裤兜里摸出一包瘪塌塌的香烟，神情专注地抽上一支，像是在确认自己还活在人世间。

"能不能给我讲讲你们的故事?"姚芩给周振遐的杯中斟上葡萄酒,轻描淡写地说道。

"你说的'你们',指的是谁?"

"你和蒋承泽啊。你们一起坐船去厦门,船上到底发生了什么?"

"你怎么想起这个事儿来了?说实话,我现在真有点记不清了。"

"这件事,蒋承泽跟我至少说过五六次。他每次刚开了个头,都被我给憋回去了。临了,我只是记住了那艘船的名字。那段日子,我们俩的事闹得满城风雨,不论我走到哪里,总被淫邪的目光盯着。我不可能不恨他……"

说到这里,姚芩的喉头一阵哽咽。她只得略作停顿,让自己的心情平复下来。

"有一天早上,我给他刮完胡子,不知怎么又想起了这件事。那段时间,也许是回光返照,也许是为了宽慰我,他的俏皮话特别多。我忽然想到,人家心心念念要给我讲个故事,这些年来,我始终没让他有机会开口,这也过于不近人情了。趁着他神志比较清醒,我就趴在他的枕头边,恳求他把这个故事,原原本本地跟我讲一遍。

"承泽转过脸来,有些意外地看了我一眼。一道很亮很亮的光,在他瞳孔里飞快地闪了一下。接着,他冲我笑了笑,慢慢地摇了摇头。我怎么也忘不了他当时的样子。就这样,他沉浸在往事的回忆之中,一动不动地望着天花板,直到药物起了作用,渐渐昏睡了过去……"

周振遐的思绪再次回到了三十三年前的那个炎热的夏天。

暑假时,他和师兄蒋承泽去上海参加"拓扑学与现代物理"研讨会。他因买不到返回天津的车票而忧心如焚,蒋承泽就劝他干脆一同去福建,到厦门、泉州一带游玩。于是,他们在十六铺码头搭乘展新号客轮前往厦门。

对周振遐来说,这不过是一次普普通通的经历,并未在他心中留下什么痕迹。几十年后,他的记忆里只剩下了一个模糊不清的轮廓。

然而,伴随着回忆和追述,周振遐吃惊地发现,有关那次旅行的所有细节,包括色彩、声音、气温和嗅觉,都在一点点地复活、苏醒,所有的事情以及覆盖在这些事情之上的特殊氛围,都异常真切地呈现在他眼前。让他更为惊异的是,那些在过去的经历中无关紧要、黯淡无光的细节,经过时光的打磨和浸润,重新变得显豁和明亮起来。

伴着追忆到来的,是潮水般涌来的一个激情四溢的年代——那时的天空,每时每刻孕育着巨变的风暴。每一个人的脸上,都洋溢着对未来的憧憬和希望。

周振遐不得不用故作轻松的语调来讲述这次游历,以便稍稍稀释一下过于浓稠的情感。

周振遐不知道这个听起来平淡无奇的故事,会不会让姚芩感到失望,可是,当他提到蒋承泽在病床上拥抱他时说过的那句话，姚芩再也控制不住眼中的泪水。

望着泪眼模糊的姚芩，周振遐也在心中一遍遍地琢磨着蒋承泽临终前留给自己的那句话：

茯西村与你我的关系还远未结束。

现在看来，这句话似乎另有深意。

这年国庆前夕，姚芩因侄子结婚去了广州。尽管他们每晚都要通过手机视频聊上半天，他还是有点提不起精神来。生活仍然按照多年来的节律和习惯，一天天刻板地度过，但他总觉得哪儿不对劲，心里空落落的。

陈克明带着助理沈辛夷来看他，给他捎来了几饼普洱和福鼎白茶。晚上两个人又一起陪他去长安大戏院，欣赏京剧《龙凤呈祥》。演出前，他们俩在戏院外的入口处过烟瘾。

周振遐试探性地问了问他和沈辛夷的关系。

陈克明说，他至今还忘不了静熹，仍有些不死心。

国庆长假快要结束时，周振遐在百无聊赖中叫了一辆出租车，独自赶往香山碧云寺附近的一处墓园。

承泽的父母很早就去世了，前妻和儿子都在国外。他的墓地鲜有人来，墓基前碧绿的青苔上，长出了一大丛蘑菇。呼啸的山风，一阵接着一阵，从他头顶上掠过。虽说林地不让抽烟，周振遐还是在他的墓畔待了整整一个下午。他给老友带去了几枝月季。那是临行前从花园里剪下来的天方夜谭。他希望山鲁佐德的精灵，能够日复一日地抚慰老友的寂寞。

这天晚上他睡得很不安稳。凌晨起床后，在书房里坐了坐，给自己泡了壶茶。天亮时他感到困倦难耐，吃完早餐，仍旧回到卧室里躺下。

这个短暂的回笼觉，让周振遐做了一个奇怪的梦。

蒋承泽背对他，站在落地窗前。他穿着燕尾服的身影浸没在黑暗中，看上去就像是趴在玻璃上的一只大壁虎。有那么一阵子，周振遐甚至不能肯定，那个踮着脚，站在窗前朝屋外远望的人，是不是蒋承泽。窗外是无边的空地，伴随着窸窸窣窣的人语与嘈杂的喧哗，一些白色的光影，如水母一般，在那里急速飘过。房间里的光线虽有几分黯淡，但也不是全黑。至少在门厅的一个角落里，天花板上的两盏筒灯射出的光柱，照亮了空荡荡的吧台，以及在地上趴着的一只黑猫。

他准备离开时，蒋承泽突然转过身来。

仿佛刚刚生过一场大病似的，蒋承泽失魂落魄地看着他。汗迹将他脸上画着的黑白油彩弄得一片狼藉。他像个马戏团的小丑站在那儿，神情倦怠而疲惫。

周振遐问他出了什么事，怎么把自己搞成了这副样子。

蒋承泽原本想跟他说些什么，但最终没有开口。和往常一样,他冲周振遐诡谲一笑,然后意味深长地眨了眨眼睛。

15

早晨七点刚过,姚芩来过一次电话。

那时,她正在前往白云国际机场的出租车上,而周振遐则在离家不远的公园里散步。因微信信号时断时续,周振遐试着打她的手机,效果也不太理想。考虑到四五个小时之后她就将回到家中,通话虽一时中断,他也没有再拨过去。

真正让他感到担忧的,是他在接电话时,出现了一阵短暂的眩晕。尤其是当他穿过荷塘边的一个石舫时,视线忽然变得模糊不清。还算好,他在石舫里的长椅上略坐了一会儿,那些症状很快就消失了。

在微凉的晨风中,周振遐戴着草帽,脖子上挂着条毛巾,在院里院外转了转。他发现花园中的一切井然有序,没什么事儿需要他去打理。早在8月中旬,他和姚芩就在为今年的这季秋花做准备了。剪枝。追肥。打药。好在雨季过后,灰霉病和白粉病较为少见,而入秋后的阳光,也不像盛夏时那么灼烈了。欢笑格鲁吉亚、莎士比亚以及皇家胭脂壮硕的枝条上,率先结出了一个个花苞,虽不如春花那么密集,但大多挺拔饱满。姚芩今年初春栽下的一株夏洛特夫人,已经缓过劲来,早早开出了三四朵橙红色的花朵，香气撩人。

周振遐正忙着用手机给它拍照，看见女邻居在丁香树下向他招手。他从花丛中直起身来，捶了捶腰，朝她走过去。

"早上好，周先生。"
"早上好，狐狸——"
就在"精"字即将出口的一刹那，女邻居把话抢了过去。
"芳。哈哈。胡丽芳。您可算记住我名字了。"
女邻居从花园栅栏的缝隙里，递给他两根丝瓜，一把紫苏叶，并耐心地教给他"火腿蛋饺丝瓜汤"的做法。至于紫苏叶，她建议说，最好用它来包裹烤肉，也可以为蔬菜沙拉调味。

她负责张罗的一个茶艺班，明天下午举行结业仪式。她邀请周振遐有空去坐坐，喝杯茶。

这一次，周振遐没有片刻犹豫，马上就答应了。

他将丝瓜和紫苏叶放入保鲜袋，收在冰箱中冷藏。等姚芩回来，他打算按照女邻居的方法，试着做一次丝瓜汤。

九点半时，周振遐出了小区的北门。

他身穿藏青色的短夹克，卡其色的休闲裤，头戴一顶草编遮阳礼帽，穿过蝉声聒噪的柳荫小巷，沿着后厂村路往前走了一段，最后来到了软件园东侧的大街上。

他用来牵引和固定花枝的铁丝线圈快要用完了，想去附近的金地花卉市场买一卷新的。陈克明前年送他的那两盆建兰，泛黄的叶子上，长出了令人忧心的焦斑。他想去请教一下专卖兰花的邢师傅。

他沿着大街不紧不慢地往前走。一想到姚芩的航班或许已经起飞，他的心情就像此刻的天气一样，变得晴朗而明媚。

只有当他想起早晨的那个梦，想起蒋承泽向他眨眼时那暧昧而怪异的眼神，他的心底才会掠过一片淡淡的阴云。

附记

1

周振遐出院后,为了方便照料他,姚芩把家搬到了西山云锦。橡树湾的那处房子一直空关着。半年后,它被租给了神州联合科技公司新入职的一位高管。陈克明去天津"办一件非常重要的事"时,顺便托人给周南找了一份"体面的工作"。他不断催促周振遐父子一起坐下来吃顿饭。周振遐每次都用"等等再说"来搪塞。不过,当他偶尔想起天津的这个不成器的儿子时,不再像过去那样感到糟心。

他不时问起窦宝庆的近况。陈克明告诉他,两天前,他给窦宝庆远在甘肃的父亲汇去了一笔钱。

春节时,前楼的那个女邻居邀请他和姚芩去家中包饺子过年,他们欣然前往。对于长年习惯于打精确制桥牌的人来说,

"升级"显得过于简单了，但他仍然玩得很起劲。每次姚芩出错了牌，他总是笑着，一边叹息，一边摇头。

他和姚芩计划着，一旦时机合适，他们将动身前往福建，去茯西村看望姚芩曾发誓永不相见的父亲。在足不出户的那段焦灼的日子里，陈克明派人丢在院门口的那些鱼肉蔬菜和瓜果，将厨房的冰箱塞得满满当当。

他的身体一天天好起来。姚芩凡事尽量迁就他，然而两人之间，偶尔也会闹点小别扭。

姚芩没和周振遐商量，在日式篱笆边上，移栽了两株高大的国产月季，使得整个花园的格调怎么看都有点不协调。照她说，与欧月相比，国产月季更为皮实，不爱生病，花枝坚挺，适合剪枝插花。更何况，所谓的欧洲月季，本来就是从中国移植过去的。

姚芩在花园锄草的时候，本着"除恶务尽"的原则。花荫下刚刚冒出的柔嫩春草，她肯定不会放过，就连周振遐喜欢的二月兰和矮麦冬，也被她一并铲除了。叫她这一弄，花园确实整饬了许多，却显得有些不太自然。

令他意外的是，花园的地面虽说被姚芩彻底刨过一遍了，但一场春雨过后，有着顽强生命力的紫花地丁，仍能从墙角篱边钻出来，抽叶开花。这些谦卑而惹人怜爱的野花，常让他想起自己一生的夙愿：

竭尽全力去做一个渺小的人，一个被忽视的人。

在禁止他抽烟这件事上，姚芩更是态度坚决，不给他任何讨价还价的余地。烟瘾犯了的时候，他只能靠南瓜子来解馋。

唯一的例外，出现在了3月末的一天中午。

那天是姚芩的生日，他们去巴黎贝甜取蛋糕。在经过商业街前的圆形广场时，周振遐再次遇见了那个扶着助行器练习走路的老人。这一次，周振遐在他身边停了下来，与他聊了几句。老人的身体靠在铁栏杆上，颤颤巍巍地从裤兜里摸出一包烟来。老人拉下口罩，给自己点上烟之后，也给了他一根。周振遐接过烟来，转身瞥了姚芩一眼。

她装作没有看见，在一旁静静地等候。

他慢慢地喜欢上了中国月季。他觉得任何植物都有它不可替代的美。

如果人是植物，人也一样。

他确认自己处在幸福之中。

但在半夜里醒来，再也睡不着的时候，仍不免会想到死亡。多年来困扰着他的所有难题，都还在那儿。

正如列夫·托尔斯泰说过的那样，要是你被悬在了井中，看见了头顶上方的狮子，看见了井底里盘着的那条毒龙，尤其是，你看见了桑树上一刻不停地啃啮着枝干的黑白二鼠，从蜂巢里滴入你口中的蜜，也就不那么甜了。

2

窦宝庆在监狱服刑时,他的父亲正从花楸树下搬取笨重的石块,在羊圈一侧的山崖边垒墙箍窑。宗亮叔和村里的邻居们也时常过去帮忙。春天来了,苜蓿正在开花。

他心中有期盼,日子一天天还能过得下去。

他背靠着羊圈的土墙抽烟。望着苜蓿地里那些在风中翕动的小黄花,望着远处的深沟上方飘着的朵朵白云,他在心里默默地盘算着儿子的刑期和自己的年龄。

等到儿子出狱的那一天,但愿自己还能活在这个世界上。

3

陈克明与静熹在天津的宝坻见了面。

他的脑子里曾无数次出现过与静熹重逢的画面,但实际的情形,还是很不一样。她丰腴的身姿、庄重的仪态和沉静的眼神,都让他自惭形秽。她说话的声音很轻,就像是怕吵着了什么人。她那四五岁的女儿和家中的保姆正在客厅的大茶几上堆积木,他和静熹便在餐厅的长桌边相对而坐。那女孩的眉眼与静熹酷似,这让陈克明立刻如梦初醒:他与静熹多年来没能得个一儿半女，问题多半是出在自己身上。

南窗外有一条窄窄的人工河道，有几个园林工人正在那儿割苇子。午后明艳的阳光，照亮了客厅里的一架三角钢琴以及墙角处的一部家用电梯。陈克明的目光不时朝电梯那儿打探，那神情，仿佛是在担心随时会有人从电梯里走出来。见他一副心神不定的样子，静熹给他倒了一杯茶，低声对他说，因公司里有些急事要处理，"那个谁"或许要晚一些回来。只要抬头瞅一眼墙上的结婚照，陈克明就能明白，她所说的那个谁，指的到底是谁。

离婚后，他没法不去咀嚼静熹未来的归宿。他偶然听说她人在天津之后，有点不太相信自己的耳朵。他也不是没有想过有可能出现的某种"极端状况"，但总有一个声音在宽慰他：不会吧？或者，不至于吧？而现在，他所面对的，正是这样一个极端状况下的"不至于"。

他无法掩饰自己的压抑和伤痛。

静熹自然也注意到了他的局促不安。她起身走到客厅的沙发边上，低声嘱咐保姆，带孩子到外面去玩。孩子听话地抱起地上的皮球，跟在保姆的身后出了门，消失在了庭院的回廊尽头。

现在，家里就剩下他们两个人了。但陈克明宁愿保姆和孩子在场。

他每次偷偷地瞄上静熹一眼，心里都会感到一阵尖锐的刺痛。他吃了太多的冬枣和车厘子。静熹在给他剥了一个橙子之后，又给他削了一个苹果。似乎自己大老远跑到天津来看她，只是为了尽可能多地补充一下维生素。

静熹不停地问起他的生活点滴，问起"伯父"和"伯母"的身体状况。陈克明当然知道，对方在这些事情上追根问底，并不是说，她真的对这些无关紧要的琐事感兴趣，而是为了让他有话可说。不过，话又说回来，要是不谈这些，又能谈些什么呢？

最后，静熹也问到了他"现在的妻子"。出于怕被人瞧不起的虚荣，陈克明撒了个小谎。他说自己"相中了一个还算不错的女孩"，她是南方人，北外研究生毕业。双方的父母已见过面，他打算过了春节就结婚。而事实上，他对这个女孩多次试探，始终没有得到期待中的结果。

他在说"双方的父母已见过面"这句话时，立刻想起了很多年前他与静熹见面时的那个火锅店。恍如梦寐的场景切换，让陈克明的眼睛里瞬间溢满了泪水。

他站起身来告辞，静熹客气地劝他留下来吃晚饭："难得来一趟，你与昆吾好好叙叙旧。"

陈克明手忙脚乱地穿上大衣，趿拉着鞋子往外走。他仍然没有忘记应有的礼节，他请静熹代他向多年未见的老同学问好。

静熹将他送出院门外，正好遇见了打算回家的孩子和保姆。静熹一把抱起孩子，举起女儿的一只胳膊，站在抱鼓石门墩的边上，向他挥手道别。

陈克明趿拉着鞋子往前走了一段。他转过身去，望见大门口早已没有人了,这才蹲下身来系鞋带。

他原先准备送给静熹的一对琥珀耳坠,仍在他大衣的口袋里。

4

2019年10月中旬的一天,在宁波菜馆二楼大厅的餐桌边,沈辛夷开始向姚芩讲述她母亲的故事。饭后,她们仍去西山云锦喝茶。她回到自己在西二旗的出租屋,已经是深夜了。下午和晚上喝了太多的咖啡和茶,辛夷很久都没能睡着。她在心里反复默念着姚芩临别时跟她说过的一句话:

母亲终归是母亲。并不是说,只有完美无缺的母亲,才值得我们去敬重与善待。

在时下时停的秋雨中,她的眼泪一直没有断过。天快亮时,她甚至有了即刻起床回一趟老家的冲动。

两个月后的元旦前夕,弟弟打电话来向她借钱,也顺便告诉了她母亲住院的消息。她问母亲得的是什么病,弟弟因没有如愿以偿地借到钱,似乎心情不佳。他不耐烦地说了句"反正不太好",就把电话挂断了。

她去董事长办公室向老板请假。陈克明将桌上的一个白色的小纸袋推到了她的面前:"先让你看样东西。"

辛夷问他纸袋里装的是啥,陈克明将手里的烟头掐灭在烟灰缸里,回答说,是琥珀。

"上回您已经送过我琥珀了。"

"上回是项坠,这回是耳坠,不一样。"

她在想着该不该收的时候,陈克明的脸色又变得严肃了起来。他先是心事重重地对她说,他最近听到了一些"很不好的消息",但还未经证实。接着又说,如果不是后天早上要参加一个重要的签约仪式,他也许会陪她一块回去。

"您去做什么?"

"陪你出去转转,散散心。怎么样,不行吗?"

在蜀阳中心医院的一间诊室里,负责给母亲治疗的主治大夫,手指相扣放在桌面上,简明扼要地向她介绍了母亲的病情。大夫的专业、温和与善解人意,让她一度误认为事情也许不像弟弟所说的那么悲观。母亲因为严重的尿血入院治疗,原发性的病变却在肝部。手术既不可能,也没有什么必要。大夫说,他从医这么多年,很少见到过生命力如此旺盛的病患。换成别人,恐怕早已不在人世了。幸运的是,她在接受了靶向药的治疗之后,情况已大为好转。按照专家们的一致意见,只要坚持服药,她应该有三四个月的稳定期,但最长也不会超过半年。

"无论是对于患者还是家属们来说,这最后的几个月都非常珍贵。我们建议她在家中度过。等到她不得不再度住院,基本上就出不去了。至于说中医什么的,也不妨试试。"大夫说。

在为母亲办理出院的过程中,辛夷一直担心自己的故作轻松,会让聪明过人的母亲看出什么破绽。因苗圃的出资人去澳大利亚投奔儿子，母亲被迫再度改行，四处寻找挣钱过活的门径。她的下一个栖身之所，是一家位于山间的乡村养老院。她在那儿帮着照料三四十位正在走向生命终点的高龄老人。

本来，弟弟和弟媳说好了要开车来接母亲出院，但辛夷在医院门口等了一个多小时，始终没有见到沈新桐的身影。

她们叫了一辆出租车，快到丁家湾时，母亲不知为什么又改变了主意。她让司机掉头，直接去她工作的养老院。说及弟弟的令人担忧的近况，母亲很不客观地认为，弟弟落到今天这个地步，完全是弟媳一手造成的——她自己好吃懒做，胡乱花钱，带坏了"善良本分"的弟弟。

这天晚上，沈辛夷在母亲的宿舍里过夜。

这是一间简陋的小平房。墙角的那张铁架子床过于狭小，母亲就在床边摆了一把椅子、三个塑料小圆凳。为了给女儿腾出足够的空间，母亲的整个身子都压在了椅凳上。辛夷尽量让自己贴近墙壁，还是会不小心碰到母亲瘦得只剩下骨头的身体。

辛夷再次请母亲跟她回北京休养，母亲说了句"先不谈这事"，随后在药物的作用下，不一会儿就发出了气息微弱的鼾声。

半夜时，有人来敲门。那人隔着门缝对母亲说，有个老头"情况不太好"，让母亲赶紧起来，去帮忙穿寿衣。

在辛夷离开养老院返回北京的前一天，母亲从厨房里弄了几个菜。等她把菜端到四壁漏风的平房里，就有些凉了。

她不知从哪里找来一瓶沙洲优黄，倒在大小不一的两个搪瓷茶缸里。辛夷无法控制住喉头的哽咽，只能尽量少说话。母亲问了问她，对将来的婚事如何打算，忽然端起茶缸跟她碰了一下。她让辛夷给她一个大实话。这些年，在北京，到底存了多少钱？

"您要钱做什么？"

"你别管，我有用。"

"您要多少？"

"你有多少？"

辛夷愣了一下，抬眼望着母亲，脑子飞快地转动着，猜测她借钱的用途。母亲直截了当地告诉她，这家养老院因长年管理不善，投资人有意出让。她想趁着自己还不算太老，借点钱，把这家养老院盘下来自己经营。

"俗话说，天无绝人之路。我不信天底下的钱，都跟我有仇。也许用不了几年，我就能咸鱼翻身……"

母亲在展望养老产业在老龄化社会中的前景时，她那瘦得脱了形的脸，重新变得生动起来。她体内仅有的一点活气，让她那黯淡的眼神再度变得明亮。

见母亲眼巴巴地等待着自己的答复，沈辛夷借口去卫生间，出了小平房，走到了满天寒星的院子外面。

她沿着山间的一道陡坡，一口气跑到远处的一棵香樟树下，抱着树干，痛痛快快地哭了一场。哭着哭着，她猛然意识到，银行卡里原本打算留给母亲治病的那八九万块钱，看来还不能全都转给她。

第二天一早，母亲送她出门。

辛夷看见自己叫来的一辆出租车，远远地停在了山间小路的尽头。朝霞如岩浆一般，凝固在黑黢黢的林带上方。她搀扶着母亲走下那道陡坡，最终停在了路边的那棵孤零零的大樟树下。她们在树下道别时，辛夷拼命地克制着想要拥抱她的愿望。

就这样，母女俩一个往西，一个往东，一个上坡，一个下坡，渐渐地就隔得远了。